디지털효자

윤석순 소설집

청어 도서출판

디지털 효자

윤석순 지음

발행처 · 도서출판 **청어**
발행인 · 이영철
영　업 · 이동호
홍　보 · 최윤영
기．획 · 천성래 l 이용희
편　집 · 방세화 l 이서윤
디자인 · 김바라 l 서경아
제작부장 · 공병한
인　쇄 · 두리터

등　록 · 1999년 5월 3일
(제321-3210000251001999000063호)

1판 1쇄 인쇄 · 2015년 1월　5일
1판 1쇄 발행 · 2015년 1월 10일

주소 · 서울특별시 서초구 효령로55길 45-8
대표전화 · 586-0477
팩시밀리 · 586-0478

홈페이지 · www.chungeobook.com
E-mail · ppi20@hanmail.net
ISBN · 979-11-85482-71-2(03810)

디지털 효자

온 세상 사람들을 깜짝 놀라게 한 9·11테러가 발생하기 달포 전, 미국 뉴욕시의 맨해튼 빌딩에 올라간 적이 있다. 거기서 까마득하게 아래로 내려다보이던 도시는 삐죽삐죽 솟아난 건물들로 숲을 이루고 있었다.

그때, 나는 한 가지 궁금증을 가지고 있었다. 힘에 뻗친 5월의 왕대 죽순처럼 삐죽삐죽 솟아난 많은 건물의 공간 속에는 어떤 사람들, 아니 어떤 이야기들이 숨어있을까 하는…….

몇 년 전에는 등산 삼아 쉬엄쉬엄 서울의 남산 꼭대기에 올라가보았다. 그때도 시내를 내려다보며, 내가 품었던 궁금증은 똑같았다. 저렇게 높이 솟았거나 혹은 낮게 엎드린 건물들 칸칸마다에는 어떤 사연 내지는 이야기들이 숨어있을까 하고.

그로부터 행과 불행의 숱한 시간과 이별을 나누면서 나는 소설에 기대어 살았다. 아니, 소설을 앓고 있었다 할까. 어쩌면 지독한 홍역에라도 걸렸던 걸까, 삶을 채우는 것보다 소설을 앓는 방법을 택했으니 말이다. 때로는 의욕에 치인 나머지 소설을 놔버릴까 싶은 갈등에 시달리기도 했다. 그렇듯 나 자신과 치열하게 다투는 싸움꾼이 됐던 셈이다. 이유라면 3D문학이란 소설이 염치없게도 나를 압박해 댔기 때문이다.

그 3D문학이 나를 외면하기 전에 내가 먼저 3D문학을 외면하게 될 것 같은 두려움에 치인 나 자신과의 싸움은 아직도 계속 진행형이다. 무한히 지치고, 지지리 외롭고, 견디기 힘들어 끙끙 앓으며 인내심을 키우는 것까지도.

이제는 3D문학에 갇힌 나 자신을 달래며, 스스로 최면을 걸고 있다. 세상에 쉽게 태어난 소설은 없고, 고통 없이 만만하게 얻어지는 문학은 진정코 없다고, 그런 당위성은 영원할 거라고, 아마도…….

이제쯤 깨닫는 중이다. 상상을 먹고 사는 소설이야말로 나를 웃겼다 울리는 지조의 맛이 있어 나는 결코 그 손을 놔 버리지 못한다는 것을. 그것이 나를 왕창 옭아매는 문학의 진실이거나 본질은 아닐지라도 말이다.

미치도록 쓰고 싶은 날이면 나는 염치 좋게 매달릴 참이다. 초심을 붙잡기 위해. 그리고 나를 풍덩 던져 넣은 상상 내지 집념의 바다에서 흔들흔들 표류하는 쪽배가 된다 해도……. 언젠가부터는 소설

앞에만 서면 얄궂게도 어떤 고통에 시달린다. 나를 담금질하는 상상의 물속에 빠져.

오호통재라! 가슴속에 진한 앙금이 된, 소설의 맛에 길들여진 지대한 슬픔이여, 오늘도 내 앞에 열린 인내의 뜰에서, 쓰다가, 또 쓰다가 한이 맺혀도 좋은 몸부림을 치고 있다. 상상의 선물인 집필의 두레박을 끈질기게 길어 올리고 싶은 욕망에 갇혀…….

한글날은 지났지만, 참으로 고맙다고, 큰 인사를 한 번 올려야겠다. 흔들린 필력으로나마 존경하고, 존경하고, 또 존경하는 우리의 세종대왕님께.

못난 소설에게 매무새 좋은 옷을 입게 해준 청어 대표님과 편집장님, 감사합니다!

갑오년 겨울의 문턱에서

윤석순

차례

돌들의 세상

돌들의 세상

　낮이면 쨍쨍한 햇볕기운을 들판 가득히 끌어안는 마을. 그에 버금가게 해 저문 후엔 대낮 같은 달빛이 휘영청 밝게 비춰주는 마을이라서 월곡(月谷)으로 불렸을까. 푸르게 흘러내리는 비단처럼 교교한 달빛이 마을을 휘덮는 월곡마을은 누가 뭐래도 명당이라면 명당이다. 사실 명당이 뭐 별거며, 어디 따로 있겠는가. 산허리를 휘돌아 마을 앞을 흐르는 맑은 물이며, 공기 또한 청청한 그곳에 사는 사람들이 건강하고, 농사가 풋풋하게 잘되어 이웃들과도 화평하게 살면 거기가 곧 명당인 게지.

　서쪽, 만학천봉 발치 아래로 포근한 기운이 마을을 감도는 월곡마을은 대대손손 농사를 지어 일한 만큼만 먹고,

허황된 욕심을 모르는 순박한 사람들이 모여 산다.

그런 가운데 참으로 오랜만에 관심을 끄는 공고 한 편이 마을 게시판에 떡 하니 나붙었다. 그 기간이 벌써 열흘하고도 이틀이나 지났다. 그것은 푸근하면서 순박한 월곡마을의 행정 일을 맡아 볼 이장을 새로 뽑는다는, 10년 만의 뉴스요 관심거리이기도 했다. 한 번 이장이 되면 장기로 집권해 먹는다는 말이 나돌 정도로 전 이장 장광수 씨가 근 10여 년의 일을 보던 중에 건강이 좋지 못해 퇴임하였다. 그만큼 월곡마을 이장선거 공고는 흔하게 접할 수 없고, 귀하다면 귀했다. 그렇듯 짧지도, 또한 길다고 볼 수도 없던 불과 열흘 남짓 사이 몇 사람의 후보자 등록까지 이미 다 끝이 난 상태였다.

그런데 마을 사람들의 이장선거를 두고 지대한 흥밋거리라면 이태 전에 가까스로 귀촌한, 패기가 넘쳐서 쳐다만 봐도 힘이 불끈 솟아날 만큼 팔팔하게 젊은 남자 권달수가 섞여 있다는 점이었다.

권달수가 월곡마을을 처음 찾아온 것은 아직도 먼 산꼭대기에 잔설이 모자처럼 얹혀있던 2월 그믐께였다. 그가 반쪽, 즉 아내라며 새파란 애송이 여자를 손잡고 월곡마을에 입성을 해왔던 것이다. 꽉 낀 청바지 가랑이 사이로 흔들흔들 바람을 일으키는 풋내기 그의 아내가 월곡마을에 처음 올 때만 해도 생김새나 옷차림이 흙이며 똥거름냄새를 묻혀가며 농사를 지어낼까 의심이 들 정도로 반질거려 보였다.

이웃들의 걱정에도 권달수는 희망에 차서 집집마다 돌아가며, 어른들 앞앞이 고개 숙여 인사를 하고 다녔다. 그때 마을 토박이 원로들은 하나같이 요즘 세태에 보기 드물게 예의가 바른 젊은이라며, 입에 침이 마르도록 칭찬을 나눈 바 있다.

또 다른 흥밋거리는 풋내가 나서 겉보기에도 걱정스럽던 그의 아내가 무를 뽑듯 쑥쑥 연년생으로 출산했다는 점이다. 당시 동네에선 주민들이 집집마다 푼돈을 거둬서 미역을 사다 줄 정도로 애정 어린 관심거리였고, 근래 들어 보기 드물게 흐뭇한 화제라고 다들 한마디씩을 보탰다.

이장 후보로 등록한 사람 중에는 박관호 씨도 섞여 있었다. 건축 관련 업무를 보다 조기로 명퇴한 새 각단 박관호 씨 역시 지난해 월곡마을로 들어온 인사 중 한 사람이다. 박관호 씨는 다들 부러워 한, 국록(國祿)을 먹었는데 건축의 감리 일에 관여하면서 문제점을 눈감아 주는 조건으로 사례금품을 받은 것 때문에 철밥통이란 공무원직에서 권고 사직으로 밀려난 남자인 줄 아는 이는 별로 없었다. 그 때문에 차마 쪽팔리게 부모님이 계시는 고향 마을로는 찾아가지 못했다.

처음엔 이 일 저 일에 발을 적셨는데 별 재미를 보지 못했다. 그러다 마지막으로 용기를 내서 입촌(入村)을 선택한 것은 찬밥 더운밥을 가릴 처지가 아닌 절박함에서다. 그때, 남편의 지친 기색을 본 아내가 차라리 시골로 가서 아기 염소나 키우며 살아보자고, 애교 반 협박 반으로 조른 덕분에 고향과는 거리가 먼 지역인 이곳 월곡마을로 들어온 셈이다.

그 밖에도 월곡마을 인구가 몇 년 사이 제법 많은 숫자로 늘어나게 된 경우는 더 있다. 쌍둥이를 포함해 세 자녀를 출가시킨 후 벼농사를 짓고 살겠다며, 펑퍼짐한 텃밭과 물이 질긴 논 여남은 마지기를 애면글면 사들여 월곡마을로 들어온 심영호 씨 내외가 있다. 또, 억센 농사일을 하기도 전에 까칠해 뵈는 비쩍 마른 천안댁 부부 역시 월곡마을로 들어온 인생 이모작 주인공이다. 공단으로 편입된 전답 수십 마지기를 대토(貸土)해서 월곡마을에 정착한 이유는 특별히 없었지만, 여생을 자연에 묻혀 살고 싶은 마음에서였다.

월곡마을 인구로 보면 평균 잡아 중년 이상의 축들로 주축이 돼 있는 편이랄까. 나이가 비슷한 세대들인데 한 살이라도 어리면 팔팔한 젊은이라는 기쁨으로 신선하게 받아들였고, 호기심이 발동하는 동네뉴스가 됐다.

월곡마을 본토박이 주민들은 대개가 대대손손 한 동네에서 씨족사회 틈바구니에서 똘똘 뭉쳐 함께 살아온 사람들이다. 그런 그들이 요즘은 시대에 따라 삼팔선 아래쪽인 전국을 서로 왕래하는 처지라 조금 더 신선한 기대와 호기심을 가질만한 환경적 요소로 작용하여 외부인들을 용납해 들인 것인지 모를 일이었다.

어쨌든 월곡마을에서 살아가는 그들은 그랬다. 적어도 동민들끼리 문제가 생겨도 좋은 게 좋다고 그저 두루뭉술하게 해결을 하곤 하였다. 왜냐면 씨족들의 피가 흐르는 후손이거니와 이른 봄부터 종달새가 지절대는 싱그러운 들판에서 부지런히 땅을 팠던 순수한 그들이기에 정서가 그만큼 순한 것도 한몫했다. 뻐꾸기 소리에 귀를 닦고, 들장미향에 취한 그들의 심성이 순수해서 가능한 일일 터였다. 자연에 묻힌 덕에 사람들 심성이 비단결처럼 고왔던 까닭도 있을 것이다.

월곡마을 사람들은 근년 들어 부쩍 이방인들이 많이 들

어왔다. 김 씨에서 이 씨, 박 씨, 귀한 복 씨 등등이 섞여 살아도 다들 대등하게 눈높이를 맞춰 가고 있다. 함께 어울리는 동민(洞民)으로 바람이 불면 부는 대로 비가 오면 젖는 대로 나름 호흡을 맞추다 보니, 끈끈함 또한 대단하였다. 작은 일에도 뭉치고, 함께 호흡하는 믿음직한 정을 먹고 사는 이웃들인데 그중, 마을의 자랑거리라면 서로 끈끈하게 제 일처럼 품앗이를 잘하는 것도 포함해서다.

그런데 최근에 참으로 묘한 건 차돌에 바람이 들면 석돌만도 못한 게 사람의 마음이라더니, 월곡마을 사람들이 딱 그랬다. 대대손손 아끼며 돕고 살던 전통인 단합의 틀을 향해 돌진해 오듯, 어느 날 갑자기 홍길동처럼 날아온 사람이 있었으니, 그 장본인이 바로 박문수란 남자였다.

세상이 열린 만큼 새로운 농업이란 문제의 화두를 던진 박문수의 신선한 등장이야말로 새로운 화젯거리가 아닐수 없었다. 시원하고 청산유수 같이 막힘이 없던 그의 언변에서 이때까지 월곡마을 사람 중 누구와도 닮은 바 없는 새 인물이어서 흥미를 더했는지 모른다. 어떤 힘의 논리나 권력의 압박도 받은 바 없는 중년의 축들을 더욱 굳게 뭉치는 계기를 만들게 된 박문수의 호소력 짙은 말솜씨가 마을 전체에 쫙 퍼져나가고 있었다.

산천이며 풍토가 낯선 곳으로 철새처럼 찾아 들어온 외부의 사람들이 서먹하고, 혹여 거부감이 생기는 건 지극히 당연한 이치였다. 그런데도 월곡마을 사람들 숲에 새바람의 기운이 시나브로 먹힌 건 완만하게 뻗어 내린 산세(山勢) 덕이라고 말하는 사람도 있었다. 아니, 통계는 깨지기 위해서 존재하고, 룰은 틀어지기 위해 만들어진다고 어쩌면 오랜 전통 역시 사라짐을 위한 예행연습에 불과한지 몰랐다. 특히 월곡마을 주민들의 행정을 보는 이장을 뽑는 마당에서 이런저런 잡다한 일들로 약간의 민감함도 없지 않았지만 말이다. 그만큼 너그러운 풍토가 마을 가득 깔렸음도 부인할 수 없었다. 물처럼 흘러들어온 신풍속을 강하게 밀어내지 못하는 건 아마도 시대적인 흐름이요, 요구였겠지만.

월곡마을 이장을 선출하는 데 있어 맺힌 데 없이 수월하게 진행되고 있는 점은, 전에 별로 없었던 일인 것만은 확실하였다. 본토박이든 이방인이든 똑같이 합심하는 것이야말로 단합된 마을일 터이요, 장래를 짊어질 마을 이장을 뽑는 선거인 까닭에 더욱더 설득의 힘을 받았다.

마을 대표를 뽑는 데 있어 마을에 적을 둔 사람이라면 누구나 나이와 성별을 초월해서 후보로 나설 자격에 합당할 것이었다. 그릇만 된다면 청소년을 빼고, 치매기가 있어 시시때때로 사물 분간이 애매한 아흔일곱 난 최고령자 장봉호 노인만 빼면 말이다. 공과 사를 대하는 반듯한 정신과 마을을 아끼는 자세가 확실한 사람이면 누구든 후보자로 이장출마를 할 수가 있고, 또한 선거에 참여할 투표권을 주어야 하는 처지일 터였다. 그런데…….

하루하루 알 수 없는 미묘한 바람이 며칠째 월곡마을을 휘덮어 술렁술렁 불어댔다. 혹여 누구의 삐딱한 사주를 받기라도 한 걸까, 아니면 케케묵은 옛 시대상을 그대로 이어받기로 밀약한 마을 원로들이 걸고넘어진 것인지, 안개와도 같은 상황이 묘하게 흐르고 있었다. 그것은 이장을 뽑는 선거에서 모두 남자들만 투표할 자격이 주어져야 한다며, 그쪽으로 분위기가 무르익어가고 있었다. 간혹 세대주가 여성인 경우에만 마을 이장선거 투표권리가 주어지는 예외를 용납하는 정도였다.

며칠 전부터 마을 주민들을 이끌만한 리더격인 원로들 몇이 모여 앉아서 이마를 맞대 속닥속닥 계획한 일이 있었다. 그들은 혹여 딴 바람이라도 들까봐 쉬쉬하던 나머지,

남자들만 선거권을 얻도록 암묵적으로 진행을 시켰던 모양이다.

그러나 아무리 구관이 명관이고 텃세를 인정하여 기득권에 눌려 지내는 세상이라고는 하지만, 지금이 어느 시대인가. 고운 아가씨가 미끈한 우주선을 타고 환대받으며 나들이하듯 광활한 우주공간을 들락거리는 스마트한 세상이 아닌가. 사람도 아닌 로봇이 음악에 맞춰 관절을 꺾으며 나긋나긋 춤을 추고, 귀신도 무서워 벌벌 떤다는 에볼라라는 생소한 그 신종 전염병은 몰라도, 암 따위는 불치의 병도 아니게 장한 발전을 한 첨단의 과학시대에서 모든 게 물 흐르듯이 핑핑 잘도 돌아가는데, 월곡마을 이장선거만 그 무슨 케케묵은 사고방식에 갇혔단 말인가. 누가 뭐래도 시대에 맞춰 살아야 한다는 개혁문제를 들고 나온 젊은 후보는 목줄에 핏대를 올릴 판국이었다.

특히 손꼽힐만한 사례는 결혼을 한 사람만이 이장 행정을 볼 자격이 주어진다는 점이었다. 더욱 재미있는 건 대학물을 먹은 서른이 넘은 노총각도 물론 이장 후보의 자격이 없고, 연애하다 결혼식은 올리지 않았지만 속도위반으로 혼인신고만 돼 있으면 이장의 피선거권을 준다는 점이 이채로웠다.

쉽게 흥분하고 냄비 체질로 뽀르르 저항감을 부풀린 젊은 혈기로 월곡마을에 입성한 몇몇 사람들로선 뜻밖의 벽에 부딪히는 느낌이었다. 그렇듯 보통 사람은 상상도 못할 일이라고들 쑥덕거리며, 떠들고 입방아를 찧어댔다.

　팔팔한 젊은 기운을 월곡마을 곳곳에 뿜어대며 찾아든 사람 중에는 부모가 물려준 자갈논을 팔아 사업하다 김칫국처럼 홀라당 말아먹고, 날자루 품을 팔러 고향인 월곡마을로 들어온 박풍이란 청년이 있다. 또, 부모의 난치성병을 치료하느라 신용불량자가 돼버린 끈덕진 효자였던 복국이란 사내도 섞여 있었다. 악덕 사채업자로부터 살 빠지게 시달리다 그냥 벼 포기나 심어 밥술이나 먹겠다고 귀촌한, 겉모습부터 마른 명태포같이 빼빼한 체질인 그는 산 높고 시내가 맑은 데 혹했다는 장점들을 마을 입성 첫날부터 만나는 사람들 앞에서 아부하는 것처럼 염불해댔다. 전원생활을 원하는 그의 포부며, 흙냄새를 사랑하게 된 사연들을 알고 있는 이는 별로 없었다. 그 가운데, 선거 규칙이 저 혼자서 큰머리며 잔머리를 휘휘 굴려서 후보로 나설까 말까 고민하던 박풍 씨를 시험할 판국인 셈이랄까.

　그 뿐만도 아니다. 농지를 일정 면적 이상 소지하지 않은 사람은 이장 일을 볼 수 없게 된 것까지 떡하니 후보출마 자격요건 한가운데 끼워 넣어진 것도 마을 주민의 자격을 가진 이라면 한 번쯤 살펴볼 만한 조항이었다. 그것이 무슨 극비라도 되는 듯 쉬쉬하며, 마을의 몇몇 유지들만 숙지하고 있는 사항이기도 했고.

그러니만치 도시에서 사업을 했거나 알게 모르게 까칠한 현대물이 든 귀촌한 사람들로선 상상을 초월할 만큼 속내가 답답한 일이 아닐 수 없었다. 그 때문에 왕대밭에 왕대 죽순이 돋고, 오죽대밭에서는 당연히 오죽 죽순이 돋아나는 당연한 씨족 마을의 전통이 개혁성향을 지닌 후보들에겐 적잖은 애로라면 애로점으로 부각되고 있었다.

일정한 크기의 땅도 소유하지 못했지만 용솟음치는 젊음 하나만 내세워 월곡마을로 입성한 노총각 허황 씨 편에서 본다면 시쳇말로 엄청 웃기는 일이었다. 마을의 인식에 붙어버린 후진 관습이나 구세대적인 발상을 절대로 따를 수 없다고 항변에 항변을 거듭했지만, 바뀌어야만 산다고 세태를 강조하거나 새로움만 내세우면 또 다른 밀어붙이기가 될 처지라 한숨만 푹푹 나올 뿐이었다.

반면, 연륜이 그득 찬 후보는 어디서 무슨 일을 하다 굴러들어온 근본 모를 젊고 낯선 사람에게 이장 자리를 내줄 수 없다고, 모난 소리를 해대고 있었다. 그것이 대대로 살아온 월곡마을의 불문율에 속한 내력이요, 이날 이 시점까지 무너지지 않고 지켜낸 뿌리 깊은 전통이라고, 강조하는 일이 지치고 힘들지도 않은 모양이었다. 그러나 아무리 긴 세월을 먹은 전통이라고 깨지지 말라는 법은 없었다. 마을 인심을 에워싸고, 대대손손 지켜낸 지존의 월곡마을 풍습도 알게 모르게 조금씩 무너지지 않으면 안 되는 분위기가 솔솔 피어나고 있었으니 말이다. 그것이 곧 시대의 흐름이요, 차돌에 바람이 들면 석돌만도 못한 이치였다.

국가든 마을이든 시대의 흐름은 무시할 수 없었다. 월곡마을이 생긴 이래 처음으로 이장을 뽑기 위해 경선을 치르게 되었으니 말이다. 흥미롭고 진취적인 점이라면 난립한 그들 후보끼리 나름대로 뭉쳐서 이장선거를 추진해나가는 힘이 볼만하였다. 어쨌든 선거는 산모가 낳는, 아들인가 딸인가 알고 싶어 하는 그런 궁금증 이상으로 관심이 뜨거워지는 마을의 큰일임이 확실하였다.

그런데 월곡마을 선거판에선 차츰 아이러니한 일이 생기고 있었다. 구멍 안에 든 뱀의 길이는 견주어 봐야지 알고, 복권은 추첨을 끝내봐야만 1등을 알 수 있듯이 그들의 월곡마을 이장선거가 그런 판국이었다.

그럭저럭 며칠이 더 흘렀다. 월곡마을을 이끌 유능한 후보자의 윤곽이 엎치락뒤치락하던 시간도 차츰 막바지 선거일로 접어들었다. 설왕설래한 마을 분위기에 편승될 것 같던 절대 지지자인 복국 씨를 제치고, 젊은 권달수 후보가 두 표차로 승리를 거두었다. 그리하여 그것이 월곡마을 전체를 휩쓴 대단한 화제가 되고 있었다. 기득권 세력에게 불만이 있는 층들을 세심하게 배려하고, 다독여 월곡마을 토박이 어른들까지 설득해서 승리를 쟁취한 것이라 화제는 더욱 분분하면서 뜨거웠다.

월곡마을은 근년 들어 귀농한 사람들이 한 집 두 집 늘어나고 있었다. 귀농 프로그램이 체계적으로 잘 돼 있고, 무엇보다 농촌에도 젊은 청년의 피가 수혈돼야 한다는 군수의 전무후무한 귀농유치운동이 효력을 본 덕분이었다.

사람에게는 누구든 반드시 은퇴의 시간이 돌아온다. 은퇴한다고 다 산 것처럼 굴며 낙심할 필요는 없었다. 산을 넘으면 산이 있고, 마을을 지나면 다시 또 마을이 나오는 게 세상의 이치가 아닌가. 은퇴하고 나면 또 다른 일자리가 열리는 이치로 월곡마을에도 차츰 젊은 층이 모여듦으로써 변화의 바람이 불고 있었다.

월곡마을로 입성해 온 사람들은 크게 네 부류로 나누어졌다. 한 부류는 흔한 경우처럼 인생 휴가 형 사람들이었다. 도시의 짙은 매연에 섞여 텁텁한 소음과 직장생활의 숨 막힌 긴장감을 떨쳐내려고 시골로 찾아 들어온 축이다. 동네 한편에 황토 주택을 짓고, 남은 세월을 조용하게 건강을 쫓아 살아가려는 부류다. 내외가 동반한 케이스가 많고, 대부분 재정형편이 안정권에 든 사람들로 보면 무리가 없을 것이다.

그 다음은 가치를 추구하는 귀촌인들을 들 수 있다. 일손 틈틈이 취미를 살려 난이나 약초를 캐러 높고 깊은 산행하기를 즐기는 축들로 보면 틀림이 없다.

그 밖에는 농산물을 스스로 키워 자급자족하며 건강한 삶을 추구하는 귀농인들도 섞여 있다. 유기농으로 키운 땅 속 열매나 채소들을 키워 먹고, 남으면 도시에 사는 친척이나 아는 이들한테 나눠주는 사람들이다. 그들의 특징은 소박하게도 수수한 정을 품고 있다 할까. 자신들이 생산해 낸 농산물 값을 쳐주면 편하게 받지만, 공짜로 받은 채소를 그냥 먹고 배만 쑤욱 내민다 해도 짜증내지 않는 아량들을 가지고 있는 특징의 사람들이다.

그들은 틈만 나면 야산 발치를 자주 찾는다. 휘파람을 흩 날리며 산책을 일삼는 여유파인 셈이다. 돋보인 점이라면 아주 신개념의 옷들을 잘 입고 다녔다. 웬만하면 반듯한 모습의 차림을 고수하며 만나는 이웃들에게 인사도 무척 잘하는 멋쟁이들이다. 마을 토박이들이 보기에는 저렇게 한가한 현대판 양반의 삶으로 애들 교육이나 제대로 시킬 수 있을까, 이 담에 늙으면 밥술이나 해결을 볼까, 쓸데없 는 걱정이 되는 축이다.

그 다음은 생계형 족들이었다. 전도유망하고 창창하니 팔팔한 나이에 어느 날 갑자기 해고를 당하거나, 자영업이 신통하지 못해 더 이상 도시에 머물 수 없어서 경제적인 돌파구를 찾아 입성한 사람들이다. 당찬 각오와 거대한 결 심으로 바닥인생을 자처하며, 한 번 질펀하게 살아보고자 흙을 파러 온 악바리들로 자처한 축들이다.

그들한테선 놀라운 점이 발견되었다. 월곡마을에 들어 온 첫날부터 저렇게 미친 듯이 일을 하다간 몸도 뼈도 남 아날 것 같지 않을 만큼 과하게 일을 했던 것이다. 비포장 흙길 먼지를 구름처럼 날리며, 낡은 트럭을 우당타당 몰고 다니는 부류들로 농업기술센터에서 실시하는 선진화 교육 에 빠짐없이 참여하고, 예사롭지 않게 눈빛들을 반짝였다.

마을 토박이들 눈에는 그들이야말로 살아보려 노력해대는 모습이 안쓰럽기 짝이 없었다. 젖 먹던 힘까지 짜내서 바닥이 보이도록 몇 해를 겨우 허덕허덕 살다가 떠나버린 사람들을 여럿 보아 왔기 때문이다. 그러니 깊은 정을 나누기도 참말이지 망설여지는 이웃인 셈이다. 그래도 희망적인 점이라면 흙을 일구어 먹고 살아가겠다고 월곡마을로 찾아온, 기특한 정을 좋게 산 것이랄까.

　장미농장 주인이기도 한 권달수가 소박한 동네잔치를 벌였다. 마을 이장으로 뽑힌 걸 자축하는 겸, 어르신들을 위한 점심 한 끼를 대접하는 자리다. 그래서일까, 예상외로 훈훈한 분위기가 느껴졌다. 시간이 남는 아낙들 몇은 권달수가 운영하는 꽃 농장에서 일하고 있었다. 그래서인지 그들은 서먹함도 없었다. 게다가 권달수의 겸손하고도 강단 있는 언행이며, 구십 도로 인사하는 모습에 많은 어르신들은 진즉부터 찬사를 아끼지 않았다. 세상이 아무리 야박하게 흐르고, 일 년 전이 호랑이 담배 먹는 과거가 되는 스피드 시대라 할지라도 사람 사는 곳엔 언제 어디서든 믿음직한 언사나 몸에 깊이 밴 친절함이며 정중한 교양이 먼저 피부에 와 닿았던 것이다.

"여러 아버님, 어머님들 그리고 형님이며 가정 살림의 주역이신 여성분들과 아우님들! 오늘 이 자리는 마을 주인공인 여러분들을 모시고 기쁜 맘으로 인사를 올리고자 합니다. 진즉 이런 자리를 만들지 못해 송구합니다. 좀 늦었습니다만 좋게 봐 주시길 빌겠습니다. 그리고 오늘, 차린 것은 변변하지 못하지만 맘껏 드시고, 부족하면 더 청하시길 바랍니다. 감사합니다!"

이곳저곳에서 짝짝 쳐대는 박수 소리가 우렁차게 들렸다. 뒤이어 이장선거에서 탈락한 후보자 복국 씨가 당당한 목소리로 질문하고 있다.

"권 이장님, 당선 발표 후 개인적으로 진즉 축하를 드렸습니다만, 다시 한 번 축하합니다. 그런데 오늘은 이장님 취임 잔칩니까, 아니면 마을 주민한테 상정할 무슨 안건이라도 있는지, 그것이 궁금합니다!"

그의 말끝에 권달수 이장이 다시 경쾌하게 말하기 시작했다.

"아 예, 뭐 그렇게 큰 사항은 아니고요. 시작부터 조금 과한 말로 들릴지 모르지만, 저 윗말 쪽 저수지에 유료 낚시터를 만드는 중인데요. 그걸 개방하면 어떨까 싶어 동네 주민들한테 허락을 받고자 하는 참입니다!"

"……?"

"이를테면, 낚시터 수입을 취해서 마을 재정에 보태겠다는 그런 뜻이죠."

그때였다, 복국 씨가 평소 품어온 궁금증을 터뜨린 것은.

"이장님, 말씀 나온 김에 허물없이 여쭈겠습니다. 저, 저수지 옆 언덕 위에다 샌드위치 판넬로 아담한 방을 만드는 걸 봤는데, 특별히 그럴만한 이유라도 있습니까?"

복국 씨의 말끝에 여기저기서 웅성웅성 거리는 소리가 들렸다. 가로 3m에다 세로 4m짜리 샌드위치 판넬의 미니 방을 권달수 씨가 월곡마을 이장으로 당선되기가 무섭게 달려들어 만들기 시작했다는 걸 모르는 이는 별로 없었다. 더욱이 미니 방 옆에다 쓰고 남은 판넬 조각들로 얼기설기 만든 비 가림 정도의 공간은 권달수 이장이 자기네 농기구 창고로 활용하기로 했다는 걸 짐작한 이는 눈치 빠른 몇몇 뿐이었다.

샌드위치 판넬로 지은 미니 방의 창문을 통해서 물 푸른 저수지와 멀리 병풍처럼 둘러친 야산을 풍경으로 볼 수 있게 했고, 저수지 옆 전봇대 아래쪽에는 지하수를 파서 물을 쓰도록 자동 모터까지 연결시켜 놓았다. 어디든 사람이 존재하는 곳이면 물이 있어야 함은 필수지만 지하수 파는

데 드는 비용이 예전처럼 만만한 것도 아니었다. 무엇보다 조립식으로 태어난 미니 방바닥에 난방을 깔았고, 밖 공간 귀퉁이에는 별 쓸모도 없어 보이는 외등까지 높이 달려있었다.

그런 등등의 일들로 하여 특별한 건 없다손 쳐도 의혹을 품고 보는 이에게는 얼마든지 의심을 살만하게 만든 공간이었다. 미리 예산을 짠 것에서부터 지붕을 올리고, 사람이 거처할 미니 방을 만들기까지 사나흘이 걸려도 모자랐다는 것도 근처에 사는 몇몇 이웃들은 진즉 꿰뚫고 있는 사항이었다.

그렇긴 하지만 의혹은 품는 이의 수준만큼 커지는 법이었다. 누가 보더라도 유료 낚시터 그 이상의 분위기를 자아낼만한 사실로 보는 이의 눈에는 또 그렇게 비칠 정도의 구조물이랄까.

그때, 저 뒤쪽에서 복국 씨가 다시 우렁차게 목소리를 높였다. 그가 당시 이장선거에 출마한 후보 땐 기호 3번이었다.

"권달수 이장님, 저도 한 말씀 드리겠습니다. 유료 낚시터에 지은 그 판넬로 만든 방은 혹시 이장님이 개인적으로 이용하고자 지은 건가요? 제가 궁금증을 갖게 된 것은 이장 당선 확인증의 잉크도 마르기 전에 부랴부랴 속도 내서 뚝딱 해내 놓은 걸 보면, 번갯불에 콩 볶을 만큼 민첩하기가 국제 급이다 여겨져서요…….”

권달수 이장은 마시던 음료수에 사레가 들려 캑캑거렸다. 무엇보다 미처 준비할 틈도 없이 상대 쪽에서 기상천외하게 허를 찔러온 질문이라 말문이 막혀 머뭇거렸다.

“아, 예, 예? 아, 아, 아니올시다. 결코, 제가 쓰려고 만든 방은…….”

더듬거린 권달수 이장의 변명 끝 시점부터 잔치의 분위기는 묘한 기운을 풍기고 있었다.

누구보다 먼저 고개를 이리저리 흔들던 한 동민이 헛기침을 강하게 뱉어내면서 퇴장을 해버렸다. 뒤이어 복국 씨가 궁금증에 찬 눈알을 휘휘 굴리며 권달수 이장의 근심 어린 눈빛을 맞추다 말고, 탈탈 자리를 털고 일어서 나갔다. 더욱 멍해지는 것은 차츰 분위기가 어색하게 돌아가는 걸 느낀 사람들이 무언의 약속이나 한 듯 한사람씩 순차적으로 빠져나가는 모양이 밀물 빠진 갯벌처럼 썰렁해진 때문이었다.

그날 이후, 월곡마을 사람들은 둘만 모였다 하면 새 이장 권달수에 관한 화제가 주절주절 입에서 입으로 바이러스처럼 퍼져 나가고 있었다.

　여름의 꼬리를 물고 뒤따라 온 계절, 갈색 단풍이 파스텔 톤으로 물든 가을이었다. 새로 뽑힌 권달수 이장이 마을 재정에 보탬이 될까 싶어 저수지를 외부인들에게 유료로 개방한 지도 어언 돌을 맞고 있었다. 갈수록 경기가 팍팍 해진 탓인지 드물게 찾아오던 낚시꾼들마저 심드렁하니 발길마저 끊겼다. 따라서 유료 낚시터를 개방한 데 비해 별 소득이 없다는 걸 안 마을 사람들은 권 이장의 선거공 약으로 새롭게 지으려는 회관 문제를 두고 협조하려 들지 않았다. 지금의 낡은 회관으로도 월곡마을을 위한 회의며, 평소엔 경로당 구실을 충분히 해내고도 남는 형편인데, 굳이 귀한 돈을 퍼부어가며 회관을 신축해야만 할 절박 한 사정이 없었기 때문이다.

　마을 사람들은 이래저래 권달수 이장을 보는 눈초리가 곱지 않았다. 무엇보다 낚시터 옆에 샌드위치 판넬 하우스 옆에 덧붙여 지은 창고를 권 이장이 단독으로 쓰고 있다는 걸 알게 된 그들로썬 그야말로 불편한 진실이 아닐 수 없 었다.

　권달수 이장은 애가 달았다. 처음 이장 후보로 나와서 공

약으로 내건 게 마을회관을 신세대 개념으로 건축하는 일이었다. 그런데 정작 마을 사람들은 이제 권달수 이장의 말을 들으려고도 하지 않았으니 말이다. 어떻게 하면 마을 사람들로부터 이장선거를 할 때처럼 다시 지지를 받을 수 있을까, 권달수 이장은 날마다 고민에 빠져들었다. 그런 고민에 치여 있던 권달수 이장은 궁여지책으로 다시 한 번 더 주민들을 불러 모았다. 그리곤 마을회관을 짓는 데 대한 안건을 내놓고, 주민들끼리 투표를 하자는 제안을 하기에 이르렀다.

그러자 마을에서 유지로 통하는 한강수 노인이 벌떡 일어서서 역제안을 하는 게 아닌가.

"권 이장, 나 지금 발언권을 잠시 얻어도 되는 겨?"

"예, 물론입니다. 어르신!"

"방금 권 이장이 우리 월곡마을 주민들한테 지금 회관을 짓는 일로다 투표를 제안한다고 했던 겨?"

"예, 그렇습니다. 어르신!"

"내 다시 물음세. 그렇다면 권 이장, 내 말을 따라 줄 용의가 있는 겨?"

"말씀해 보세요."

"주민들을 위해서 짓겠다는 회관 건축에 드는 제반 비용

을 권 이장 개인의 돈으로 한 번 인심을 쓸 의향은 없으
서?"

한강수 노인의 그 말끝에 주민들은 여기저기서 쑥덕거
리기 시작했다. 그러자, 삼반 반장인 나한호 씨가 당장 거
들고 나섰다. 나한호 씨는 나이가 서른 중반인데, 농대에
다니다 등록금이 궁해서 월곡마을로 농사일이나 배워보겠
다며 입성을 한, 농지 흙을 주무른 5년 경력의 청년이다.

"저도 이장님께 의견을 내고 싶은데요. 회관 건축을 그
렇게 쉽게 생각하면 좀 부담되지 않아요? 마을 회관을 짓
는 데 있어서 재정문제가 가장 우선이니, 한 씨 어른 말씀
대로 회관 건축 비용을 권 이장님이 물겠다면, 그땐 모르
겠지만요……."

나한호 반장의 뒤를 이어 다른 젊은이들이 그렇게 하면
좋겠다고, 웅성웅성 한마디씩을 거들고 나섰다. 그러잖아
도 쓸 곳이 많고 아무리 아껴도 늘 간당간당한 마을 재정
을 놓고 굳이 그 돈을 밑바닥 보이게 홀라당 쏟아 넣으면
서까지 회관 건축을 해야 할 만큼 절박한 상황을 찾지 못
했기 때문이다. 주민들의 그와 같은 의향이 권달수 이장의
속내를 은근히 긁어대는 것이었다.

권달수 이장은 속이 답답해졌다. 자신의 말을 무시하는

주민들 대하기도 괜히 부담스러웠다. 그가 떨린 손으로 마이크를 움켜잡았다. 그리곤 어떤 울분처럼 목젖에 차오르는 한마디를 뱉어내면서 두 눈을 지그시 감아버렸다.

"마을 주민 여러분께 죄송하지만 한마디 말씀을 드리고자 합니다. 비록 신임 이장으로서 추진하는 일의 진행이 좀 미숙했기로 그렇게 주민들 마음속에 하나같이 깐깐한 까탈들을 갖고 계신 줄 저는 몰랐습니다."

"까탈?"

마을 사람들 입에서 하나같이 합창을 하듯 까탈이란 단어를 되읊어보는 것이었다.

"이장한테 지적할 게 있거나 시정할 점이 있으면, 콕콕 찍어가며 말씀해주시면 고칠 수도 있지 않겠습니까?"

그때, 한강수 노인이 점잖게 한마디를 던지는 것이었다.

"권달수 이장께선 처음에 주민들 앞에 내건 신임 이장 때 했던 취임선서를 몽땅 까먹은 거?"

권달수 이장의 취임선서는 정말 평범하기 짝이 없었다. 언뜻 듣기엔 말로 장난을 치는가 싶은 느낌마저 들었다. 시간이 흘렀지만 주민 중 그 누구도 잊지 않고, 복창할 수 있는 내용으로 기억되고 있었다.

"새로 당선된 권달수 이장이 취임선서를 하겠습니다.

선, 서! 하나! 저, 권달수 이장은 월곡마을의 번영을 위해서 정성을 다해 여러분들을 돕겠습니다. 두울! 저, 권달수 이장은 월곡마을 주민들을 위해서 온몸을 다 바치겠습니다. 세엣! 저, 권달수 이장은 월곡마을 주민들을 위하여 손발은 물론, 든든한 머슴이 되겠습니다. 끝으로 제가 마을 주민들에게 강한 톤으로 말씀 올리고 싶은 것은 우린 모두 돌이라는 사실입니다. 우리 월곡마을로 치자면 돌들의 세상인 셈이지요. 그만큼 단단하여 여물다는 뜻이기도 하고요. 그러니 저 권달수 이장은 오늘부터 아주 단단한 차돌이 되고자 합니다. 대단히 감사합니다!"

이튿날 월곡마을 낡은 회관 앞 게시판에는 재미나게도 이런 공지가 나붙었다.

동민 여러분들에게 알려드립니다. 마을 대표인 이장 자격자 돌로써 알려드리는 바입니다. 앞으로 우리 월곡마을을 위한 일이라면 무조건 돌처럼 강하게 일할 참이니 이 이장에게 많은 협조를 해 주시기 바랍니다.

— 돌 이장, 권달수 올림.

월곡마을 이장의 후보 접수기간 때였다.

이장을 새로 뽑는다는 소식이 마을에 퍼진 며칠 후부터 이장선거에 출마할 사람들 몇몇이 후보 등록을 해왔다. 그때, 선거진행 위원인 한사람이 못마땅한 언사를 구사하고 있었다. 지난봄, 주민들을 초빙해놓고 읍내 뷔페식당에서 군 의원이던 사위가 열어준 칠순잔치를 치른 이동하란 함자의 어른이었다.

후보로 등록한 사람들의 명단을 죽 훑어 본 이동하 노인의 얼굴에는 기분 나쁜 표정이 선연했다. 지금까지 한 번도 없었던 일이다. 왜냐하면 후보자 명단에 본토박이는 한 사람도 없었기 때문이다. 모두가 밖에서 살다 월곡마을로 입성한 인사들이었던 까닭이다.

'권달수, 박관호, 복국, 나한호'

대대손손 월곡마을에서 잔뼈가 굵어 지금까지 살아온 본토박이 이동하 노인은 급한 성미만큼 마음에 걸렸던 소리를 쏟아내기 시작했다.

"어쩌다 우리 월곡마을 이장 후보들이 죄다 굴러 온 돌들로 꽉 채워졌네 그려!"

옆에 있던 두 살 위, 그의 사촌 형님이 성긴 치아 사이로 바람을 흘리며 한마디를 거들고 나섰다.

"그런 말도 있잖여? 굴러온 돌이 박힌 돌 밀어낸다

고······."

그러자 선거 진행위원 중 임시 의장인 대머리의 중년 남성 전장배 씨가 굵직한 바리톤 목소리로 웃으며 말하는 것이었다.

"허허, 거참, 강바닥이든 갯벌이든 떠돌던 돌이라고 월곡마을 이장을 못 한다는 법이라도 있남유? 굴러온 돌이든 박힌 돌이든 마을일만 잘 보면 될 것 아닌 감유?"

그런 말을 듣고도 이동하 노인은 연신 걱정이 되는 모양이었다.

"꼭 그렇게 좋게만 생각할 게 아닌 겨. 어디서 뭘 했으며, 어떻게 굴러먹던 돌인지, 그 밑바탕을 통 알 수가 없으니께 그렇잖여?"

그리하여 그들 이동하 씨 형제들의 걱정을 내리누르고, 마을 어른들은 물론 모든 동민이라면 꿈벅 죽듯이 인사를 잘하던 권달수가 이장선거에서 당당히 선택의 영광을 얻게 됐던 것이다.

그런데 세상에는 비밀이 없다고 했다. 하늘이 내려다보고 땅이 알고, 벽이 듣기 때문에. 당시에 월곡마을 게시판에 나붙은 공고문을 보면 그 사실이 입증되는 바였다. 이동하 노인이 굴러 온 돌이라고 걱정을 했던 그 사실이 권달수 이장의 귀에까지 들어간 모양이니 말이다.

　시계 침에 밀려난 시간이 몇 년을 훌쩍 흘러버렸다. 그리곤 어정어정 반년이 더 지났다. 그러니까 권달수 씨가 월곡마을로 이사 온 지 자그마치 7년째 되던 해하고도 가정의 달인 5월 8일이었다. 어버이날이라 마을에선 어르신들을 위한 경로잔치를 열고 있었다. 권달수 이장의 인사말을 두고 적잖이 섭섭하면서 놀랍게 들린 건 굳이 이동하 노인 뿐만이 아니었다.

　"오늘 이렇게 월곡마을의 여러 어르신을 모시고 잔치를 여는 것도 저로선 이번이 마지막이 될 것 같아서 섭섭한 말씀으로 여쭈어 올립니다."

　잡담이며 소음으로 웅성거리던 주변이 갑자기 물을 끼얹은 듯 조용해졌다. 권달수 이장의 말이 다시 마이크 선을 타고 찌르릉거렸다.

　"솔직히 제가 한때 굴러 온 돌로 불렸던 적이 있습니다. 그렇지만 한 번도 제대로 강한 차돌이 되지는 못했던 것 같습니다. 그래서 이젠 다시 예전처럼 넓은 도시로 나가서 평범한 돌이 돼 보려고요. 아니죠, 돌이 아닌 까칠한 도시의 남자가 돼서 삼모작 인생을 한 번 살아볼까 하고요."

그때, 누군가 권달수 이장의 말을 탁 가로채는 이가 있었다.

　　"권 이장, 갑자기 왜 그런 겨? 어디 아프기라도 한 겨? 갑자기 돌이 어떻고 삼모작 인생은 또 뭔 시시껄렁한 소린 겨?"

　　"사실 저는 이장일도 그렇고, 그동안 우왕좌왕 절절맸지 뭡니까. 아무리 피땀 쏟아가며 힘들게 장미농사를 지어 봤자 제대로 된 판로도 찾기가 어렵고……. 그런데 저번에 처음 제가 월곡마을로 들어오기 전에 명예퇴직을 시켰던 직장에서 고맙게도 저를 다시 와 달라고 하네요. 맘에는 썩 내키지 않지만, 거길 다시 나가봐야 할 것 같아서요. 그뿐만도 아닙니다. 손등에 가시는 콕콕 찔러대지, 처음 이 동네 올 때 농장을 짓느라 빌린 대출금이며 시설비 투자한 데 들어간 돈을 놓고 볼 때, 이자 내기만도 숨이 헐떡헐떡 턱에 참니다! 그래서 저는 이때까지 한 번도 깊은 잠을 자 본 적이 없었네요."

　　"농사짓는다는 게 뭐, 다 그렇지 않남? 윗돌 빼서 아랫돌 괴고, 아랫돌 빼서 옆구리 괴고, 농사라는 게 다 돌로 돌을 돌려막는 거지……. 허허허!"

권달수 이장이 빚에 짓눌린 자신의 형편을 월곡마을에 퍼뜨린 후, 그가 다시 옛 직장이 소재한 도시로 돌아간 지도 며칠이 지났다. 월곡마을 재정 장부엔 전에 없이 빨간 마이너스 줄 하나가 쫙 그어져 있었다. 저수지를 유료 낚시터로 개방해서 마을 재정에 수입을 보태고자 권달수 이장이 맡아 지은 조립식 건물 건축비의 일부가 그때까지 외상으로 남겨져 있었다.

마을 사람들이 그 사실을 알게 된 것은 권달수 이장과 이별을 한 지 달포 후였다. 권달수 이장이 월곡마을을 떠났다는 소식을 듣고, 읍내 건축자재 대리점 사장이 수금 차 월곡마을로 권달수 이장을 찾아 외상값을 받으러 온 것 때문이었다.

탈출기

탈출기

백수의 불행은 대물림하기 무서운 죄 몫이다!

홀수 날에는 놀고, 짝수 날이면 쉬는 남자가 곧 나의 실체다. 똥구멍 찢어지게 가난해서 부끄러운 무직자, 아니 백수라는 말이다.

내게는 지지리 미운 별칭도 붙어있다. 천하태평밥벌레가 바로 그것이다. 천하태평밥벌레라고, 기차처럼 기다란 별칭을 붙여 준 사람이 누구냐면 바로 내 어머니다. 나를 키울 때는 귀엽고 예쁘다고 늘상 쪽쪽 빨고, 핥고, 깨물어 대던 그 어머니다. 좀 더 성장한 후에는 성적표를 우수하게 받아왔다고, 보상이라도 하는 듯이 볼륨 있는 내 궁둥

42

이를 톡톡 쳐 주던 어머니가 내게 그런 천하태평밥벌레란 별명을 붙여준 것은 대충 5년 정도는 된 것 같다. 나의 백수 경력이 5년이니 말이다.

어머니가 내게 붙여 준 천하태평밥벌레란 별칭에는 적잖은 뜻이 담겨 있다. 취직을 못 해서 돈을 벌지 못하고, 돈을 벌지 못하니 생활을 해결할 능력이 안 된다. 그것은 아주 당연한 이치다. 그러니 그에 뒤따른 문제가 바로 결혼을 못 해서 서른이 훌쩍 넘은 나이에도 부모의 집에 얹혀사는 캥거루족으로 전락해버린 까닭이다. 전통과 핏줄을 뜨겁게 중시하는 내 나라 대한민국에서 낳고 길러 준 부모 집에서 껍딱지가 되어 30년을 훌쩍 넘겼다 해도, 얹혀사는 게 뭐가 그리 잘못이며 죽을죄를 졌다고, 천하태평밥벌레라는 곱지 못한 별칭을 들어야 하는지, 혹시 나를 동조하는 발언을 해 줄 사람도 있을지 모른다. 그러나 내 현실을 조금만 직시해 보면 바로 그 해답이 나온다. 이론이나 지식이 빵빵한 대학을 나왔는데도 취직을 못 했으니 맨땅에 헤딩이라고 독립을 할 수도 없고, 그렇다고 실업자 신분으로 결혼도 할 수 없는 노릇이다. 그러니 쉬울 상 부모네 품을 떠나지 못한 천하태평밥벌레가 돼 버린 셈이랄까. 즉, 지금 이 시각 나 자신이 처한 상황시스템이 전혀 사회적으로 가동할 수조차 없는 불능의 핵이 돼버렸다는 의미로 해석하면 정확할 것이다.

어느 날, 외출했다 돌아온 어머니가 내 앞에서 숨차게 읊어댔다.

"저, 길 건너 시장통 기름집 아들은 취직했다더라. 그, 왜 있잖아. 너랑 같이 학교 다닌, 몸피가 홀쭉한 머시매 말이다."

어머니의 입에서 취직이란 말이 나왔다는 게 내 귀에는 적잖이 거슬렸다. 그렇지만 내 기억은 벌써 그 친구의 이름이 성일로 불렸던 기억부터 환하게 떠올리고 있었다. 거기다 눈매가 옆으로 쭉 찢어진 것도 함께 기억이 났다. 그러나 나로선 기름집 성일의 취직 소식이 절대로 신바람 날 뉴스가 될 수 없었다. 그런데도 나의 속을 모른 어머니의 설명이 다시 이어졌다.

"너보다 여의치 못한 조건인 그 머시매도 벌써 취직을 했는데, 너는 허여멀겋게 생긴 놈이 천하태평밥벌레로 산 경력이 벌써 몇 년째니?"

한마디로 나보다 못하다고 여긴 시장통 기름집 성일이가 취직한 사실이 어머니는 무척 부럽다는 뜻이었다.

어머니의 손은 어느새 본인의 가슴을 퍽퍽 치고 있었다.

44

속이 터지고 가슴이 답답해서 속에서 치미는 성질을 누르고 있다는 몸짓임을 익숙한 경험상 나는 훤히 꿰고 있다.

다시 어머니의 자조 섞인 목소리가 처량하게 쏟아져 나왔다.

"만약, 내가 도울 수 있는 일이라면 때 절은 속 고쟁이를 팔아서라도 널 돕고 싶은 심정이다! 그런 이 에미의 속을 아직도 모른 채, 백수건달로 빌빌거린 걸 부끄럽게 생각하지 않는다면, 너는 내 자식도 아니고, 내 뱃속에서 나온 핏줄이 아니라 웬수다, 웬수……. 쯧쯧."

어머니의 혀 차는 소리를 귀에 걸며, 나는 어머니 앞에서 내 그림자를 슬그머니 비켜버리려 슬금슬금 뒷걸음질 치고 있다. 4년 동안 나의 귀청을 뚫기라도 하려는 듯 그 말을 수없이 거푸 읊어댄 어머니의 입에서 다시 또 무슨 격한 소리가 더 줄줄이 튀어나올까봐 겁이 났던 것이다. 우리 어머니의 말처럼 내가 아무리 천하태평밥벌레이긴 해도 구렁이를 구렁이라 부르면 누가 듣기 좋아하겠는가. 누가 뭐라 해도 나는 백수건달로 살아가는 걸 원한 적이 한 번도 없는 까닭에 말이다. 내가 기업체 곳곳에 들이민, 거대한 백탑을 쌓을 만큼 많은 분량의 이력서를 써서 수없이 제출했고, 내가 할 수 있는 일을 맡게 된다면 나는 그곳에서 분골쇄신할 용기도 가지고 있는 놈이다. 그런데도 면접관들은 하나같이 나의 능력을 몰라서일까, 나는 번번이 그들의 선택을 받지 못해 취직에 실패했을 뿐이다. 그런데 주변에선, 특히 내 어머니는 내가 스스로 백수가 되길 원한 것처럼 호도하는 데, 나의 고민이 깊어지지 않을 수가 없다.

나는 우리 집에서 움직이는 나의 동선에 대해서 곰곰이 한 번 짚어보았다.

먼저, 집에서 비상식량인 라면이 떨어졌을 때가 바로 나의 외출할 기회이면서 시간이다. 그것은 흔히 듣는 말처럼 목구멍이 포도청이라는 것 때문이다. 한마디로 내게 있어 가장 쉽고 만만한 먹을거리가 라면인 까닭에서다. 주머니가 텅 비면 뱃속은 또 왜 그리 빨리 출출하고 허기가 느껴지는지, 그때마다 텅 빈 뱃속의 허기를 쉽게 채워주는 음식인 라면이 떨어지면 나는 못 참는 체질이다. 그것은 또한 천하태평밥벌레로 전락해버린 백수의 처지이지만 배꼽시계 하나만큼은 정확한 걸 낸들 어찌하겠는가. 아무 하는 일 없이 진종일 방에서 뒹굴어 대거나 어정거릴지언정 끼니의 시간이 되면 뱃속이 헛헛하고 왜 허기가 지는지, 잔머릴 굴려가며 암만 생각해 봐도 통 모를 일이다.

그 다음으로 내가 집 밖을 출입하는 일을 꼽는다면 어쩌다 은행을 찾아가는 경우다. 우리 어머니가 말씀하듯 좁쌀만큼도 하는 일 없이 빈둥빈둥 시간을 허비하는 처지일 뿐, 무슨 얄팍한 수입이 있어서는 절대로 아니다. 찬밥 더운밥 가릴 것 없이 아쉬운 대로 돈 냄새를 맡아낸다든가 몇 푼씩 물어 온 알바 수입이 통장에 잔존하는 처지는 더욱 아니다. 그러니만치 내가 은행에 간다고 해서 손바닥에 돈 이파리를 만져보는 건 정말로 얼토당토 않는다. 복음과도 같은 내 어머니 말씀대로 하루는 죽은 시체처럼 자빠져 놀고, 하루는 저주를 받은 장승처럼 뻣뻣하게 입을 다무는, 천하태평밥벌레 인간이 곧 나 자신인 까닭이다. 청청한 물밑과도 같이 너무도 환해서 가난한 내 처지에 시나브로 개미가 물어다 쌓아둔 양식처럼 남겨진 푼돈 따위란 꿈에서라도 존재할 까닭이 없다. 밑천이 바닥인 내가 은행을 가게 되는 일이라면 너무나도 뻔할 뻔 자다. 케이블 방송 사용료며 자동이체를 시키지 못한 전기와 수도료, 그리고 일부의 유선통신비 등 공과금을 내는 일 때문이다.

또한 아주 드물게, 그러니까 한 달에 네 번 정도는 직장으로 돈 벌러 가는 사람처럼 아침 일찍 집을 나설 때가 있다.

그렇다 해서 괜히 어떤 기대심을 상상하면 곤란하다. 양복에 켜켜이 덮인 뽀얀 먼지를 툴툴 털어내는 일도 없다. 반질반질 굽 닳아 낡은 단벌의 가죽 구두를 억지로나마 반짝반짝 윤기나게 닦는 일도 전혀 없다. 무슨 말이냐 하면, 오직 내가 자발적으로 시립요양병원에 입원한 기동이 불편한 장애인들을 위해 무료봉사를 하러 가는 날인 까닭이다. 단지 자원봉사를 가는 날에만 있는, 그야말로 코에 바람을 쐴 수 있는 그 매력 때문일까. 아이러니하게도 나는 가끔 그날이 기다려질 때가 있다. 곰팡내 배서 퀴퀴한 방구석이 갑갑하거나, 그야말로 주제 파악조차 못한 채 무작정 탈출하고플 때가 있는 건 스스로도 나를 집안에 묶어두지 못하는 그 병이 도진 날이다. 새우처럼 등판을 웅크린 채 허황된 꿈에 취해, 일류 작가가 단번에 써 갈긴 무협지를 읽는다거나 근육과 뼛조각들이 낱낱이 드러난 알몸들이 적나라하여 눈이 부시는 야한 주간지를 후닥닥 탐독하다 보면 산소가 모자란 까닭에서인 것도 한 가지 이유가 된다 할까.

그리고 천하태평밥벌레인 내가 외출하는 경우는 순전히 가족들을 위한 걸음일 때가 있다. 살림을 건사하느라 활동에 바쁜 어머니의 심부름이나 맡긴 세탁물을 찾아오는 때가 그 경우이다. 친척 누나가 노처녀 딱지를 뗀다고 결혼 준비에 일손이 필요한 친척댁을 찾아 나서는 것도 그 일에 포함이 된다. 정말로 하찮고 예사로운 일이지만, 시간이 넘쳐서 빈둥거리는 나 같은 왕백수도 필요할 때가 있다는 걸 절감하는 기회다. 동시에 인건비 한 번 확실히 비싼 시대를 살면서도 내가 봉사하는 측이다 생각해서 그나마 위안으로 삼을 뿐이다.

그렇지만 다른 한편 나로선 본능적으로 떫은, 또한 숨길 수 없는 게 하나 있다. 가장 헐값인 백수의 인건비가 바닥처럼 추락하는 슬픔이 그것이다. 대게는 주변에서 더욱 똥값으로 매겨진다는 점이 그 슬픔에 속하지만. 어쨌든 이런저런 사실로 인해 나 같은 왕백수가 지랄 같은 성질이 팍팍 솟구쳐 오를 때가 있다. 그럴 때면 대게는 혼자 속으로 끙끙 앓으며, 지지리 못난 내 성깔을 죽이려 노력에 노력을 거듭하지만 말이다.

그 외에 지극히 규칙적인 외출이 천하태평밥벌레인 나를 기다리고 있는 걸 밝히지 않을 수 없다. 비가 죽죽 퍼부어대는 날이거나 천지를 뒤덮는 큰 눈이 내릴 때도 매달 당연히 가야 할 곳이 정해져 있다. 콩나물도 아니면서 물만 먹어도 갈대처럼 키가 쑥쑥 자라는지 덥수룩해진 머리카락을 잘라야 하는 것 때문이다. 영양섭취하곤 전혀 무관하게 덥수룩한 천하태평밥벌레의 머리카락을 정리하는 구실로 이발관을 찾아가는 것이다. 그때마다 나무토막처럼 무뚝뚝한 반백의 이발사가 의자에 웅크리듯 앉은 내게 선심을 쓰듯 던지는 한마디가 있다.

"젊은이, 구부정한 등판을 빳빳하게 한 번 쭉 펴봐! 등판이 굽어지는 건 주로 자세 불량의 습관에서 그렇거든. 그런 자세 땜에 아까운 인생까지 주눅이 들면 되겠어?"

그때마다 나는 황새같이 긴 내 목이 잠기도록 가운에 폭 둘러싸인 내 몰골을 거울에 비춰보면서 구부정한 내 등허리를 쭉 펴고 세우며 자세를 고쳐 앉는다. 그리고 그나마 눈살이 찌푸려질 정도의 밉살맞은 몰골은 아닌 내 인상에 조금은 안심을 하게 된다. 그러다가도 금방 백수인 나를 주제 파악하게 되면 툭 불거진 내 정수리를 사정없이 팍팍 내려치는 통증들이 무작위로 밀려온다. 천하태평밥벌레란 속 시끄러운 그 저주받을 별칭에 사로잡혀 헤어나지 못하고 있는 내 인생의 환영이 순간적으로 싫고, 서러워져서다. 아니 지축을 흔들어대서라도 악이 받치는 못난 백수의 틀을 와장창 깨부숴버리고 싶어서이다.

구름 한 점 없이 화창한 어느 한낮, 나는 묵은 먼지를 탈탈 털어내고 내 손으로 매끈하게 잘 다린 단벌의 양복을 차려입을 기회가 생겼다. 시시때때로 자꾸만 말라가는 입속의 침을 걸레쪽에 퉤퉤 뱉어내 가며 낡은 구두도 반짝거리게 닦았다. 그리곤 내가 구두를 광택이 나게 닦았다는 게 신기해서 만족하는 표정으로 구두를 신고, 터벅터벅 집을 나선다. 혹시나 하고 큰 기대를 갖고 허둥지둥 참석했다가 역시나 천길 아래 낭떠러지로 떨어지곤 했던, 일자리를 얻을 면접시험이 있어서는 결코 아니다. 이웃에서 볼 것 안 볼 것 다 보고 자란, 어릴 적부터 함께 뒹군 아버지의 후배 아들이 총각 딱지를 떼는 날이기 때문이다. 아무리 수중에 가진 것 없는 백수라 한들 고등학교까지 한동네에서 다녔고, 도토리 키 재기 하던 고추친구의 결혼식에 빠질 수 있겠는가. 머리통 속에 빼곡히 들어찬 실력이나, 그 친구가 선대의 좋은 유전자를 타고난 덕분인지 함께 있을 때면 언제나 나를 평가절하 시켰지만, 그런 건 다 잊어버린 지 오래되었다. 한날 한곳에서 둘이 함께 응시했던 취업시험을 명문대학 출신답게 단번에 철커덕 합격한 그는, 사실 나보다 키가 4cm는 작다. 게다가 몇 달 늦게 태어난 동생뻘이기도 한 것이다. 그리고 보니 취직 면접시험에선 키의 높낮이가 별 문제 되지 않았던 모양이다. 몸매의 실루엣 곡선을 요구하며, 치수를 따지는 의류모델이 아니면 말이다.

내가 눈물나게 서러운 외출을 하게 된 어느 날이다. 아무리 천하태평밥벌레라 해도 몸이 아픈데 병원에 다니지 않을 수 없어서다. 백수란 덫에 걸려 오랜 시간 눈칫밥을 섭생한 탓인지, 아님 한창꾼이 놀고먹은 게 병이 됐던 것인지, 아침부터 찌뿌드드하던 몸이 오후엔 으슬으슬 추우면서 열나게 아팠다. 목도 뜨끔거리더니 침을 넘기기가 어려웠다. 하지만 나는 백수라는 그 죄 많은 신분 때문에 방콕해서 쉴 수조차 없다 보니 병이 된 모양이었다. 왜냐하면, 반세기만의 혹한에 인정사정없이 꽁꽁 얼어붙어버린 수도를 녹이려면 나보다 더 합당한 사람이 없다는, 어머니가 지목한 잡부 일꾼이기 때문이다. 어쩜 그것은 한솥밥을 먹는 가족의 일원인 탓이지만. 그래서 나는 서툴고 답답한 솜씨로나마 꽁꽁 얼어버린 수도를 사명감을 타고난 기술자처럼 겨우겨우 어렵게 녹여냈다. 이래저래 기가 죽어서 그런지, 능력이 바닥나버린 힘이었지만 모처럼 생긴 집안일에 본분을 다하겠다고 젖 먹던 힘까지 소비해가며 꽁꽁

댔던 것이다. 그래도 그 결과만 괜찮았다면 얼마나 생색났을 일인가. 유감스럽게도 결국 내게 생긴 병으로 인하여 우리 집 가계부에선 그만큼 펑크가 나버렸다. 배보다 배꼽이 큰 경우였던 셈이다. 일용 잡부를 불러서 하루 일을 시킨 후에 지불할 그 이상의 병원비를 내가 후딱 까먹어 버렸으니 말이다. 그러니 내 몸을 침범한 염치없는 병 때문에 내 처지는 더욱더 면목이 없어져 버렸다.

며칠 간 고통스럽던 병원 출입도 이젠 거의 끝이 났다. 그 일 때문에 내가 뼈저리게 느낀 게 하나 있다. 천하태평 밥벌레인 백수란 신분일수록 몸이 건강해야 된다는, 지극히 당연한 깨달음을 얻은 것이다.

천하 백수인 나에게도 어쩌다 드물게 행복한 주말 외출이 찾아올 때가 있다. 그래도 그나마 인간적이라 말할 수 있는 건 주말 외출이란 게 최소한의 즐거움을 맛볼 수 있는 기회여서다. 어떤 이는 백수가 무슨 데이트라도 나가나 보다고 생각하겠지만, 그것은 천만의 말씀이요, 만만의 콩떡과 같은 오해다. 정말이지 그 어떤 눈먼 아가씨가 있어 언감생심 천하의 백수와 데이트를 하겠으며, 배우자감으로 점이라도 찍을 여성이 하늘 아래에 있겠는가. 아무리 중간에서 소개를 받고 짝을 찾는 우리네의 고상한 맞선보기가 대한민국의 결혼제도를 이끈다고 해도 말이다. 그런 맥락에서 보면 내게 있어 즐거운 외출이란 곧 백수가 적나라하게 알몸을 드러내는 날이 된다는 뜻이다. 참으로 할일 없고, 제 역할도 못 해서 빈둥대는 백수 주제에 몸에서는 왜 또 그렇게 시큼한 땀 냄새가 염치도 없이 푹푹 풍기는지. 만물 중에 인간 된 도덕심으로 누구 앞에서든 악취만은 절대로 풍기면 용서받지 못할 죄라는 생각이 든 까닭이다. 그래서 뜨끈한 대중탕 물에다 내 몸을 푹 담근 채, 몸에 붙은 때를 무슨 복수라도 하듯이 깨끗이 정갈하게 벗겨보는 기회인 셈이다.

그 밖의 외출은 내가 피울 담배를 사러 갈 때이다. 누구든 뿜어대면 연기가 독하고 호흡기가 새까맣게 그을린다는 담배를 금쪽같이 아까운 돈을 들여 부어가며, 무엇 때문에 쩐 냄새나게 꾸역꾸역 피우느냐고 따지려들면 굳이 할 말은 없다. 특히나 한 푼이 아쉽고 돈벌이 기술도 없는 백수인 처지에 건강마저 해친다는 담배를 피우는 건 간첩보다 더 나쁜 짓이라고, 욕을 퍼부어 대도 변명을 해야겠다. 담배, 그거야말로 배운 도둑질보다 더 지독한 것이 배운 담배가 아닌가 싶다. 아무 일도 하는 것 없이 스트레스

받을 때마다 그래도 담배만이 내게 있어 가장 유일한 벗이 돼 주기 때문이다. 그래서 내가 담배를 끊을 수 없는 것이다. 좀 더 궁색한 변명을 털어놓자면 날씬한 담배 개비에 불을 붙여 한 모금 길게 빨아들이는 그 순간에야말로 짓눌리고 무시당하고, 처절하게 눈치만 살피는 백수의 속상함이 봄 눈 녹듯 스르르 녹아버린다. 그 밖에도 자지레한 가슴 속 불만들이 담배 연기 속에 묻혀 하늘로 향해 훌훌 날아가고 없어지니 청량한 가슴이 된다 할까. 정말이지 파라다이스 세상을 만난 기분이 드는 게 담배질이 아닌가 한다. 한 푼이 아쉬운 백수 주제에 아까운 담배는 왜 태워 없애느냐고, 아무리 따지고 험악하게 눈치코치를 준다고 해도 정말이지 담배만은 도저히 끊지 못하는 병이 되고 말았다. 천 갈래 만 갈래 찢어지고 상처받은 내 영혼을 어루만져 주고, 느긋하게 다독여주는 매력에 빠졌다는 뜻이다.

천하태평밥벌레인 나도 언제부턴가 조금씩 달라져 가는 게 있다. 맛있는 음식과 끼니란 단어 앞에 초연해지고 싶은 마음이 그것이다. 그토록 존엄한 단어인 밥이나 끼니를 회피하고 어찌 사느냐고 물을 사람도 있을 것이다. 세상에 먹는 것만큼 신 나고, 살맛나는 일이야말로 하늘 아래 다시없는 낙이 아닌가. 무엇보다 먹고 일하고, 사랑하며 사는 건 인간의 지엄한 고유 권한이면서 행복한 삶 찾기가 아니겠는가. 천하태평밥벌레인 백수의 처지가 돼보면 아슬아슬한 사면초가에다 뻥 뚫린 그 허전함을 먹는 걸로 달래 온 습관에 환멸을 느낄 때가 가끔 있는 법이다.

'천하태평밥벌레인 처지에 배는 채워서 무엇에 쓰나?'

며칠 전부터 나는 먹는 것에 대해 초연해지는 길이 없을까, 알고 싶었다. 밥이 싫어서는 전혀 아니다. 그렇지만 별로 하는 일 없이 빈둥거리는 처지라 배가 고픈 것도 죄스러우니 말이다. 그럴 때마다 눈 질끈 감고 견딜만한 시간까지 꾹 참으며 나 자신과 겨루기를 한다. 더러는 가족들이 볼일 보러 나가버린 집에서 나 스스로 차려 먹는 밥이 아주 싫을 때가 있어서도 그렇다. 그땐 먹는 걸 아예 포기해버리거나 헐렁해진 허리띠만 질끈 조여 매면 그래도 잊을만해질 때가 있다. 소화시킬 일 없이 빈둥거리며 놀고먹는 내 처지로썬 바쁘게 활동하는 가족이나 어머니의 눈치 보기가 이래저래 부담되는 까닭에서다.

얼마 전부터 바깥사람들과의 접촉도 되도록 나는 피하고 있다. 혼자 밥 먹고, 혼자 공상에 젖어든다. 속세와 인연을 끊은 채 도를 닦는 일도 없으면서 그렇게 되니, 우울증에 빠져가는 중인가 싶다.

이제 와서 생각해 보면 그 누구보다 꿈 많던 나였다. 그런데 아직 그 첫 단추를 끼우지 못해서 인생이 헛길로 샌 것 같은 고민에 치어서인지, 가끔 멍해지거나 하늘에도 땅에도 기댈 곳 없는 사면초가의 내 신세를 허공에 대고 하소연한다. 그런데 입을 닫으면 닫을수록 나의 기가 더욱 꺾인다. 용기는 순간순간 저절로 움츠러들고, 고개도 자동으로 꺾인다. 누구보다 어머니의 기대를 한 몸에 받고 자란, 장남이던 내가 이렇게 갑갑한 현실에 갇혀버렸는지, 그 끝이 어딘지, 희망이 안 보여 갑갑하니 견딜 수가 없다. 아마도 쓸 곳 없이 시간만 넘치는 백수가 바쁘게 사는 이들에게 연락할 사건이 없으니 더욱 그런지도 모르겠다. 어떤 소식이든 올 일이 없는 처지니 보낼 곳도 역시 없는 처지인 셈이다.

다음은 돈에 관해서다. 내게 인연이 없는 돈과는 거리를 두고 살기로 맘먹은 지 오래다. 지극히 당연한 이치지만, 돈과 물질 앞에서만은 그 어떤 재벌을 능가할 만큼 백수 역시도 욕심이 좔좔 넘쳐나고 있다. 백수란 인간의 뇌리에는 누구보다 더욱 강렬한 욕심이 그득하니 차있는지 모른다. 갖고 싶은 것, 먹고 싶은 것, 남들 앞에서 생색나는 삶을 살고 싶은 욕구를 비롯해서 역시 무궁무진하게 많으니 셀 수조차 없고, 세어보기도 싫다. 그렇지만 천하태평밥벌레인 백수에겐 분수가 분수니만치 끈적거리게 달라붙는 욕심의 백분지 일이라도 돈을 만질 기회가 없다는 사실에 갇혀 눈물겹고 서러움에 치인다. 그것이 슬픈 현실이다. 그런 현실에 암만 짓눌려도 나는 일부러 돈 앞에 초연해지려 애를 쓴다. 아니, 초연해지지 않고는 못 배기기 때문이다.

사실이지 헛말 같지만 백수는 천지 광활한 세상사에 별로 관심을 둘 일이 없다. 어쩌면 그와 정반대인 즉, 극과 극일지도 모른다. 쉬운 말로 녹록찮은 세상살이에 남의 꽁무니라도 따라가야 된다 싶지만, 그것이 잘 안 되는 것이 저주받았나 싶은 것이다.

스마트폰을 사는 문제였다. 모든 젊은이가 신앙처럼 푹 빠져 사는 그 스마트폰이지만 강아지와 나만 가지지 못한 문명기다. 이래저래 시간상으로 한가로운 내가 무료한 시간을 보낼 때나 아님, 실생활을 능가해 취업 정보를 좀 더 빨리 접하려면 스마트폰이 필요하다고 생각하게 되었다. 한편, 속마음은 내키지 않았으나 취직해서 돈 벌면 그

때 갚을 요량으로 일단 어머니의 신세를 지기로 했다. 그래서 몇 번을 망설인 끝에 어머니께 운을 떼었다. 그런데 말하려는 중에 자꾸만 호흡이 끊기려 했던 건, 일말의 가치 없는 양심 탓이었을까?

"어, 어머니……. 저, 스, 스마트폰 좀, 사주시면 안 될까요?"

어머니는 처음부터 관심도 없는지, 심드렁한 목소리로 되물었다.

"스마트폰이 뭔데?"

무릎이 튀어나온 내 운동복 바지에 구멍 난 걸 꿰매던 어머니가 그 일을 멈춘 채, 뜨악하게 나를 쳐다보았다. 나는 겸연쩍은 표정으로 뒤통수를 긁적이며, 우물쭈물 대답하였다.

"그 왜, 있잖아요. 휴대폰보다 더 나은 아니, 컴퓨터 닮은 전화요……."

어머니가 다시 운동복을 뒤로 돌려 잡으며, 심드렁하게 대꾸하는 것이었다.

"아, 그 넓적한 전화기 말야? 그거라면 너도 갖고 있잖아?"

어머니 앞에서 내가 소유하고 싶은 스마트폰에 대한 당위성을 더 길게 내세우며 설명할 수 없던 나는 모래성처럼 허물어지는 심정으로 스마트폰을 포기하였다. 주제 파악을 해버린 셈이다. 나는 그 후부터 손때 묻어 반질거린 내 폴더폰을 두 번 다시 충전기에 꽂지 않았다. 그것은 쇠 목걸이를 건 바둑이보다 더 나를 자주 호출해대는 어머니에 대한 가장 큰 저항심이고, 지랄 같은 복수심에서이다.

최근 들어 내게 공포심이 생기는 충격의 소리가 들린다. 백수이기에 듣기만 해도 그 강도가 세게 느껴지는 건지 모르지만. 이래저래 만만한 라면도 그렇지만, 뒤엉긴 잡념을 정서로 빗질해 주는 담배를 두고 자그마치 그 값을 80%나 올린다는 뉴스가 바로 그것이다. 젓가락으로 가닥가닥 솔솔 건져 먹는 쫄깃한 라면발의 감촉이며, 백수가 받는 스트레스를 진정시켜주는 담배가 없는 세상은 상상하기조차 싫기 때문이다.

언제 어디서든 백수가 등장하는 곳은 기가 죽다 못해 슬프다 할까? 오래전부터 텔레비전의 유머 코너에는 백수라는 신분의 남자가 등장하고 있어서 채널을 돌려버리곤 했었다. 그러면서도 시간이 지루해서 TV를 보았는데, 배우가 코믹하게 연기를 하면 나는 화면에 등장하는 그 백수의 눈빛을 먼저 읽었다. 그리곤 동병상련에 두 눈을 질끈 감아버렸다. 입가엔 아무리 히죽한 웃음을 남모르게 가만히 베어 문다 해도 양심상 자극을 받고, 찔리는 게 많았던 때문이다.

얼마 전, 마트에 볼일을 나간 김에 주머니의 동전을 털어 주간신문 한 부를 샀다. 대문짝만한 머리기사부터 쭉 훑어보았다. 어느 기관에서 조사했다는 내용이 실려 있었다. 뜨거운 이야깃거리 중 몇 년 동안 1만 회가 넘게 이력서를 써넣었다는 구직자에 관한 기사였다. 그만큼 극심한 취업난을 실감케 하는 말이 되는 시대더란 말인가. 뉴스의 주인공은 하루도 빠지지 않고 수년 동안 매일 매일 버릇처럼 꼬박꼬박 이력서를 지원한 모양이었다.

그중 5천 회 이상 이력서를 지원한 구직자도 둘이나 됐다니, 참으로 엄청난 숫자가 아닐 수 없었다. 그와 동시 그들의 끈기에 고개가 숙여졌다. 더욱 놀라운 건 모두 대졸 이상의 학력을 소유했다는 점이다. 특이한 것은 석사와 박사 학력을 취득한 사람 중 이력서를 최다 1천5백 회 이상을 지원한 구직자도 있었다니, 나는 입이 다물어지질 않았다. 그만큼 고학력자의 취업난 역시 아주 심각한 것을 보여줬다 할까. 그뿐인가, 전문대 출신자 중에도 이력서를 최고로 많이 제출한 구직자는 2천 회가 넘었으며, 고졸 구직자 역시 1만 5천 회나 되도록 높았다고 하니, 눈이 번쩍 뜨일 만큼 놀라웠다.

지난 5년 동안을 모든 기관에다 이력서를 수백 회 이상 지원한 구직자는 3백여 명이나 되었다고 한다. 1만 번 이상의 이력서를 넣은 구직자는 단 한 사람이었고, 5천 회 이상 지원한 구직자가 둘이나 되더라고 했다. 1천 회에서 5천 회 지원자는 자그마치 50명이 넘었고, 7백 회에서 1천 회를 구직한 사람이 90여 명, 5백 회에서 7백 회는 1백 7십 명이나 됐다는 것이다.

그런데 기상천외하게도 신문기사에는 이런 글귀가 실려 있었다.

"취직을 못 해도 3D 직종은 싫다!"

심각한 취업난에도 불구하고 소위 기름밥을 먹는다는 생산 업무나 생산품에 흥미를 끌어 잡는 영업직, 혹은 생산품을 돈과 바꾸는 판매직이나, 힘들고 오염에 치이는 직종은 구직자들이 취업을 기피하고 있다는 설명이다. 그 바람에 오히려 기업들이 직원 채용에 어려움을 겪고 있는 것으로 나타났다는 소리다. 알찬 중소기업인데도 직원 구하기가 어렵다니 그 또한 알다가도 모를 일이 아닌가. 그러고 보면 일자리를 구하려는 눈높이, 그 눈높이를 낮추는 게 실업자로선 가장 먼저 해야 될 일인지 모르겠다. 세상에 내 입맛에 맞는 일자리가 어디 있겠는가. 두둑한 월급을 주면서, 기회가 되면 해외로 파견시켜 직원의 역량을 키워주는 대기업 일자리가 유혹한다고 해서 다 내게 맞는 일터도 아니지 않은가.

나는 그 신문을 다 읽기도 전에, 아주 단단하게 결심을 하였다. 나의 능력 밖으로 눈썹 위에 올라붙은 일자리 구하는 눈높이를 한껏 팍 낮추기로 마음을 먹어버린 것이다. 학교 졸업한 그 해부터 대기업에 취직하겠다고, 평생 철밥통이라는 공무원이 좋겠다 싶어서 얼마나 많이 들이 민 나의 이력서가 빛을 못 본 채 탈락의 고배를 마셨던가 말이다. 그런 건 꿈도 아니고, 희망일 수도 없었다. 오기라 하기엔 내가 너무 초라한 백수의 입지가 아닌가. 거기까지 생각에 미치니 그저 막연히 좋은 일자리만 찾아 헤맨 내가 너무 미련을 떨었는가 싶었다. 후회의 거센 파도가 마구 나를 덮쳐왔다.

나는 그때부터 나의 주제를 파악하고 싶었다. 아니, 주제에 맞추려 애를 썼다. 짝사랑하듯 그토록 높기만 한, 대기업 일자리를 구하려 애를 썼던 눈높이를 팍 낮추어버렸다. 평생 바람을 맞지 않는다는 철밥통 일자리인 공무원에 대한 기대 심리도 싹둑 잘라내버렸다. 속은 헛헛하고 미련이 남았지만, 한편으론 내 마음이 그렇게 홀가분할 수가 없었다.

며칠이 지났다.

"취직을 못 해도 3D 직종은 싫다!"

신문기사에 실렸던 그 제목을 뇌리에 콱 심어둔 그 다음 날부터 MD 전문 양성학원에 다니는 것도 취업의 한 방법이라기에 도전 차 나서보기로 했다. 나는 학원 촌을 몇 군데 다니며 교육프로그램 정보를 수집하였다. 그야말로 물에 빠진 사람이 지푸라기를 잡는 심정으로 취업에 매달릴 각오를 했던 것이다.

다음 날, 나는 어머니께 학원 수강비를 요청해 보았다. 순간, 어머니의 굳어진 표정에서 살벌한 기운이 확 퍼져가는 게 아닌가. 나는 두 눈을 질끈 감아버렸다. 취직하려 원서를 수십 번씩 보내보다가 취직이 안 되면, 용기가 없고 대책도 없이 방을 닦듯이 뒹굴뒹굴 몇 년을 놀던 나였다. 그러다 다 늦게 학원 수강비를 달라는 내가 어머니 측에선 밉상 맞고 이해가 안 된 모양이었다.

"뭐? 학원? 저, 범 물어 갈 머시매 좀 보소! 빈둥빈둥 놀고 처먹은 지가 몇 년짼데, 다 늙어빠져 갖고 학원은 뭐며,

수강비는 또 무슨 개풀 뜯어 먹는 소린가 말이다? 앙?"

"어머니, 말 좀 들어 보세요! MD 전문 양성학원이라는 데가 있는데, 거기 나오면 취직도 잘 된다고 하니, 한 번 도전해 보려고요."

"그래서? 이젠 학원에서 돈 쓰면서 빈둥거리시겠다고?"

"천날 만날, 집구석에서 뒹굴뒹굴 노는 것 보다는 그쪽이 더 낫지 싶어서요."

"그러다 학원비만 홀라당 날려 먹으면? 어쩔 테야, 어쩔 테냐구!"

"……."

"가만있으면 학원비라도 굳네, 웬수야!"

"어머니, 시작도 하기 전에 초부터 먼저 치긴가요?"

"야, 니가 지금 옳게 지적하는 에미의 말을 홀랑 뒤집을 참이니? 하늘이 알고, 땅이 알고, 담벼락도 아는데, 아니지, 우리 식구들이나 이웃들도 죄다 신물나게 아는 사실을……."

나는 어머니 앞에서 진즉 면목이 없어진 걸 절실히 뉘우치며, 두 눈만 멀뚱하니 뜨고 있었다. 그때, 기억력 좋은 어머니가 왕년에 쏟아내던 그 이야기 레퍼토리들을 다시 되읊기 시작했다.

"너, 천하태평밥벌레가 돼서 몇 년 동안 뒹굴뒹굴 놀더니만, 이제 이 에미의 기억까지 지우고 싶은가 보네?"

"……?"

"왜, 그때, 그 일들은 하나도 기억이 안나니?"

"……?"

"취직할 때, 필요한 스펙을 쌓는다고 너, 대학 졸업하기 전해 겨울엔가 호주로 연수 갔던 것 하며, 그 이듬해 또 부족한 어학 실력을 보충하겠다면서 어학원 다니느라 학원비 쓴 거는 까마귀처럼 잊어먹었니? 어디 말 좀 해 봐, 입이 있으면……."

"어머니, 입은 있지만 다 말할 수는 없고요, 이번엔 정말 전보다 훨씬 더 단단한 각오도 했으니깐 한 번만 믿어봐 주세요!"

"……."

"학원비 쓰는 건 이번에 완전히 끝낼 테니, 한 번만 지켜봐 주세요!"

"너 땜에 내가 미친다 미쳐! 너처럼 멍청한 놈을 대학 4년 공부시키는 것도 겨우 콧구멍만한 방 서너 개 세 논 걸로 생 피똥을 쌌다. 그런데도 대학물 먹은 놈이 취직할 생각은 안 하고, 천날 만날 방구석이나 실실 닦아대더니만,

지금 와서 학원은 뭐며, 학원비는 또 무슨 귀신 씻나락 까먹는 소리냐고?"

"이번 한 번만 눈 딱 감고, 학원비 좀 봐 주세요. 어머니⋯⋯."

"나는, 니를 대학만 졸업시키면 근심 걱정 다 놔버릴 줄 알았다. 그런데 니는 동생이 셋이나 되는 거는 눈에 전혀 안 보여? 장님이 된 거야?"

"어머니, 동생 학비는 걱정 마세요. 제가 취직해서 벌면, 그깟 문제는 식은 죽 먹듯이 어떻게 해결될 테니까요."

"아이고, 찢어진 입이라고 말이나 못하면⋯⋯."

어머니가 잠시 침묵의 시간을 수놓아 갔다. 마음 정리를 하는 모양이었다.

"그래, 거시기 학원만 나오면 취직이 철커덕 잘 된다니?"

"그럼요, 어머니⋯⋯."

"학원비는 얼만데?"

나는 잠시 망설였다. 그러다 매월 50만 원을 내야 한다더라고 할 땐, 우물쭈물 기어들어가는 소리로 조그맣게 말했다. 돈 이야기가 목구멍에 걸리자 기마저 옴츠러들어서다. 기가 팍 꺾인 내 말을 들은 어머니는 나를 동정하듯이 바라보다가 다시 앙칼진 소리를 질러대는 것이었다.

"아이고, 하느님. 무슨 벼락 맞을 학원비가 대학 등록금보다 더 비싸? 빌어먹을 도둑놈의 세상같이!"

나는 밥 먹고 잠자는 시간을 빼고, MD 전문 양성학원을 정신없이 다녔다. 어머니가 그렇게 줄기차게 강조한 전공 따윈 무시한 채, 기업들이 원하는 직원으로 태어나기 위해서였다. 사실이지 내가 기업들의 요구에 맞춘 공부를 해야지 기업 측에서 내 수준에 맞춰주길 바랄 순 없으니 말이다.

반년 후였다. 드디어 나도 백수란 블랙홀을 탈출할 기회를 잡게 되었다. 즉, 취직을 한 것이다. 급한 놈이 찬밥 더운밥 찾는다는 건 너무도 사치한 처사가 아닌가. 그런 판에 연봉 2천5백만 원에 취직이란 걸 하고 보니, 잘한 것인지 못한 일인지 나 자신도 어리벙벙하기만 하다.

그렇지만 어쨌든 기분은 째지기 직전이다. 때가 절은 누추한 옷을 확 벗어버린 듯싶어 그만큼 내가 새롭고, 희망의 날개가 펄럭거린다. 내가 선 오늘의 위치가 어제의 그것과는 사뭇 달라진 입지여서 그렇다. 무엇보다 이젠 집안에서의 내 처지가 적잖게 달라졌기 때문에 더욱 장하다 싶은 분위기를 실감하고 있다. 밖에 나가서 남들 앞에 서면 백수인 나 때문에 기가 죽는다고, 푸념을 입에 달고 살던 어머니가 이젠 백수 아들이 달라졌다고, 때때로 내 자랑을 하고 다니는 것만으로도 기쁘기 한량없다. 뒤늦게 취업한 내가 흡사 가문의 자랑거리라도 된 듯 착각에 빠졌는지 모르지만.

늦깎이 취업에 겨우 성공한 나는 철없는 아이처럼 방방 달뜬 나머지 조금씩 표정이 달라지고 있다. 웃는 상으로 바뀌었다는 말이다. 무엇보다 매일 아침이면 늦잠을 졸업한 내가 발바닥에 바퀴를 단것처럼 동동걸음으로 출근길에 오르고 있다. 물론, 온몸 구석구석을 넘쳐나는 상쾌한 기분에 취해서 말이다. 세상만사 맘먹기에 달렸다 생각하니, 조그마한 직장이지만 내겐 희망을 주는 좋은 일터가 아닌가 싶다.

석 달의 시간이 정신없이 지났다. 그런데 어찌 된 것인지 아직도 내 통장은 여전히 잔고가 텅텅 비어있다. 월급이 나오지만 밑 빠진 독에 물 붓기 같아서 안타깝다. 월급에서 머리 떼고 꼬리를 뗀 탓도 있지만, 나를 정지시켰던 5년이란 백수 시절, 때때로 지인들에게서, 혹은 급하게 빌려 쓴 돈을 갚아나가고 있기 때문이다. 가족들은 물론, 이 사람 저 사람에게 꾼 돈이 자그마치 6백 8십만 원이나 빚으로 남아있었던 탓이다.

나는 늦깎이나마 취직을 한 것이다. 난생처음으로 즐거움과 희망에 취해서 행복을 저축하며 살고 있다. 구불거리는 장발의 우아한 웨이브가 브룩 쉴즈처럼 멋있고, 매력적인 입사 동기생 홍미리란 아가씨와 데이트를 약속한 것 때문이다. 발그레한 복숭앗빛 피부에 얼굴도 샤방샤방 몸매도 샤방샤방한, 미스코리아 감인 홍미리 씨를 생각할 때면, 텅 빈 내 통장의 잔고 따위는 별로 문제가 되지 않으리라 생각하고 있다.

홍미리 씨는 언제나 통통 튀는 목소리에 마음이 비단결처럼 부드럽고 고운 입사동기생이다. 나는 다행히도 홍미리 씨와 사랑을 나누고, 그러다 때가 되면 그녀와 결혼할 계획을 세워 두고 있다. 물론, 우리는 서로 손가락을 걸며, 백 년을 약속까지 해둔 사이이다. 행복하고 즐거운 우리의 가정을 이룬 다음에는 든든한 미래를 위해 부지런한 개미처럼 착착 저축해갈 자신감도 가슴팍 깊이 심었다. 사랑하는 사람들끼리 힘을 모아 알뜰살뜰 열심히 저축한다면, 지난 5년 동안 내게 상처를 준 백수 시절의 그 가난 따위는 슬금슬금 뒷걸음질 쳐 물러갈 걸로 믿고 있다. 행복은 결코 돈과 반비례하지는 않겠지만 말이다.

"백수 탈출 만세!"

밭고랑에 심은 시

밭고랑에 심은 시

　황 대표의 현실은 표면적인 게 전부가 아니었다. 레저며 스포츠나 생활정보와 의료정보 및 시사, 문학에 관한 것까지 거의 안 해본 인쇄물이 없었다. 새로운 창간 프로젝트를 의뢰받을 때마다 한 가지 일에 진득하지 못하다고, 주변 사람들로부터 쓸데없는 오해를 살 때도 많았다. 그렇지만 누가 뭐라 하던 그에게 있어 출판물의 성격만 달랐지, 결국 미련스레 한 가지 일에만 전념해왔다는 자부심만은 쉽게 버릴 수가 없었다.

　황 대표는 출판물의 인지도가 세상에 알려지면 돈도 따라오겠거니 여기고, 잔뜩 기대하곤 했었다. 따라서 이때껏 그 일에 쏟아 부은 자금 또한 엄청 많았다. 아마도 어중간

한 빌딩 몇 개 정도는 지을 만큼의 거액일 것이다.

그런데, 그렇듯 한 분야에 종사하느라 5년이나 10년도 아닌, 장장 20년하고도 반년을 애면글면 버텨왔지만, 속이 탁 트일 만큼 나아질 기미는 좁쌀만치도 보이지가 않았다. 한마디로 안갯속처럼 서리가 잔뜩 낀 창 같다고나 할까. 그것이 문제라면 문제였다.

그동안 황 대표가 확고하게 터득한 깨달음은 그런 거였다. 운명처럼 끌고 온 고정 출판물인 월간지야말로 발바닥에 불나도록 바쁘기만 할 뿐, 백발백중 손해를 보는 업이라는 그 사실만 꿰뚫은 셈이다.

중앙과는 동떨어진 변방에서 발행하는 월간지란 의당 삼류라고 지레짐작을 해버렸는지, 바짓가랑이에 휘파람 소리가 나도록 쫓아다녀도 광고 몇 편조차 쉽게 들어오지 않았던 때문이다. 그렇다고 독실한 정기구독자가 든든하게 붙는 일도 별로 없었다. 혹시 중앙에 본사를 둔 간행물이라면 괜찮을까 싶어 먼발치로라도 중앙을 향해 진출해볼까 궁리를 해본 적도 있었다.

결국 황 대표에게 남은 거라곤 너무도 뻔한 것이었다. 그의 청춘은 물론, 인생을 담보하고 또, 견뎌낼 용기마저 위협하는 산더미 같은 빚에다가 바닥없이 추락해버린 신용

불량이란 멍에만 등딱지에 찰거머리처럼 착 달라붙어 버렸다 할까. 그렇지만 그는 누구에게도 쉽게 손 내밀 처지가 못 되었다. 그럼에도 미련스럽게 똑같은 그 일을 꾸역꾸역 되풀이하며 버텨냈던 것이다. 그것은 잡지라는 출판물에 대해 애틋한 미련이 남아서가 아니었다. 그런 일마저 졸업해 버리면 무슨 일에 종사하고, 삶에 정을 붙일까 막막해서 적자를 감수하면서 잡지사 발행인이라는 명함을 쉽사리 내려놓지 못하는 것뿐이다. 정기구독자는 늘 제자리 숫자이고, 구독료 수입에 기대할 수도 없는 가난뱅이 인생으로 전락해버린 지 이미 오래되긴 했지만, 간혹 인터뷰 기사를 기회로 몇백 권씩을 떠맡기고, 구걸해서 받아오는 책값에, 공짜로 퍼주듯이 따온 몇 건의 광고료가 수입을 채워준 셈이다. 그러니 책자 인쇄 제작비를 충당하기도 언제나 벅찼다. 어쩌다 가물에 콩 나듯 시집이나 수필집, 혹은 기업체 사보나 홍보 인쇄물을 제작해주고 몇 푼씩 받는 수입은 사무실 임대료며 직원들 월급 분으로 땜질하기도 벅찼다. 그러다 보니, 사장인 황 대표의 손에 떨어지는 액수는 아이들 용돈처럼 얄팍했다. 형편이 그런지라 직원도 실력파 인재를 고용해서 좋은 책을 만들고 싶은 욕심은 뜬구름 같은 망상으로 남았다. 그럼에도 언제부터인가 황 대표로선 그다지 실력 없는 직원이 회사에 붙어있어 주는 것만도 눈물이 나도록 고맙게 여겨졌다.

  그 가운데, 또 다른 복병을 만나게 된 것은 바로 허광일 이란 남자가 편집실장으로 등장하고 난 후에 생겨나고 있 었다.

  "허 실장님은 또, 왜 그러시죠?"

  터질 듯이 빵빵한 풍선처럼 탄력 있는 눈동자를 뱅글뱅 글 굴리는, 막내격인 고아라 기자가 삐걱댄 사장실 방문을 두드렸다. 허 실장을 두고 대표에게 뭔가 일러바칠 게 있 는 모양이었다.

  "왜? 허 실장이 무슨 일을 저질렀나?"

  "그게 아니고요. 옆구리에 붙어 앉아 자꾸만 집적거려 서……."

  "뭐? 허 실장이 네 몸통을 더듬기라도 했니?"

  "아뇨, 옆에 붙어서 자꾸만 시시콜콜 잔소리를 해대서요."

  "자네가 잔소리 들을 짓을 했을 테지……."

  "그게 아니라, 기분이 나빠서 글을 못 쓰겠는 걸요."

  "그럼, 뭔데?"

  "남이 힘들게 써 놓은 글을 두고 시시콜콜 트집을 잡지

뭐예요."

"편집실장이니까. 뭐, 그럴 수도 있잖니?"

"……."

황 대표는 허 실장 편에서 고 기자를 타일러 보냈다. 허 실장은 실장이란 직위를 떠나서 시인이다. 처음 허 실장을 받아들일 땐, 산전수전 다 겪었으니 편집실 적임자로서의 노련함도 갖고 있으려니 여겼다. 게다가 중후한 글줄이라도 쉽게 나와 줄 걸로 믿고, 편집실의 장으로 앉혔던 것이고. 그 밖의 속사정은 보수가 싼 이유로 덜컥 고용했었다. 그런데 그를 지켜보고 있으면 대책 없이 갑갑할 때가 많았다.

"시인으로 등단한 지는 한 20년쯤 됐고, 글 쓰는 일에도 잠깐 종사를 했다나 봐……."

"……."

"나이가 좀 들었어. 월급은 대충 줘도 되고……."

"성격은요?"

"성격이 좀 그렇기는 해. 바른말 잘하고……. 황 대표 곁에는 그런 사람도 쓰임새가 있을 거요. 통솔하는 데 부담 없고……. 황 대표가 사실 좀 맺고 끊는데 무르잖아!"

실력자를 구할 형편이 안 되는 걸 잊고 '쓸 만한 직원 구하기가 꽤 어렵다' 고 푸념하던 황 대표에게 사업상 20년 지기 형님뻘 되는 김후만 선배가 괜찮은 사람이라며, 그에게 소개해 줬던 것이다.

　그 다음 날이다. 황 대표가 출근해 본즉, 추레한 초로의 남성이 먼저와 기다리고 있었다. 그는 황 대표를 만나자마자 쭈뼛쭈뼛하면서 김후만 씨 소개로 왔다며, 허리를 굽실거렸다. 우중충해 뵈는 차림새며, 웃을 때 성긴 치아가 허전해 보이는 그를 대하던 황 대표는 괜히 민망한 기분마저 들었다. 옷으로 가려진 남의 몸통은 안 봐서 모르겠지만, 손등이며 손목에도 흉터가 얼룩덜룩 도장처럼 박혀있는 걸로 봐서 그의 인생도 엔간히 피곤했을 성 싶었다. 황 대표는 속에서 저런 몰골의 시인도 있구나 여겼다. 그렇지만, 누구보다 김후만 선배니까 괜찮은 사람을 소개했을 줄 믿고 있었다.

　황 대표는 그를 처음 만났을 땐 무슨 소린지 발음을 쉽게 알아듣기가 어려웠다. 말을 할 때, 혀가 짧은 발음에다가, '따다다다' 공격을 하듯 튕겨대는 침방울을 마주 앉아 감당하기도 적잖이 힘들었던 때문이다. 그런 한편, 목소리로 먹고사는 업종이 아닌 데 중점을 맞추어 보리라 생각은 하고 있었다. 어차피 인물 보고 뽑는 배우로 쓸 일은 전혀 없는 사람이고, 유창한 목소리로 외부에 영업할 일도 없었으니 말이다. 그렇다고 굳이 나쁜 인물을 찾아 뽑을 필요는 없겠지만, 어디 세상만사가 다 입맛에 맞을 수야 있겠는가. 그러나 아무리 그렇다고는 하지만, 모든 게 후지게만 보이는 그의 인상이 황 대표의 속에는 차지 않았다. 그러니 황 대표로선 그저 실력만 믿어보기로 하고, 특별한 경력도 없는 그의 이력서를 쓰윽 훑어 내려갔다. 우선 월급 액수부터 정하고 싶었다.

황 대표는 찻잔을 입술에 대었다 떼며, 그에게 의향을 조심스럽게 내비쳤다.

"급료는 어느 정도를 원하시는지요?"

"한 짱 쩡도만 쭈시면 열씨미 일하겠슴다."

황 대표는 그의 말을 듣자니 발음 구분이 어려웠다.

"한 짱이면……?"

"배, 백만 원이요……."

기자나 매킨토시 편집 작업을 하는 직원들 월급도 보통 200만 원을 훨씬 더 웃도니 그가 제시한 월급 한 장은 의외로 만만한 액수라 여겨졌다.

"요새 물가가 만만찮은데, 음, 그걸로 생활이 되겠는지요?"

"예, 돈 쓸데가 별로 없고, 짤 쓸 쭐도 몰라서 그, 그거면 충분함다."

황 대표의 눈에 비친 그의 행색이나 외모로 따진다면 어떤 일자리든 구하는 자체가 어려울 것도 같았다. 그러니 그의 심리적 위축이 얇은 급료를 제시하는구나 싶었다. 얼핏 황 대표 측에선 혹시 진흙에 묻힌 진주일 수도 있으려니 하는 기대감에서 편집실의 장 대우를 해줘야 할 것 같았다. 앞으로 그가 일하는 걸 봐가며 대우해주리라 생각한 후, 급료도 그가 제시한데서 50만 원을 더 얹어 고용하였다. 편집실의 수장 몫을 톡톡히 해 줄 걸로 은근히 기대심도 버리지 않았다.

그러나 그런 기대는 비 온 뒤의 토성처럼 금방 와르르 무너져 버렸다. 기대와 달리 그는 편집실장이란 역할을 제대로 소화하기는커녕 뭐든 제대로 할 줄 아는 게 없었던 것이다. 기껏 어질러진 비품들이나 정리하고, 빗자루를 잡거나 걸레질 정도였다. 본인도 편집실장 역할이 부담되는지 침방울을 튀기며 젊은 직원들한테 사사건건 숨을 못 쉬게 간섭을 해댔다. 아니, 닦달이란 표현이 더 어울렸다 할까.

평소 정시에 출근하는 직원은 몇 명이 안 되는 데다 보통 2, 3분 늦는 게 예삿일이었다. 그런데 그는 반시간을 먼저 출근해서 지각하는 직원들 버릇을 고치려 들었으니 사무실 분위기만 흐려지는 꼴이었다. 청소를 담당하는 전용 직원을 두지 못해 그냥 직원들이 오며 가며, 그때마다 아쉬운 대로 청소를 하는 처지였다. 그런데 그때 청소가 건성으로 돼 간다 싶으면 못 봐 넘긴 그의 성격은 빗자루며 대걸레를 뺏어 들고, 시범을 보이느라 그의 짧은 혀로 한바탕 소란을 피워댔다.

"복짜찌 쫌 아끼 쓰고, 이면찌도 째활용 하면 누가 세금을 더 받나요? 화짱찌도 내 찝이다 생각하고 쪼매씩 뜯어 써요. 아끼서 남 쭐 일 읍실테니까……."

그때, 한 직원이 그의 잔소리가 싫은 듯 딴청을 부렸다.

"예, 나도 한 가지 부탁할래요. 교정을 볼 때, 여백 좀 깨끗이 하는 것도 기술이고 덕목인 건 아실 테지요? 새까맣게 낙서하지 말기요. 시간 낭비도 안 되고, 필기구를 닳지 않게 사용하는 방법인데요, 허광일 실장님?"

종일 직원들에게 잔소리를 해대는 통에 사무실 질서가 잡힌 듯 보였지만, 겉치레뿐이었다. 그 때문에 그동안 근무 잘하던 직원들이 하나둘 황 대표의 방을 수시로 드나들었다.

"회사를 그만두고 싶은데요, 사장님?"

황 대표가 보다 못해 제지하는 분위기를 허 실장 앞에서 보여주고 있었다.

"요즘 사람들 잔소리하면 아주 칠색 팔색 하는 거 몰라요, 허 실장?"

황 대표가 사태의 심각성을 몇 번씩 지적해도 그의 월권 행각은 식을 줄을 몰랐다.

점심시간이면 직원들 간의 대화는 저마다 점심 메뉴를 선택하느라 즐겁고 신 나게 웅성거리며 사적 대화들로 오고 갔다. 회사 주변의 한식이나 중식, 분식 등 돌솥밥이며, 순두부 백반이나 비빔밥을 입맛대로 주문하기 바빴다. 그런데 허 실장은 꽤나 오랜 시간 동안 써먹었는지, 낡을 대로 낡은 빛이 바랜 플라스틱 도시락에 시큼한 김치 조각이랑 누리끼리한 무 오가리를 싸왔다. 물론, 허 실장이 맛있는 도시락을 사온다 해도 그 누구 한사람 그와 마주 앉아 먹어줄 사람이 없었지만.

그는 한동안 동료들과 어울릴 줄도 몰랐다. 물론, 점심때도 홀로 자기 자리에서 식사를 하거나 차를 마셨다. 그러던 그가 언제인가 족발집에서 회식을 한 후부터는 슬금슬금 직원들의 식사자리에 끼어들고 있었다. 그뿐인가, 한 번은 어디서 무슨 마음으로 구해왔는지, 고수나물을 가지고 와서 직원들의 입맛에 충격을 주었다. 고수나물은 그냥 보기에는 미나리 줄기처럼 가늘고, 매끈하였다. 그런데 향취가 아주 독특하여 역겨운 냄새가 난다 할까. 아니, 흡사 걸레 썩는 냄새가 나서 고수나물의 냄새를 맡은 사람들은 하나같이 도망을 가기 바빴던 것이다. 분위기가 그렇게 되자 그가 고수나물에 대한 영양가며 섭취 시의 효력에 대해 설명을 해 주겠다고 나섰다.

"고쭈나물이 한 때는 최음쩨로 여겼다고 하더래요. 그렇찌만, 칼슘과 칼륨이 아쭈 풍부하고, 소화에도 뛰어난 효과를 내 쭈고 있다고 알려찐 영양덩어리 나물이래요. 고쭈나물은 또, 사람들의 입맛이며 소화를 돋워쭈고, 신체 내 영양흡수를 촉찐시켜 쭈는 몸에 좋은 이파리 채소래요."

사람들은 고수나물의 냄새가 역겨워 코를 막고, 그의 말을 들으려 하지 않은 눈치인데도 그는 계속 설명을 해대느라 정신이 없었다.

"철분이며 비타민에이와 그 뭐찌, 비타민씨이가 풍부해서 뇌신경을 쫗게 해쭈는 강짱쩨로 알려쪘더래요."

그는 누가 듣거나 말거나 계속해서 침방울을 열심히 튕겨대고 있었다.

"또, 오, 오쭘 소태인가, 방광염이나 목 통찡에도 썼다꼬 하고, 생쯥과 차로도 음용하면 열을 내려쭈고 아구창에도 입을 헹구어 쭈는 역할을 했더래요."

그의 말과는 달리 고수나물의 향기는 너무 낯선 나머지 사람들의 후각을 못 견디게 하는 것 같았다. 역겨운 냄새에 속이 울렁거리고, 코가 마비됐던 때문인지, 고수나물의 특이한 향이라는 게 사람들은 흡사 걸레가 썩는 냄새와도 같다며, 그 냄새가 낯선 사람들은 밥을 먹다가 다들 코를 막고 기겁을 하였다. 단지, 불교를 열성적으로 믿는 총무부장 한 사람만 빼고 말이다. 음식의 특징이란 것이 그런 거였다. 영양이고 비타민을 떠나서 우선 후각을 익숙하게 자극하는 식품이 사람들 입맛도 사로잡는 법이다. 그러니 그 고수나물은 아주 특이한 냄새 때문에 직원들에게 정을 베풀고 싶어 한 허 실장의 의도와 달리 식사자리의 분위기를 깡그리 깨트려 버렸다. 그 사건 이후로는 점심시간의 분위기가 좀처럼 부드러워지지 않았던 것은 그럴만한 이유가 있었다. 그가 밥을 쩝쩝 시끄럽게 씹는 것만으로도 동석에 앉기가 망설여지는데, 거기다 뜬금없이 자기의 자랑을 해댔기 때문이다.

"나도 한때는 짤 나갔더래요. 이쩨는 나를 무시하찌 말더래요."

　말하자면 구체성 없는 경험담인지 자랑인지, 눈치코치
도 없이 떠들어대느라 침방울을 마구 튕겨대고 있었다.

　"일은 그렇고롬 하는 게 아니래요."

　충고인지 부탁인지를 하다가 허 실장 입에서 튕겨져 나
온 침방울 때문에 좌중의 분위기가 다시 또 썰렁해져 버렸
다. 그 후론 점심때가 되면 직원들은 끼리끼리 뭉쳐서 눈
치껏 빠져나가 버렸다. 그는 혼자서 도시락 뚜껑을 열며,
자기를 따돌렸다고 여긴 동료들이 섭섭하다는 듯 입속에
감을 넣어 불퉁한 소리로 나무라댔다.

　"뿌리도 모름서 발랑 까찐 요새 것들이……. 쩡말 같
짢구만."

　사실 그 사람에 대한 기대는 일을 시작한 그 첫날부터 비
온 날의 토담처럼 소리 없이 무너져 버렸다. 마침 잡지 편
집이 끝나고, 인쇄 작업에 넘기기 전에 그에게 교정을 맡
겼다. 그런데 예상치 못한 문제가 발생한 것이었다. 교정
이란 작업이 직원들 여럿이 몇 번씩 둘러가며 눈알이 튀어
나오도록 살피고 또 살펴도 막상 인쇄되어 책자로 나오면
틀린 오자가 수두룩하게 드러나는 것이 곧 인쇄물이다.

그날도 허 실장은 자기 책상에 엎어져 종일 교정을 보고 있었다. 아니, 뭔가를 열심히 끼적거렸다. 발행 날짜를 맞추려면 엄청 바빴지만, 오자를 한 자라도 알뜰히 잡아내길 바라는 욕심에 담당 직원은 그의 짓을 멀거니 바라다보기만 했다. 직원들이 돌려가며 체크한 교정지 뭉치를 마지막엔 대표 입장에서 집에 들고 가서 지난밤 내내 교정을 봤을 땐, 별로 오자가 없었다. 그런데 이게 웬일인가.

"이제 웬만하면 교정 그만 보고, 넘기지 그래요?"

매킨토시 오퍼레이터 장미희가 몇 번씩 재촉하며 다그쳐도 그는 들은 척도 안 했다.

퇴근 무렵인 그 시간, 필름 출력은 담당이 밤샘 작업을 하겠다고 했으니 늦게 넘겨도 되겠지만, 미스 장은 수정 작업을 매듭짓고 퇴근할 처지이니 발을 동동 굴렀다. 허 실장은 미스 장의 숨이 넘어가는 재촉에도 "쪼금만 더, 쪼금만 더" 하면서, 시간을 끌었다. 그러다 겨우 어두워진 다음에야, "교쩡을 다 끝냈다"며, 미스 장에게 원고를 넘겼다. 그리고 잠시 후, 얼굴을 붉힌 미스 장이 숨을 가빠하며, 황 대표의 방문을 급하게 두드려댔다.

"사, 사, 사장님……."

"왜?"

미스 장이 들고 온 한 뭉치나 되는 교정용 프린트물은 그야말로 누더기 같았다. 직원들이며 황 대표가 교정을 봐놓은 부분은 물론, 글자들이 무더기로 시커멓게 뭉개졌고, 여백도 모자라 덜렁덜렁 덧붙인 종이에까지 뭔가가 빼곡하게 적혀있었다.

황 대표는 놀란 눈빛으로 자세히 들여다보았다.

시나 소설 같은 문학과 시사물의 기사는 문장의 표현을 적합한 용어로 달리 선택한다. 시사물은 일간지처럼 육하원칙에 입각해 기사를 작성하고, 띄어쓰기도 조금씩 차이가 있다. 정보전달이 주목적인 만큼 표현을 절제하여 문장도 간결한 게 생명이니 그렇다. 그런데 허 실장이 적어놓은 글은 시적 표현이 과해서 잡지기사가 아닌 시집물에 가까웠다 할까. 황 대표가 입술을 이죽거리며 꼬집었다.

"아주 시 문구들로 창작 한 번 자알 해 놨네!"

벌어진 황 대표의 입이 다물어지지 않았다.

'허광일, 빛 광(光) 자에 날 일(日) 자.'

허 실장은 남에게 자신을 소개할 때마다 자기는 시인(詩人)이며, 이름은 본이 양천(陽川) 허 씨요 이름은 광일인데, 빛 광(光) 자에 날 일(日) 자를 쓴다고, 또박또박 말해주었다. 그가 시인이라는 걸 먼저 내세움으로 어쩜 자신이 시인임을 유난히 강조하는 인상을 주고는 했다. 누구든 처음 그와 인사를 나눈 이들은 성의를 다해 예를 갖추었으나 시인 같지 않은 행색에 곧잘 실망을 한 사람도 있었다. 찌그러진 인상도 그렇지만 곰보에 거무튀튀한 피부는 햇볕에 노출된 노점상인의 모습으로 오인할만했다. 실제 나이가 쉰여섯인데 일흔으로 오해를 할 정도로 겉늙어 보였다. 구부정한 어깨는 균형을 잃었고, 안으로 말려든 가슴과 볼륨 없는 엉덩이, 얼굴엔 볼살을 훑어 내린 듯 길어서, 얼핏 말상(馬相)을 연상시켰다. 머리숱은 성글어 털이 뽑힌 싸움닭처럼 엉성하였다. 헐렁한 바지에 소매 끝이 하늘하늘 낡은, 잿빛 무지의 점퍼와 낡은 운동화 차림새가 한 눈에도 궁한 생활에 절어있었다 할까.

허 실장은 한쪽 무릎 관절이 불편한지, 걸음도 절뚝절뚝 절었다. 무엇보다 강해 보이는 그의 인상은 뭉툭해진 입술에 있었다. 장화홍련전에 나오는 계모의 입술이 썰면 사발 반이나 된다고 했는데, 그의 입술도 썰면 아마……. 그러나 꼭 다물 때의 입모습은 깊은 비밀을 품은 것 같았다. 그렇지만 대화를 나눌 땐 치열이 들쭉날쭉한 탓으로 내뱉는 숨소리에서 짧은 지읒이 쌍지읒의 발음으로 얼핏 강한 된

소리로 들리기 십상이었다. 또한, 발음도 애매했지만 흥분을 하면 더욱 심하게 더듬는 말버릇도 그에겐 약점이었다. 이따금 그가 입을 벌리면 성긴 치아 사이로 붉은 혓바닥만 입속을 그득히 채우는 것처럼 보였다. 그럼에도 용하다 싶은 것은 밥을 먹을 땐 실한 어금니가 그의 건강을 지켜주는지 우물거려 더디게 보였지만, 못 먹는 음식은 없는 듯했다. 요즘은 시대가 하도 약아서인지, 그의 눈치가 바닥인지라 주변머리가 없는 외계인처럼 혹은, 돌연변이인 것처럼 낯설 뿐이었다. 환갑이 코앞이지만 별로 모아놓은 재산이 없었던 그는 특이하게도 배포 하나는 남들보다 커보였다.

"사람 나고 돈 났찌, 돈 나고 사람이 나찌 않았다!"

큰소리를 쳐대는 그를 보면. 누구의 눈에든지 헐렁한 외모나 초라한 행색과는 달리 눈빛이 꼿꼿하고, 꼬장꼬장한 뭔가가 느껴지는 남자였다. 간혹, 답답하리만치 말을 더듬기는 했지만……. 언제나 가난의 티가 본바탕처럼 배어있음에도 불구하고, 그이를 함부로 하기에는 뭔가 좀 멈칫거려지는 구석이 있었다 할까.

특히 그에게는 오래전 각각 제 짝을 따라 출가한, 애비라고 정감있게 불러주지도, 또한 살뜰히 찾고 싶지도 않은 매정한 두 딸도 있다고, 날아가는 소리처럼 말한 적도 있었다. 또한, 무 자르듯 그와의 인연을 댕강 끊고 바람처럼 가출해버린, 주근깨가 얼굴 가득 담아 부은 아내도 이 땅 어느 곳엔가 살고 있을 거라고, 술잔을 잡을 때면 고정 레퍼토리로 중얼거렸다. 그렇지만 그 마누라도 자기 팔자가 기구해서 그런지 지금은 안부조차 모른 채로 지낸다고, 술잔을 나누는 이들한테 몇 번인가 염불처럼 읊어댔다. 아내가 가출한 이유를 가슴속에 묵혀 둔 그는 아내가 읊어댔던 말들이 곧잘 기억에서 맴도는 모양이었다.

"암만 용을 써대면 무신 소용이래요. 가난에 치여 둘 뿐인 새끼들 학원에 보낼 돈이 없어서 오금도 못 편 채로 살아온 세월이 서러워 눈물이 찔끔찔끔 나는데……. 안쪽도 풋내가 폴폴 풍긴 그 딸년들이 시집이라고 갔으니……이쩨는 짜알 살아쭈기만 바라야쬐요."

그래도 마지막 돌아서는 걸음에 좁쌀만큼이나마 미련이 남았던지, 아내는 가출을 하면서 쪽지 한 장을 남겨두었던 것이다.

"인짜는 욕심 없이 동서남북 뿔뿔이 흩어쪄서 각짜 복찌복대로 벌어먹고 살더래요. 아침저녁으로 늘어나는 흰머리를 빗으며, 찌나름대로 늙어가짜 하더래요."

"······."

"찐 담배씨 흙에 뿌려 그 담배씨 파릇파릇 싹이 나거든 그때, 헌 짚신짝처럼 다시 만나서 서로 마쭈 얼싸 안고, 방긋방긋 입이 찢어찌게 웃어보짜고요······."

그의 두 눈에는 환영처럼 떠오른 장면이 있었다. 한숨을 하늘이 꺼지도록 내쉬는 아내의 웃음기 없는 얼굴이었다.

지우고 싶은 과거가 그의 가슴팍에 낙관처럼 찍혀져 있음에도 그나마 평정을 유지했던 것은 기적인지 몰랐다. 그 바탕은 바로 시와 더불어 산 덕분이랄까. 오래전부터 눈에 콩깍지 씌운 듯 시 짓기에 빠져서 장소 불문 하고 앉으면 백지에 낙서하듯 붙어버린 습관이 그를 시인의 길로 접어들게 만들었다. 덕분에 오늘 그에게는 출판사 편집실장이란 직함이 안겨지게 된 셈이다.

그는 분명 시(詩)를 쓰고, 아끼는 시인이었다. 모든 게 빈약한 그로선 유일하게 자신을 내세울 수 있는 게 시여서 은근히 만족하였다. 시인으로 등단한 이래 누구든 처음 만나는 사람에게 인사를 나눌 땐 언제나 사족처럼 강한 악센트를 주는 부분도 그거였다.

"시인 허광일입니다. 빛 광짜에 날 일짜요."

그는 변방에서 활동하는 웬만한 시인들과도 알고 지내

며, 나름의 친분도 갖고 있었다.

 그가 지금껏 써온 시는 대략 몇백 편은 너끈히 되었다. 낡아서 너덜거리는 두툼한 노트에는 깨알 같은 시어들이 빼곡하니 적혀 있고, 낡았지만 그 노트만큼은 악착스레 챙겨 늘 옆구리에 끼고 살다시피 하였다. 그런 점 때문에 그를 향한 신기함과 비밀스러운 느낌을 더해 주었던 것이다.

 그렇지만 그는 시인으로 등단해서 오늘까지 번듯한 직업을 단 한 차례도 얻지 못했다. 앉으나 서나 시를 쓰는 것 외엔 별다른 기술도 없었으니 어쩜 당연한 것이었다. 남성 우월주의가 판을 친 이 땅의 대다수 아들에게는 그토록 흔해빠진 대학 졸업장도 그는 없었고, 내세울 만한 특기나 소질은 물론 취미도 시 쓰기에 올인한 게 전부였다.

 그는 말을 나눌 때도 무뚝뚝하면서 고래고래 질러대는 습성이 붙어있어 귀머거리와 사는 사람 같았다. 거기다 유머 감각은 아예 국을 끓여 먹어버린 것처럼 민숭민숭 싱거웠다 할까. 그러니 누구와도 쉽사리 어울리지 못했고, 그가 내세운 최대의 자랑거리라면 오직 시를 쓴다는 사실뿐이다. 그 시마저도 지극히 난해하여 서정적이거나, 포근하게 읽히지 못하지만.

단지 한 가지 그를 눈여겨볼 수 있는 건 한문을 줄줄 읽고 쓴다는 점이랄까. 그의 한문 실력은 만만함을 넘어섰다. 획이 복잡하여 어려운 글자까지 척척 꿰고 있으니 어느 땐 존경심이 솟을 정도이다. 그렇지만 한문을 줄줄이 꿰며 해독할 줄 안다고 돈이 되거나 밥이 되는 일은 세상에 없어 보였다. 시대가 시대인지라 그의 지식창고에 들어찬 한문 실력은 사회 전반에 특별히 쓰일 일도 별로 생기지 않았다.

　허 실장은 이십여 년 전에 등단하였다. 지방에서 발행된 순수시대란 잡지를 통해서다. 게다가 지방의 어느 일간지나마 신춘문예로 시 한 편이 당선된, 누가 봐도 자랑할 만한 경력도 갖고 있다. 그가 진작부터 깨달은 게 있었다. 평생 밥 먹는 것보다 더 자주 시를 써왔지만, 그것이 경제적으로 좁쌀만치도 도움이 안 된다는 사실이다. 시를 짓고 사랑한, 그 활동을 통해 얻은 수입이라고는 무명의 일간지에 그의 시가 소개되고, 고료로 받은 일금 5만 원이 전부라면 전부인 셈이다. 물론, 신춘문예를 뽑아 준 지방의 신문사에서 톡톡한 금일봉의 상금도 받긴 했지만.

　그는 자신의 지갑 속에 꼬깃꼬깃 풀이 죽고, 닳을 대로

다 닳아빠져 너덜거린 그 신문을 보물처럼 지니고 다녔다. 원형의 모습을 잃어버렸다 할 만큼 낡아 버린. 비록 걸레처럼 너덜너덜 헤졌지만 자신의 시가 실린 그 신문을 들여다볼 때면 스스로 장한 느낌이 들었기 때문이다. 그리고 20년의 세월 동안 만나는 사람들에게 자신의 시를 알리느라 낡은 그 신문조각을 수도 없이 펼쳐 보이는 게 습관적인 버릇으로 남아있었다.

허광일, 시쳇말로 가방끈은 짧았다. 그렇지만 크게 무식하지 않았고, 오히려 그에게서는 이따금 선비 같은 학풍이 느껴지는 묘한 사람이었다.

그는 강원도의 외진 산자락에 푸석거린 비탈밭 몇 마지기를 일구는 가난한 농부의 독자로 태어났다. 위로는 누님을 셋이나 두었고, 아래로도 여동생을 셋이나 둔 7남매 중 외아들이다. 집안이 빈곤했음에도 4대 독자이던 그는 성장기에 굶지 않았고, 말을 배우는 발음에서 쌍지읒만 강했던 응석받이로 자랐다. 없는 형편임에도 집안에서 그만 혼자 어릴 적부터 서당을 밟아 한학엔 제법 밝았다. 또한, 어렵게나마 중등교육까지 받았다. 뒤처진 시골 사정인지라 감질나게 배웠다 할까. 부모가 생존해 있었을 땐 누나나 여동생들이 벌어 보내온 돈으로 집안 살림을 꾸려갈 수 있었다. 가사도우미를 간 누나들과 큰 도시로 나가 배움 대신 공장에 취직한 여동생들의 도움이 컸던 것이다. 그때, 그의 부모는 딸들의 도움으로 아들에게 공부를 가르치며 살림을 꾸리는 게, 기쁘면서도 당연하다고 여겼다. 왜냐면, 흔해빠진 딸들 가운데 겨우 얻은 아들은 너무도 귀한 4대 독자였으니 말이다. 그런 행복도 부모가 하나둘 눈을 감은 뒤부터는 누나와 동생들은 저마다 제 살길을 찾아 뿔뿔이 흩어져 버렸다. 부모와 형제들의 그늘에서 복 많게 살던 그의 청춘에 어느 날인가 달랑 홀로 남겨졌을 때는 그의 나이 스물이었다.

그가 번잡한 도시로 향해 무작정 고향을 떠났던 것은 노란 은행잎들이 눈발처럼 우수수 떨어져 내리는 깊은 가을이었다. 그때부터 혼자 남겨진 그에게 굳어버린 습성이라면 행동이 굼뜨고 게을렀다. 누가 있어 간섭을 하거나 방해를 받지 않으니, 게으른 자유의 영혼으로 돼 버린 탓이랄까.

타고난 성격은 사내랍시고 지저분하거나 어지럽혀진 환경을 봐 넘기지 못했다. 게다가 남들로부터 무시당하는 것 또한 참기 어려워 불뚝댔다. 한번 삐치면 빗장을 채운 듯 쉬 풀리지 않는 성격에, 한 번 마음이 가 꽂히면 죽어도 꺾이지 않는 쇠가죽처럼 질긴 옹고집도 있었다. 그 많던 누나나 여동생들이 4대 독자인 그의 곁을 하나둘 떠나간 것도 따지고 보면 그의 이기적인 욕심을 더 이상 감당하지 못했기 때문이다.

"여짜 혀, 형쩨들이 나, 나를 뒤, 뒷바라찌만 해, 해쭌다면, 내가 머, 머리카락으로 시, 신발을 매, 맨들어 쭈, 쭐, 텐데……"

그러나 누나들도 여자 동생들도 하나같이 좌우로 고개를 흔들어댔다. 자나 깨나 4대 독자를 내세워 제왕적 자세로 군림하려 들던 그의 속내를 꿰뚫었기 때문이다. 그 사람이야말로 여자 형제들 덕분에, 여자 형제들이 도시의 공장으로, 또는 식모로 벌어 보낸 눈물 나는 돈 때문에, 중학교 졸업장을 손에 쥘 수 있었다. 그렇건만, 여자 형제들 그늘에 기대는 것만 능숙할 뿐, 의리라곤 씨가 마른 그가 여자 형제들의 욕심 탓을 돌리며, 떠들어댄 소리는 언제나 레퍼토리가 뻔하였다.

"내가 쫌만 더 형편이 좋은 환경을 타, 타고났더라면 아니찌, 형쩨들 우애가 두터운 찝안에 태어났으면, 짜, 짤은 몰라도 가, 가문의 영광으로, 유, 유, 유명한 무, 문학가로 탄생했을 텐데⋯⋯. 뭐, 누, 누굴 타, 탓하겠어? 바, 바, 박복하게 타고난 이놈의 파, 팔짜가 유죄찌, 유죄⋯⋯."

유독 박복이란 단어를 강조하면서 자신의 처지를 만족하지 못한 그는 지치지도 않고 계속 타고난 환경을 탓하기 일쑤였다. 하늘은 높아서, 땅은 넓어서 감히 겨루지 못한, 너무도 귀한 4대 독자인 그는 어쩜 착각을 하는지 모를 일이었다. 부모님들 말에 따라 집안의 미래를 짊어질 그의 중등 교육을 위하여 공장에서 혹은 가사도우미로 일해서 생긴 수입을 아낌없이 부모 앞에 바쳐 온 여자 형제들의 수고쯤은 무시하는 모양이었다. 여자 형제들이 지금껏 고생한 데 대해서 그는 감사하다는 말 한마디도 하지 않았던 것이다. 항상 그의 존재감만 부추겨댄 부모님들로부터 세뇌를 당한 탓일까, 날아가는 헛말로라도 여자 형제들이 수고한 것에 대해 인사조차도 할 줄 모르는, 제왕적 존재처럼 굴었으니 말이다.

무작정 도시에 입성한 그는 입술이 마른 갈댓잎처럼 바싹 타들어 가고 있었다. 무엇보다 잠자리나 끼니 해결이 당장 어려웠기 때문이다. 그것은 나무에도 돌에도 기댈 곳이 없는 빈털터리인 까닭이다. 다급해진 그는 앞뒤 잴 겨를마저 없었다. 우선 입에 풀칠이라도 해 볼 요령으로 일자리를 찾아 나섰다. 무슨 일자리든 손에 잡기만 하면 모든 게 좋아질 것 같이 기대를 하고 있었다. 그는 몇 날 며칠째, 시장통이나 공사장 일대를 헤매고 다녔다. 그렇다고 사회 전반에 악성 바이러스처럼 잔뜩 퍼져버린 학벌 세상에서 고작 중등 교육도 겨우 받은 그의 허약한 스펙을 내세워 일자리를 얻기란 하늘의 별 따기처럼 어려웠다. 며칠째 돌아다니던 그는 일자리 얻기가 어려운 걸 알게 되자 초조해지기 시작했다. 초조감에 치인 그는 일단 작은 공사장에 먼저 발을 들여 놓고 보았다. 그러나 공사가 작다고 해서 그의 노동이 약한 걸 용납해 주는 현장은 없었다. 공사 현장이 좁은 관계로 엘리베이터 대신 등 짐으로 지어 날라야 하는 모래나 시멘트의 무게에 못 이긴 그는 한나절도 채우지 못하고 나가 떨어져 버렸다.

어판장의 막노동 역시 마찬가지였다. 그는 생선을 원하는 곳에 날라다 주는 일을 임시로라도 붙들고 싶었다. 그러나 말이 임시직이지 생선을 곳곳에 퍼다 나르는 일이라고 어디 식은 죽 먹듯이 쉽기만 하겠는가. 몸에 달라붙어 코를 찔러대는 비린내는 둘째 치더라도, 별들이 총총한 첫

새벽에 어판장을 찾아가는 일은 아침잠이 많던 그로선 아주 죽을 맛이었다. 게다가 생선의 선도를 최우선시하는 상인들로부터 생선을 제시간에 맞춰 가져오지 않았다고, 욕바가지만 배 터지게 얻어먹었다. 그가 욕을 들어도 기필코 참아 내겠다고 다짐을 하고 또 했을 때는 벌써, 알 수 없는 악담이 그의 청력을 찔러대고 있었다.

"네 놈이, 감히 어디서 그 딴 짓거리를……."

심부름을 하면서 돈거래, 아니 수금을 하는 중에 계산이 빠를 것 같아서 사사오입을 내세우거나 중간 전달자의 간절한 요청사항을 대충 듣고 무시하는 처사도, 그들의 칼날 같은 시선으론 곱게 봐 넘길 수 없는 문제점이었다. 그 밖에도 어판에서 얻은 임시직을 던져버리고 돌아서 나오는 그에겐 자기를 변명할 게 남아있었다. 비록 가진 것 없어 빈손이지만 정말이지 비린내를 계속 몸에 붙여야 하는 일은 죽었으면 죽었지 더 이상은 못한다는 생각이었다. 하기야 세상에는 핑계 없는 무덤은 정말 없는 법이니까.

도시의 시장은 사람들이 들끓는 만큼 물건들을 사러 오가는 이들로 넘쳐났다. 장꾼이 많고, 풍각쟁이도 다양한 층층의 사람들이 일사불란하게 일궈낸 재래시장이라 더욱

북적거렸는지 몰랐다. 따라서 시장바닥엔 사람들을 따라 다니는 돈들도 넘쳐나 보였다. 한적한 산골 마을에 비해 시각을 다투며 정신없이 오고 가는 군상들을 구경하는 것만으로도 그는 막막한 자신의 처지를 잠시나마 잊을 수 있었다.

시장통은 비가 오나 눈이 와도 리어카를 끌며 품팔이하는 사람들마저 넘쳐나 보였다. 그는 시장통을 몇 바퀴나 돌아 나온 그날, 리어카 하나만 있으면 몸으로 때우는 일이니 자격이 없어도 돈을 벌 수 있을 것 같았다. 잠시 고민하던 그는 우선 주머니를 털어 비상금으로 중고 리어카를 한 대 샀다. 그리고 앞 뒤 재볼 겨를도 없이 그 일에 풍덩 전신을 던지기로 맘을 먹었다. 한 번 도전해 볼 요령이었다.

그런데 난제 뭉치는 그곳에도 있었다. 먼저 자리를 잡은 리어카꾼들의 텃새가 엄청 팍팍했기 때문이다. 싸움꾼 뺨치는 리어카꾼들로부터 아무 잘못도 없는 그가 몇 번씩이나 떡이 되도록 두들겨 맞았다. 이유는 뻔하였다. 남의 구역에 촌놈 깽깽이가 겁대가리 없이 들이닥쳐서 그들의 밥그릇을 뺏어갔다는 게 바로 두들겨 맞는 죄의 몫이었다. 길쭉한 나무 작대기로 북어처럼 몸 곳곳을 흠씬 두들겨 맞은 그는 눈도 뜰 수가 없었다. 그렇지만 사면초가인 그의 현실은 아프다고 환자 행세를 하는 건 사치였다. 몇 날 며칠을 끙끙 앓던 그는 텃세를 부려댄 리어카꾼들 앞에 무조건 무릎을 꿇고 조아렸다. 그렇게 해야만 그들 리어카꾼의 숲에 섞일 것 같았던 것이다. 한 번만 봐달라고, 험한 세상에 불쌍한 사람들끼리 함께 벌어 먹고살자고, 애원을 하고 눈물 콧물을 훔쳐가며 통사정하였다. 그가 얼마나 끈질기게 애걸복걸을 했는지, 나중엔 아무도 그의 말을 듣는 것 같지도 않았다. 그들의 그런 행동이 그를 용납해 주는 걸로 안 그는, 겨우 틈새를 비집고 들어가서 짐 보따리 몇 개를 싣는 데 성공하였다. 온갖 미움과 까탈이란 까탈에 공포를 느끼며 다 받아준 후였다. 피도 물도 없을 것 같던 그들도 인간인지라 실오라기만큼의 연민이 가슴에 남아있었던 걸까.

그렇지만 산을 넘으면 또 산이 나오듯이 고비를 넘기면 다시 또 고비가 생기는 법이다. 지금까지 그 어떤 아쉬움을 모른 채, 4대 독자로만 자란 그는 그 어떤 노동도 해본 적이 없었다. 그래서 리어카를 몰아서 돈을 버는 일에 무척이나 서툴렀다. 또한, 짐을 얻어내는 눈치도 바닥이고, 요령도 부족하였다. 일에 서툰 몸은 작은 장애물에 부딪혀도 통증에 민감해지는 법이었다. 무엇보다 사교적이지 못해 뜬한 그의 성격이 짐 덩이를 받아내는 그 일을 얕잡아 본 탓인지도 몰랐다.

그는 누구 앞 어디서든 말이 없었다. 환경적인 탓도 있지만, 성격상 별로 웃지도 않았다. 그러니 누구와도 곰살궂게 어울리지 못했다. 그럼에도 그의 눈동자는 서늘하게 빛을 발했다. 그런데 불행 중 다행인 것은 그나마 몇 마디씩 내뱉는 그의 말 속에 문자께나 섞여 있어 듣는 이로 하여금 한 번 더 돌아보게 하는 묘한 힘을 지녔다 할까. 그야말로 그는 천성으로 누구를 속이거나 거짓말을 하거나 요령을 피우는 것도 할 줄 몰랐다. 굳이 찾는다면 바로 그 가운데 그의 덕이 있었는지 모른다. 거짓말을 하지 않는 사람의 행동이야말로 신용 세상의 바로미터가 아닌가. 그가 시장에서 제법 규모가 큰 신발가게를 운영하는 박정국 사장의 눈에 들었던 것도 다 그가 정직했기 때문에 얻게 된 기회였다. 뭐냐면, 그가 숱한 사람들이 오고 간 시장통 한 곳에서 박정국 사장의 호주머니에서 떨어져 나온 지갑을 주워 줬던 것이다.

박정국 사장은 60대 후반에 접어든 충청도 출신의 사람이었다. 일찍이 청소년 시절 가난에 찌든 부모의 곁을 떠나 성공해 보겠다고, 무작정 거대한 도시로 찾아들었다. 차츰 성장하면서 어느 싸전의 점원으로 취직을 한 덕분에 장사의 기술을 배웠다. 그는 또, 스물한 살에 결혼도 했다. 싸전 주인의 맘에 들어 사위가 된 셈이다. 그는 결혼을 하자마자 장인으로부터 독립을 하겠다고, 시장 안에 가게 터를 얻었다. 그리고 신발 장사부터 시작했는데, 역시 장사하기에 좋은 품목은 공산품이었다. 왜냐하면, 물러지거나 썩지 않았기 때문이다. 박정국 사장은 신발이 잘 팔리자 많은 돈도 모아졌다. 밑천이 단단해지자 나중엔 신발도매업에 뛰어들었다. 대도시 복판 번화가에서의 신발도매업은 그야말로 정신없이 돈이 굴러 들어온 업종이었다. 장사가 잘 되는 바람에 일취월장한 셈이랄까. 그리하여 시장 안에선 몇 손가락 안에 꼽힐 정도로 성공을 한 인정받는 인물이 바로 박정국 사장이다. 또한, 덩치가 크고 목소리는 걸걸한데, 남자다운 호기를 넘어 사업가다운 배포가 여간 아니었다. 실제로 군대에선 졸병으로 전역을 한 그를 두고 시장 사람들은 한 번씩 '박 장군'이라 불렀다. 박정국 사장은 주변 사람들이 불러 주는 그 호칭에 크게 만족하였다.

　어느 날, 박정국 사장은 리어카꾼들 사이에 섞여 있는 허광일로부터 언제 어디서 잃었는지도 몰랐던 지갑을 돌려받고는 그의 얼굴을 뚫어져라 들여다보며, 고맙다는 말 대신 신상부터 먼저 캐묻고 있었다.

"자네, 올해 몇인가?"

껑충한 키에 깡마른 체격으로 늘 허우적거리며 리어카를 비틀비틀 끄는 품새가 도무지 일 잘하는 짐꾼으로서는 어울리지 않다고 생각해 왔던 허광일이 정말 뜻밖의 사람이라고 여긴 것이었다.

"예? 스, 스물이요."

"그래? 사내새끼 스물이면 범도 안 물어 갈 나이지. 자네, 고향이 어딘거여?"

"예, 고향은 저, 강원도 인쩨래요."

"강원도면 어때서, 인쩨라?"

"인쩨는……?"

"인쩨 말고 인쩨요, 인쩨……."

"오라, 인제 가면 언제 오나, 그 인제 말인 겨?"

"예……."

"그래, 부모님은 살아 계시남?"

초면인 박 사장이 어려웠던 그는 괜히 말이 더듬거려졌다.

"두, 두 분, 모, 모두 도, 도, 돌아가셨더래요……."

"형제는, 몇이나 되지?"

"누나 셋에 여동생 셋⋯⋯. 찌가 외동인데, 4대 독짜래
요⋯⋯."

"그래? 군대는 갔다 온 겨?"

"구, 군대는 4, 4대 도, 독짜라, 면쩨를 받았더래요."

"학교는 어디까지 다녔남?"

"쭝학교 나왔어요."

"흠⋯⋯. 중학교?"

"⋯⋯."

시장통의 짐꾼들 가운데 중학교를 나온 사람이 과연 몇
이나 있겠나 싶은 생각이 든 그는 '중학교까지 나왔다'는
말귀에선 은근히 뻐기고 싶은 기분마저 들었다. 아마도 시
장통 상인들 가운데는 그 정도의 학력을 지닌 사람이 별로
없지 싶었던 것이다.

박정국 사장은 처음 그를 대할 때보다 더욱 관심 있게 지
켜보았다. 늘 굶주린 듯 깡마른 체형임에도 꼿꼿한 자세를
흐트러뜨리지 않는 모습과 서늘하게 빛을 내 뿜는 눈동자
에서 가끔은 선비 기질의 소유자란 느낌을 받고 있었다.
게다가 한마디씩 주고받는 말에도 식견이 들었다 싶고, 학
문깨나 터득한 사람처럼 여겨졌던 것이다.

약삭빠른 다른 리어카 짐꾼들에 비해 제대로 수입을 올리지 못하는 그가 안타깝게 여겨졌던 박정국 사장은 웬만하면 그에게 짐 덩이 한 개라도 더 안겨 주려고 애를 썼다. 그런데 힘에 부친 탓인지 요령이 없는 탓인지, 제법 이력이 쌓였을 법한데도 그는 여전히 짐을 옮기는 일에 적응을 잘 못 하고 비틀거렸다. 다른 리어카꾼들의 절반만큼만 짐을 싣고도 허우적댔고, 종종 중심을 잃고 길에 처박거나 벌러덩 나뒹굴기 일쑤였다.

"어이구, 못난 사내새끼가, 칠칠치 못하기는……."

"……."

그는 박정국 사장이 한 없이 고맙게 여겨졌다. 비록 리어카를 밀어주는 운전이 서툴렀지만 박정국 사장 때문에 시장통에서 리어카 짐을 옮기는 일로 버텨보려 안간힘을 쓰고 있었다.

계절은 소리 없이 산들거린 가을을 밀쳐내고, 으스스한 겨울을 데려왔다. 그해 겨울은 혹독한 한파로 유난스레 추웠다. 뼛속까지 파고드는 추위는 바깥에서 잠을 자야 하는 벌이가 신통치 못한 그에게 칼바람처럼 매서웠던 것이다. 결국 그는 모진 계절을 이겨내지 못해 심한 독감에 걸리고 말았다. 그는 며칠 동안 정신도 놓은 채 끙끙 앓고만 있었다.

그의 사정을 알게 된 박정국 사장은 시장상인들이 고용한 종업원들만 기거하는 합숙소에서 그도 함께 잠을 잘 수 있도록 배려해 주었다. 객지에서의 첫 시련을 맞은 그에게 겨울삼동을 온기 풍긴 숙소에서 나게 된 것은 박정국 사장의 큰 베풂 덕분이요, 복 받은 행운이었다.

　그가 박정국 사장의 관심을 받았고, 대단한 신세를 지게 되었던 것은 운이 좋게 팔자를 타고난 덕분인지 몰랐다. 박정국 사장은 한 번 관심을 준 사람에게는 쉽게 거두는 법이 없었다. 특히나 남의 것이 될 뻔한 지갑을 돌려준 그의 사람 됨됨이를 아끼던 박 사장이 이듬해 봄에는 자신이 잘 알던 구두를 만드는 공장의 신정효 영업부장을 통해 취직을 시켜주었다.

　"너, 구두 만드는 공장에 한 번 들어가 봐. 거기 가서 구두 만드는 기술이나 배워볼려?"

　"예? 구두를 만드는 공짱이래요?"

　"그래, 크로바 구두란 아주 유명한 구두공장이여. 그 일이 리어카질하는 것보다는 훨씬 더 나을 겨!"

　"예, 고, 고맙습니다. 그, 그 일 해볼라요."

　"내가 신 부장한테 잘 말해놓을 테니, 열심히 잘 혀봐."

　"고맙씀다. 짱군님!"

"뭐? 짱군니임? 허허허, 고마우면 내 구두나 한족 만들어주렴."

"예, 그러찌요……."

크로바 구두공장은 도시의 끝머리인 광림동에 위치해 있었다. 광림동은 넓은 숲이 있던 자리란 뜻으로 불리는 동네다. 크로바 구두공장에선 구두를 만들기 무섭게 내수는 물론, 착착 수출까지 하고 있었다. 그런데 가죽을 염색하고 가죽제품을 수출하는 게 그 동네 일대에선 주종산업에 들었다. 근처에는 가죽 염색공장들도 띄엄띄엄 보였다. 물론, 다른 공장의 굴뚝들도 군데군데 높은 키를 자랑하고 있었다. 그중 크로바 구두공장은 백 명도 넘는 종업원을 거느린 큰 규모였다. 그렇듯 크고 알려진 구두공장에 취직이 되자 그는 천지를 다 얻은 듯이 기뻤다. 무엇보다 열심히 일하면 많은 돈을 벌 수 있으리란 기대에 잔뜩 부풀어 있었다.

그가 소속된 데는 크로바 구두공장의 자재과인데, 처음 발령받아 맡은 일은 자재창고의 자재를 관리하는 업무였다. 입고와 출고의 확인, 재고량을 파악하고 정리하는 일이었다. 그러나 말이 좋아 큰 구두공장에 취직된 것이지, 따지고 보면 먼저 온 선참들의 눈치나 보며 하루하루를 채우는 형편에 불과했다.

　사실 기업이란 게 노동자들의 값싼 노동력으로 수익을 올리는 게 대부분의 이치이다. 노동자의 임금을 쥐어짜듯 줄여가며 수익성을 창출하였고, 노동자들 또한 형편이 고만고만한 사람들끼리 어울려 노동만이 살길이란 인식과, 노동으로 금전적 도움을 받는 매력에 살아가는데 익숙해지고 있었다.

　그는 크로바 구두공장에 취직이 되자마자 좀 더 알뜰하게 자취생활을 시작하였다. 구두공장 근처의 방 한 칸을 얻어서 단출한 출발을 하였다. 살림이라곤 덜컹대는 낡은 서랍장과 도시락 크기의 라디오 하나에다 때가 절은 이불이 전부였다. 낡은 양은냄비도 가난한 자취생의 취사도구가 돼 주었으니, 누이들이 모두 떠난 뒤 제 끼니를 스스로 해결해온 처지라 그는 상상 이상으로 자취생활에 재미와 자신이 붙어 있었다.

　바람 소리만 우우 불어도 금방 날아가 버릴 것 같은 허술한 셋방은 불결하고도 엉성하였다. 대충 발라놓은 누리끼리한 벽지가 헤진 사이로 흘러내린 흙먼지들이 풀풀 쏟아져 나오고, 허접한 장판 밑에서도 흙먼지가 뭉게뭉게 피어올랐다. 장판을 걷어내자 강한 곰팡내가 코를 자극했다.

습기찬 바닥은 시커먼 곰팡이가 켜켜이 쌓여있고, 작은 개미들이 스멀스멀 기어 다녔다. 그는 값싼 셋방의 특징이자 답답한 현실이라고 느꼈다. 그럼에도 그는 취약한 걸 인내하면서 살아야 된다고, 속으로 다짐을 하고 또 하였다. 늦은 시각까지 문을 활짝 열어젖힌 채 꼼꼼하게 방을 치우고, 쓸고, 닦아가며 단장하였다. 그런 그가 신기했는지 이웃 사람들 여럿이 그의 행동거지를 지켜보고 자기들끼리 쑤군거렸다. 쑤군거림은 무료한 사람들의 자유며, 취미인 모양이었다.

"무슨 남자가 저리도 깔끔을 떤다니?"

그런 소리도 들리고, 그가 방에만 들면 끼고 살던 만만한 라디오가 화제에 올랐다.

"라디오도 있나 보더라."

낡은 라디오가 무슨 큰 재산이나 되는 것처럼 부러워하는 소리도 들렸다.

그가 박정국 사장의 도움으로 크로바 구두공장에 취직을 한 건, 하늘이 도와준 행운이었다. 그 행운의 여세로 또 다른 집으로 셋방을 구했다. 그리곤 별로 옮길 것도 없는 이삿짐을 챙겨 입주를 하였다. 허접하리만치 떠돌던 생활

끝에 비로소 혼자만의 오붓한 보금자리를 마련한 셈이다. 하지만 온기라곤 전혀 없는 방바닥은 그마저 눅진하여 삼월인데도 온몸이 저릴 만큼 심한 한기를 내뿜고 있었다. 묵은 방이기에 지극히 당연하였다. 보증금 300만 원은 박정국 사장이 특별한 호의를 베풀어 이자 없이 1년간의 약정으로 빌려 준 것이다. 대신 집주인 강만호 씨와 임대차 계약서에 임차인 명의를 박 사장으로 하였다. 나무도 풀도 공기마저 낯선 타향객지의 세상에서 잘 알지도 못하는 박 사장이 그만한 호의를 베풀어 준 것에 대해 그는 진심을 다해 굽실굽실 감사의 몸짓을 해댔다.

그가 입주해 들어간 주인은 셋방을 아홉 개나 세를 놓고 있었다. 셋방촌 이웃들은 대개가 비슷한 수준이었다. 가족 중 누군가 인근의 공장에 취업해서 다녔는데, 하나같이 시골에서 갓 올라온 사람들로 가난과 싸우며 열심히 살아가고들 있었다. 가난에 치인 여자들 상당수는 보증금과 월세를 반씩만 부담하기 위해 작은 방 하나에 둘씩 입주해 있는 경우도 있었다.

그는 셋방촌에 입주한 처음부터 많은 이웃이 화장실 하나를 두고 공동으로 쓰는 사실에 숱한 괴로움을 느꼈다.

대충 감을 잡았지만, 어느 날 아침은 길게 늘어선 줄서기 끝에 겨우 볼일을 보게 되었다. 그러나 화장실 문을 마구 두드려대는 소란 때문에 그날은 끙끙 용만 쓰다가 끝내 볼일을 포기한 채, 나와 버린 적도 있었다. 그렇다고 짜증을 냈다가는 건방진 이웃이라고 손가락질로 매도당할 판이니 그냥 참는 방법이 최선이라 생각했다.

　구두공장의 급료는 월말에 나왔다. 그런데 보너스도 퇴직금도 불법해고에 따른 보상금도 회사에서 베푸는 부가적인 비용부담이라곤 없는 모양이었다. 회사형편이 어려워서 그렇다는 것이다. 환경이 사람을 만드는지, 그는 느려터진 성격인데도 아침이면 근무를 시작하는 시간보다 약간 일찍 출근하는 습관을 들여가고 있었다. 관리부에 비치된 출근부에 도장을 찍고, 또한 관리부 직원의 날인을 받았다. 그렇게 확인된 근무 일수에 따라 매월 그믐날이면 월급을 받았다.

　구두공장 근처의 식당에서는 값싼 국밥과 국수를 팔았다. 매 끼니를 다 사 먹으면 그 달치 그의 수입으로는 턱없이 모자란 형편이었다. 따라서 그는 아침 한 끼만 국밥을 먹고, 점심은 직장의 구내식당에서 해결하였다. 저녁은 국수나 라면을 사다가 직접 끓여 저녁을 때웠다. 저녁을 먹어야 배가 부르고 만족할 텐데, 때우는 배는 언제나 허전하고 출출함을 느끼게 했다. 그런 걸 눈치 챈 식당주인은 그를 잘 보았는지, 국밥 그릇에 밥을 두 숟갈씩이나 더 떠 넣어줄 때도 더러더러 있었다.

"허 씨, 웬만하면 점심 저녁도 여기서 묵지, 그런교?"

"그럴 돈은 읍떠래요……."

"그래도 사람이 밥은 묵고 살아야제. 밥값은 쪼매 깎아준다카이……."

"괜찮씀다."

그는 난생처음 수입이 일정한 월급쟁이로 취직을 한 것이다. 그리고 나름 열심히 일을 하고, 돈도 모으고자 애를 썼다. 그래서 남들보다 일찍 출근을 해서 공장의 자재창고 주변을 깨끗이 쓸며, 창고 안 구석구석도 체계 있게 착착 치워놓을 즈음이면 직원들이 하나둘 출근을 하였다.

2백 평이나 됨직한 어두컴컴한 자재창고에는 그를 포함해 네 명의 직원이 근무를 했다. 그의 직속상관인 자재과 주임 김박동이 하루 몇 번씩 얼굴을 비쳤고, 그와 동등한 평직원이 둘 더 있었다. 스물여덟의 능글맞게 비위가 좋은 팽만수와 스물하나인 천방지축 날뛰기 좋아하는 이성기란 청년도 있었다.

　김박동 주임은 일머리를 꿰뚫고 있음직한 직원이었다. 죽은 깨가 거뭇거뭇 박힌 얼굴에 길게 찢어진 눈매며, 유난히 불거진 턱 관상으로 꽤 험악해 보이는 인상파였다. 크고 다부진 체격에 굳은살이 잔뜩 박인 주먹은 어린아이 머리통만 했다. 생김새만큼 성격 또한 조급하여 말보다는 주먹부터 먼저 휘둘러대곤 하는 위협 인물이었다.

　팽만수는 작은 키에 머리가 짱구처럼 커서 큰 바위 얼굴이란 별명의 소유자인데, 걸을 때 어기적거리는 안짱다리였다. 그는 게으르고 요령이 많아 영리한데, 초등학교를 수석으로 졸업했다고 우기지만 아무도 곧이 믿지 않았다. 판단이 느린 데다 남의 일에 참견을 잘하는 성미가 미운 탓이었다. 특징은 넉살이 좋아 주임의 비위를 척척 잘 맞췄고, 내내 그의 곁에 들러붙어 수족처럼 구는 모습에 보는 이의 눈살이 찌푸려지게 하였다.

　이성기는 야간 고등학교를 다녔다고 했으나 마땅한 취직자리가 없어 인사부에 근무하는 당숙의 낙하산으로 자재창고에 오게 됐다고 알려진 사람이다. 말투는 어눌하지만, 그런대로 귀염성으로 주변에 인기가 괜찮은 젊은이였다. 흠이라면 눈치코치가 없어 곳곳의 작업장을 겁 없는 버팔로처럼 휘젓고 쏘다니면서 여공들을 집적거렸다. 비위 좋고 제멋대로인 이성기는 처음부터 그에게 호감을 가진 듯 쉬 접근해 왔다. 너무 촐랑대서 그런지 성격이 좀 찌질해 보인 그의 특징이라면 날쌘 소식통이라 할만큼 공장 사정에 대해 꿰뚫어 보인다는 점이다.

"사장의 늦둥이가 중학교 일 학년인데, 며칠 전에 치른 교육청 주최의 백일장에서 장원을 묵었다카네요……."

그런 정보는 어디서 얻어 오는지 아무도 몰랐다.

"디자인부 최 반장의 안사람이 아들만 형젠데, 또 아들 쌍둥이를 낳았다카던데요."

그의 정보수집 능력엔 남다른 촉수가 생기기라도 한 걸까?

"총무부에 근무하는 늙은 총각 최복출이 있지예? 삐삐 마른 최복출이가 성병에 걸렸는지, 빈약한 아랫도리 환부가 징그럽게 울긋불긋 게딱지처럼 부풀어 있던데요. 아이 쿠, 엄청 무섭더라카이……."

들으면 허허 웃고 말 그런 소문을 시시때때로 물고 다닌 그는, 총무부의 최복출이를 지칭하듯 마른 장작이 원래 화력이 센 법이라면서 혼자 떠들고, 혼자 답하더니 혼자 허리를 잡은 채, 쿡쿡 웃어댔다. 게다가 소문을 퍼뜨리는 그가 스스로 창작을 했는가 싶은 내용도 있었다.

"지난주 토요일에 주택복권에 당첨된 사람이 누군지 소
문 못 들었지예? 저, 시청 위생과 소속인데, 똥을 푸던 사
람이라카데요."

"……?"

"천날 만날 똥만 푸다가 복권에 당첨이 됐다카이. 참말
로 좋겠지예?"

듣던 사람들이 와하하 웃자 그의 엽기적인 정보가 다시
도를 넘고 있었다.

"기계실의 박미숙이라는 여자공원을 알고 보니까네, 공
무부의 염 부장과 비밀스레 교제하는 사이라 카데요. 그런
걸 아무도 몰랐지예? 헤헤헤……."

이성기는 두뇌의 안테나가 그 같은 방면으로 발달한 것
인지, 궁금증을 내포한 소문들을 끝없이 줄줄이 전달해대
고 있었다. 나중엔 느닷없이 자기자랑이 있다고 우쭐대더
니, 이 구두공장에 들어온 지 7개월이지만 그 동안 자기가
집적거린 여공들만 스물은 된다고, 허풍을 떨어대고 있
었다.

"저기, 그 지집애들이요, 참 놀랍더라고예! 남자 품에 안
기겠다꼬, 그쪽에서 먼저 지랄 환장을 하더라꼬예……."

"안기면 안기지, 뭐 할라고 환장을 하는데?"

"내 몸 거시기를 구경하겠다꼬예……."

"거 참, 니 몸 거시기가 왜, 보고 싶다니, 왜?"

"왜 보고 싶겠어예? 내가 좋다 그 뜻이지예……."

"……?"

"에이, 다 알면서도 무신 능청을 부려예?"

"너, 재주 한 번 좋다. 여자를 스무 명이나 따 먹다니……."

"뭘, 그까이꺼로예? 사실은 서른 명도 넘는데예……."

"너, 변강쇠 손자라도 돼? 허허허, 내 눈엔 니가 더 자랄 발광을 했겠다……."

성과 관련된 쌍스러운 속어를 남발해도, 그가 별로 음란하다거나 천박한 느낌은 주지 않았다. 그것은 아마 그의 타고난 재능인가 싶었다.

자재창고 안은 가죽이며 그에 따라 들어갈 부속 자재나 고무 밴드와 리본까지 온갖 장식 자재들이 산더미처럼 쌓여있었다. 필요에 따라 수시로 들고나는 자재들로 뒤엉켜 잠시만 일손을 놓으면 창고 안은 금방 뒤죽박죽이 되었다. 그러니 제대로 정리되어 있지 않은 상황에서는 출고요구서에 기재된 품목을 찾아봐도 곳곳을 뒤적거려야 겨우 찾을까 말까 했다.

그는 출근한 첫날부터 누구도 일을 시키지 않았다. 그런데도 그는 자재창고 안의 자재들을 가지런히 정리하기 시작했다. 그의 모습이 김 주임의 눈에 띄자 김 주임은 경계를 하는지 길게 찢어진 눈을 게슴츠레 뜨며, 자기 할 일을 한다는 듯 폼을 잡고 나섰다.

"야! 임마! 건방지게 누가 널더러 창고 정리하라고 시켰어?"

"왜, 정리하면 안 돼요? 창고가 깨끗해서 좋은데요……."

그가 쭈뼛거리며 대꾸할 때, 김 주임이 발끈하면서 성큼 다가섰다.

"그게 아니라, 뭣 하러 이렇게 착착 정리했느냐고?"

"그게……. 암튼, 채곡채곡 분류해 쌓아 놓으면 보기도 좋고, 찾기도 수월하찌요……."

김 주임의 솥뚜껑만한 손바닥이 등 뒤로 높이 치켜 올라갔다.

"째까! 시키는 일이나 잘 혀, 괜히 나서지 말고……."

"예? 예! 그, 그, 그럴께여."

김 주임이 원하지 않지만 어질러진 것을 보면 못 참는 성격인 그는 짬만 나면 자재들을 분류, 정리했다. 눈가늠으로 곳곳에 반듯하게 착착 쌓는 폼이 흡사 군대사물함을 정리하는 식이었다.

"아니, 이 쌔끼가, 지금 뭐하는 짓이야?"

김 주임이 도끼눈을 부라리며, 그에게 다가섰다.

"예, 찌금 쩡리하고……."

"쌔꺄! 니가 지금 나 열 올려?"

순간, 김 주임의 억센 손바닥이 반원을 그으며 그의 한쪽 볼 따귀를 강타했다. 순간적인 둔탁한 충격에 의해 그는 널려진 자재 더미 위로 맥없이 풀썩 나뒹굴었다.

"건방진 쌔끼, 니가 지금 날 감시하는 거야, 그렇지?"

"뭘 감시요? 찌는 그런 거 몰라요……."

"그럼 쌔꺄, 하지 말라는 짓거리는 왜 자꾸 하고 지랄이야?"

"예? 깨끗이 쩡리하는 게 뭔 잘못이래요?"

"이 쌔끼가, 안즉도 따박 따박 말대꾸야?"

그는 정리하는 게 왜 잘못인지 도통 이해할 수 없었다. 그때, 이성기가 싱긋 웃으며, 옆에 다가와 귀에다 소곤거렸다.

"광일 형, 왜 김 주임님 말 안 듣지예? 하지 말라면 알겠씀다 눈치껏 놀고 자빠지면 장땡이지예. 대충 어디든 쿡

처박혀 잠이나 자두지예. 그 보담, 김 주임이 뻑하면 광일 형 때릴라고 덤비는데, 눈앞에 얼쩡거리지 않는 거이 최고 라카이……."

그럼에도 그는 자재를 정리하고 두드려 맞고, 또 정리하 다 두드려 맞는 게 갈수록 늘어났다. 언젠가는 김 주임의 주먹에 몇 번인가 얻어맞은 그는 쌍코피까지 터졌다. 그렇 지만 어질러진 자재창고를 정리하고 말겠다는 그의 병적 인 고집을 못 꺾은 김 주임도 두 손발을 든 것처럼 보였다.

"저따위 독종은 내 눈뜨고 첨 본다니까! 뭐, 저런 머저리 가 다 있어? 참, 꼴통도 아니고, 괴물이다 괴물……."

어떤 시대, 어느 사회든 도둑괭이는 존재하기 마련이다. 도둑괭이란 전혀 수고를 들이지 않고, 남의 재물을 가로채 려는 인간 쓰레기족들이다. 그들로 인한 피해는 유감스럽 게도 죄 없는 선량한 사람들이 부담으로 떠안게 되는 법이다.

근래 들어 자재창고 안쪽 구석에는 생산가공라인에서 나오는 폐기물을 그득 채운 포대들이 산더미처럼 쌓여가 는 중이었다. 따라서 출고장부에 기록되지 않은 자재들이 수시로 뭉텅뭉텅 빠져나가고 있었다. 대담한 그 일은 직원 들이 퇴근한 한밤중에 일어나고 있었으니 아무도 모르는 게 당연하였다.

그는 창고의 자재들이 밤중에 몰래 빼돌려지는 것을 어렴풋이 눈치채고 있었다. 그리고 그 사실을 윗사람에게 알려야 한다는 상황인 걸 깨달았다. 먼저, 유일하게 알고 있는 윗사람인 신정효 부장을 찾아갔다. 사무실 앞을 수도 없이 몇 번이나 오간 끝에 저녁 무렵이 되어서야 신 부장을 만날 수 있었다.

"이상해요. 멀쩡한 물건들이 밤새 읍써찌고, 쓰레길 짠뜩 채운 짜루만 산더미처럼 쌓이는데요."

"……."

"밤에도 일하는 팀이 따루 있는가 봐요?"

"……."

"신 부장님……!"

그는 신 부장에게 그 같은 사실들을 죄다 설명해 주었다. 그런데도 신 부장은 의외로 덤덤한 표정을 지었다.

"뭘 오지랖? 넌 그냥 김 주임이 시키는 대로만 해라이."

"그렇찌만 기록부에 출고내용을 기록하고 내가야 되는 게……."

"얍, 니가 뭘 아노? 니는, 군소리 말고, 김 주임 말만 잘 들으면 되는 기라."

"그런 걸 기록 안하면 뭘 기록하찌요?"

"이 자슥이, 무슨 눈치코치가 그렇기 없노? 니, 얼라가?"

"……?"

그는 점점 더 머리가 복잡해졌다. 신 부장의 태도가 선뜻 이해되지 않았던 것이다. 그렇다고 오만상을 무섭게 일그러뜨린 신 부장에게 더 이상 대거리하는 건 더욱 어려웠다. 신 부장이야말로 그에게 일자리를 허락해 준 사람인 때문이다. 그리고 지금껏 유일하게 믿고 의지했던 상사가 아닌가. 결국은 신 부장이 어떤 힘을 업고 창고의 자재를 계획적으로 빼돌리는 일을 벌인다는 것만 감지했을 뿐이다. 그렇지만 그로선 속수무책이었다. 문제는 계속해서 낮에는 자재들이 꾸역꾸역 들어왔고, 밤에는 감쪽같이 사라지는 일이 반복되고 있다는 점이었다.

달포쯤 지난 어느 날, 만물이 잠든 깜깜한 그믐밤이었다. 잠결에 왱왱거리며 몰려드는 불자동차 소리에 놀라 밖으로 쫓아나간 그의 눈엔 분명 어떤 공장에서 화재가 발생한 것 같았다. 좀 더 관심 있게 살핀 결과 그가 다니는 구두공장이란 감으로 잡혔다. 좀 더 후에는 구두공장에서 솟는 불기둥이 낮처럼 훤히 보였다. 그의 생각으로는 공장의 자재창고로 짐작이 됐다. 불길한 생각이 든 그는 가슴이 두

근대다가 나중엔 쿵쾅거렸다. 그래도 혹시나 하면서 슬리퍼를 질질 끌며 공장 근처로 갔는데, 방정맞은 예감은 적중해서 들어맞았다. 그의 일터인 자재창고가 불길에 휩싸여 있었다.

그는 덜덜 떨리는 감정을 억제하며 시커먼 연기와 거센 불길을 보노라니 무서워서 전신이 오그라들었다. 대형으로 발생한 화재도 소름이 돋게 무서웠지만, 그 일 때문에 겨우 잡은 일자리를 잃게 되는가 싶은 걱정이 덜컥 가슴을 짓눌러 댔다. 처다볼수록 거대한 불기둥은 쉽게 수그러들 줄 몰랐다. 쩡쩡 울리는 폭발음과 탁탁 터지는 탁한 소음도 귀청을 자극하였다. 불길은 뜨거운 열기를 계속 뿜어내며, 보름밤처럼 환해져 갔다.

"모두 비켜나세요. 어물거리면 다쳐요. 비키세요!"

소방 지휘자의 경고 목소리가 확성기를 통해 찡하게 터져 나왔다. 경찰도 지휘봉을 휘두르며 불구경 온 사람들을 우우 몰아냈다. 그때마다 사람들은 움찔대며 물러나면서 입으로 쏟아내는 것이었다.

"와, 무섭다! 진짜 무섭네!"

"언놈이 저렇게 큰불을 질렀노? 벼락 맞아 죽어라……."

"원래 불난 집은 망한다카는데, 저 공장도 이제 망하겠대이……."

거대한 불기둥은 까만 하늘에 불야성을 이루었다. 걷잡을 수 없이 치솟는 불길은 잠시 동안 넓대대한 자재창고를 모두 태워버렸다. 그런데 폐자재가 타면서 내뿜는 검은 매연과 가죽 타는 냄새가 동네를 뒤덮었다. 특히나 가죽이 타는 역겨운 냄새는 속까지 울렁거리게 하였다. 얼마나 지났을까, 검은 연기는 진화 후에도 계속 뿜어져 나와 일대를 안개처럼 부옇게 덮어버렸다.

"암튼 불길은 무섭지만, 구경 한 번 잘했네."

화재가 진압되자 소방차들이나 길을 꽉 메운 경찰 패트롤카들도 죄다 빠져나갔다. 불구경 나온 사람들도 하나둘 흩어졌다. 주변은 다시 어둠에 잠기고, 화재현장에서 뭉게뭉게 피어나는 연기인지 김인지가 희뿌옇게 어른거렸다. 화재현장에는 공장 근무자들 몇몇이 간혹 눈에 띄었다. 그렇지만 사장이나 간부들은 물론, 신 부장과 김 주임의 모습도 보이지 않았다.

다음날 아침, 날이 밝았다. 그는 여느 때처럼 이른 시각에 공장으로 출근을 했다. 평소엔 굳게 닫혀있던 회사의 철제대문이 활짝 열려져 있었다. 자재창고는 외벽이 시커멓게 그을렸고, 불길에 무너져 내려 꼬꾸라진 모습이 처참한 화재현장을 적나라하게 보여주고 있었다. 자재창고 바닥은 화재진압 때 뿌려댄 물이 시커먼 색깔로 질퍽거렸다.

작달막한 키에 두꺼비 상을 지닌, 별명이 깡통인 경비조장 박 씨가 창고 곁으로 다가서는 그를 발견하자마자 경비실에서 우르르 쫓아 나왔다. 급할 때면 말을 더듬는 경비조장에겐 박깡통이란 별명이 붙어있었다. 박깡통이 목줄에 힘을 주었다.

"봐, 봐, 요, 과, 광일이. 오, 오늘 그, 그냥. 도, 도, 돌아가야 쓰, 쓰것네."

"왜, 요?"

"그, 글씨, 새, 생산라인 일부와 가, 간부들 외에는 저, 전부 도, 도, 돌려 보, 보내라고 하, 하네."

"아, 예, 근데, 불은, 불은 왜 났데요?"

"모, 몰러, 아, 안즉, 부, 불난 이, 이, 이유를 모, 몬 밝힌 모, 모냥이야."

"김 쭈임이랑 팽만수 씨는 나왔고요?"

"기, 기, 김 주임은 사, 사무실에 이, 있지. 패, 패, 팽만수는 아, 아즉 나, 나오지를 아, 안했고……."

"짬시, 들러보고 가면 안 될까요?"

"뭐, 뭐, 뭐할라꼬?"

"그냥요."

"다, 탔뿌렸는데, 뭐가 보, 볼게 이, 있어야제?"

"그냥, 짬, 짬시만요……."

"차, 창고, 아, 안엔 드, 드, 들어가지마."

창고 안은 고열의 화염에 용해되어 검게 엉겨 붙은 것들로 그득 차 폐허가 돼 있었다. 불탄 현장에서 꾸역꾸역 솟는 매캐한 냄새가 배어 있어 코를 막아도 자극을 해댔다. 창고 안에 널브러진 타다 만 잔해 물 들은 버려야 할 가공 폐기물인 걸 단번에 알아볼 수 있었다.

공장에서 되돌아 온 그는 마음을 다잡지 못하고, 종일 방 안에 틀어박혀 죽은 듯이 꼼짝도 하지 않았다. 뇌리 속에선 노자의 도덕경 한 구절이 스멀스멀 떠오르고 있었다.

禍莫大於不知足

(재앙은 만족을 알지 못하는 것보다 더 큰 것이 없고)

咎莫大於欲得

(허물은 끝없이 얻고자 하는 욕심보다 더 큰 것이 없다)

그는 그들의 못난 욕심 때문에 생긴 화재인 줄 알지만 그 불똥이 자신에게 떨어지지는 않을까 은근히 걱정이 되었다. 그렇게 되니 아무 일도 할 수가 없고, 가슴만 답답했다.

　'자재창고가 불에 타 없는데, 당분간 자재는 어디에 쌓아놓을 것이며, 공장이 정상으로 돌아가려면 얼마의 시간이 걸릴 것인지, 그로 인한 손해는 누가 보게 될 것인지……. 내일도 출근을 해야 하는지, 연락이 올 때까지 기다려야 하는지, 혹시 회사에서 쫓겨나지는 않을는지…….'

　그의 마음은 한없이 뒤숭숭해졌다.

　그 하루도 뉘엿뉘엿 해가 기울고 있었다. 그는 종일토록 아무것도 입에 대지 않았다는 생각이 들자 갑자기 뱃속이 허전하더니 심한 허기가 느껴졌다.

　그는 깜깜한 밤중인 걸 깨닫고 전등을 켰다. 방 안이 갑자기 대낮처럼 황해서 눈이 부셨다. 그는 배고픈 현기증에 몸이 휘청거렸으므로 저녁을 해결하려 냄비에 물을 붓고 봉지를 딴 라면을 톡 털어 넣었다. 그리고 그걸 끓이려 불 위에다 올렸다.

　그때, 막 그에게 다가온 오말자가 말을 걸어왔다. 오말자도 크로바 구두공장에 다니며 한 집 안에서 셋방살이하는 여성이다.

"저, 오늘 출근 안 하셨다던데요?"

"예, 뭐, 저……."

그는 공장이 돌아가는 걸 알고 싶어 그녀에게 물었다.

"그, 그쪽은……?"

"생산라인은 정상 근무했고, 당분간 잔업은 하지 말라네요."

"……예."

"오늘, 종일 시끄러웠어요. 경찰도 다녀가고……."

"……예."

숫기가 없는 그들의 대화는 더 이상 이어지지 않았다. 그는 오말자가 자신의 근황을 물어 준 것 같아 은근히 고마웠다. 경찰이 다녀갔다는 그 말엔 별 의미 없이 수긍하고 있었다.

그가 조금 전 불 위에 올려둔 라면 냄비가 팔팔 끓기 시작했다. 잠시 후, 그가 라면가락을 건져 입속에 넣으려던 순간, 낯선 사람들이 찾아왔다.

"당신, 크로바 구두공장 자재과에 근무하는 허광일 씨죠?"

"……?"

언제 왔는지, 경찰 둘이 방문을 왈칵 열어젖히며 그의 신원을 확인하는 것이었다. 그는 지은 죄도 없이 가슴부터 먼저 두근거렸다. 그리고 말문도 막혀버렸다. 그는 직감적으로 자재창고 화재 때문이란 걸 알았다.

그에게 말을 걸던 그 순경이 신경질적으로 재차 물어왔다.

"당신, 허광일이 맞느냐고요?"

"예……. 그, 그런데요."

"당신을 방화범으로 체포합니다!"

아닌 밤중에 홍두깨라더니, 당황이 된 그가 소스라쳤다.

"예? 내, 내, 내가, 바, 바, 방, 방화범이라니요?"

그는 더욱 당황이 되었다.

'방화범으로 나를 체포한다고……, 그럼, 내가 불을 질렀다고? 구두공장 자재창고의 화재에 나를 왜 찍어 넣지?'

그는 암만 생각해도 이해를 할 수가 없었다. 무슨 오해가 있다고 생각했다. 그러나 이미 대세는 기울어진 모양이었다. 그는 예고 없이 들이닥친 순경에 의해 양손에 수갑이 채여서 밖으로 끌려 나왔다. 그때, 현장을 본 셋방의 이웃들이 우르르 몰려들었다.

"뭔 일이고? 뭔 일로 허 씨를 잡아가는데예?"

그들은 눈앞의 일이 궁금해 죽겠다는 표정이었다. 그들 중 누군가가 궁금해서 못 참겠다는 투로 경찰에게 물었다.

"아자씨, 뭔 일로, 허 씨는 왜 잡아가요?"

"어, 딴 일은 아니고, 조사해 보면 알겠지만 구두공장 불낸 혐의로 잡아가는 거요."

"예? 허, 허 씨가 불을 냈다고 예? 말도 안 돼⋯⋯."

"이 사람이 정말 불 지른 범인이라고? 엉터리네 엉터리⋯⋯."

비열한 인간들일수록 자기의 허물을 주변 선량한 사람에게 뒤집어씌우는 못된 버릇을 갖고 있다. 그렇게 허물을 덮어쓴 사람은 곧 찍소리도 못한 채, 희생양이 되고 마는 수순을 밟는다. 그와 동시에 결론도 확실해진다. 그 희생양은 결국 허물을 벗더라도 전처럼 자유로운 삶으로 돌아가는 경우는 별로 없는 법이다. 뒤집어쓴 허물이야말로 틀림없이 주홍글씨가 돼 버리는 까닭이다.

그는 팔자 사납게도 구두공장에서 일어난 자재창고 방화혐의자로 몰려버린 셈이었다. 그 때문에 강제로 수갑이 채워져 경찰서로 끌려갔다. 당장은 창피했지만 죄가 없으니 떨지 말자고, 금방 풀려나게 될 것이라고, 그는 애써 태연한 척했다.

심야의 경찰서 안은 대낮처럼 불이 환했다. 그리고 많은 사람으로 웅성거렸다. 그는 강제로 결박당한 두 팔을 움켜

잡힌 채 경찰의 손에 끌려 대기실로 들어갔다. 입이 하마처럼 생긴 한 남자가 그를 힐끗 쳐다보며, 피우던 담배꽁초를 바닥에 던져 발로 밟아 문댔다. 그 일련의 행동이 겉모습처럼 매우 험악하고도 신경질적으로 보였다.

"그 작자야? 공장에 불냈다는 놈이?"

"예, 허광일이 맞심다."

"순순히 끌려오던가?"

"예, 별 저항은 없었어요."

"새끼, 불만이 있다면 말로 하지. 그런 심통을 부려?"

그는 대기실 한쪽에 붙박아 서서 그들이 주고받는 말들을 남의 얘기처럼 듣고 있었다. 그를 범인으로 몰아가려고 그들이 미리 다 짜놓은 각본이라 생각하니 대응하고 싶지 않았던 것이다. 될 대로 되라는 배짱을 품으니 오히려 마음이 홀가분해져서 대기실을 둘러볼 여유마저 생겼다.

넓대대한 대기실은 몇 개의 철재 캐비닛과 책상들, 그리고 각 책상의 짝으로 의자들이 놓여있고, 한쪽에는 나무벤치가 있었다. 사무실 구조나 집기 규모는 구두공장의 사무실과 다를 바 없어 보였다.

저쪽 구석에는 댓 명의 남자들이 책상을 마주 놓고 둘러앉아 담배를 빨아대며, 서류철을 뒤적이고 있었다. 다른 쪽에는 머리카락이 허연 할머니와 앳된 청년이 서로 기댄 채 졸고 있는데, 그는 한 벽면으로 시선이 가 꽂혔다. 태극기가 중앙에 걸려있고, 그 아래로는 황소 거시기만한 대형 시계의 추가 오락가락했는데. 살아서 움직이는 느낌이 들었다. 꽤 늦은 시각인 걸 깨닫자 마구잡이로 끌려오느라 끓여놓고 못 먹은 라면가락이 문득 생각나면서, 배에서는 쪼르륵 소리가 들리는 것이었다.

부하 순경이 하마에게 거수경례를 하며 돌아서는데, 하마가 그들에게 팔찌나 풀어주고 가라고 집게손가락으로 손목을 찌르듯 가리켰다. 부하 순경은 그가 찬 손목의 수갑을 풀자마자 대기실 밖으로 나가버렸다. 그때, 하마가 그를 부르고 있었다.

"어이, 일루 와 봐!"

"예?"

"일루 와서, 몇 가지 사항이나 기록 좀 해 봐."

"예."

"니, 주민증 있나?"

"예."

"주민증 내놓고……."

"예."

그가 작성한 인적사항 서류를 잠시 들여다보던 하마가 따라와! 한마디를 내뱉고는 앞서서 대기실 밖 뒤쪽 마당으로 걸어갔다.

경찰서 뒷마당은 어두컴컴했다. 밤눈이 어두운 그는 오싹해져 하마의 꽁무니만 총총 따라 걸어갔다. 하마는 수갑을 푼 그에게 의심도 하지 않는 듯 저만큼 앞장서서 휘휘 걸어갔다. 뒤도 돌아보지 않는 하마를 따라가면서 그는 피식 웃었다. 잠시 조사한 뒤 풀어줄 모양이네, 괜히 겁먹었다는 생각 때문이었다. 그런데 밖의 공기는 썰렁하고 습했다. 캄캄한 하늘로 고개를 쳐들자 별 하나도 보이지 않았다. 잔뜩 낀 구름 탓이었다.

하마는 어둠 속의 어느 건물 중에 불 켜진 작은 창을 콩콩 두드렸다. 그 창에 안경을 쓴 얼굴이 언뜻 비치더니 옆으로 난 육중한 철문이 덜컹 열렸다. 하마는 그를 문 안쪽으로 밀어 넣고, 뒤따라 들어섰다. 작은 문 옆에 책상이 놓여있고, 앞에 정복 입은 순경이 앉아있었다. 하마는 순경에게 그가 작성한 서류를 건넸다.

"쪼매 있으믄 조사과에서 임마를 찾을 끼다. 그때까지 잠시 처박아 놔라."

순경이 철걱 철걱 열쇠 꾸러미를 만지며 유치장 철문으

로 다가섰다. 유치장 철문에는 주먹만한 자물쇠가 채워져 있었다. 그런데 여러 개로 엮인 열쇠꾸러미가 달려있었다. 그 묶음 자물쇠를 푸느라 철걱거리는 소리가 잠잠한 심야의 유치장 안 가득히 공허하게 울려 퍼졌다.

순경은 미닫이 철문을 드르륵 열어젖혔다. 그러고는 귀찮은 듯 그를 안으로 들어가라고 턱짓을 했다. 굵은 쇠창살이 촘촘한 유치장은 널찍하게 마루판이 깔려있고, 조명이 약해 어두컴컴했다.

그가 유치장 안으로 들어섰다. 거기엔 펑퍼짐한 여성이 고개를 푹 꺾은 채 웅크리고 있었다. 그를 힐끗 쳐다보던 그 여성은 붙박은 듯 꼼짝을 않았다.

'뭐하는 여잔데 저렇게 풍년이 들어 튼실한데 유치장에 잡혀 왔지?'

그는 호기심으로 여성을 바라보았으나 별다른 움직임도 없었다. 유치장 안은 물밑처럼 고요만 넘쳐났다. 그는 간밤의 화재며 경찰서에 끌려오기까지 벌어진 일들이 한여름밤 꿈의 한 장면처럼 느껴졌다.

반 시간쯤 지났을까, 그는 배가 고팠다. 목이 타는 갈증도 났다. 소변도 보고 싶었다. 그래서 저쪽의 순경을 부르고자 목청을 돋우었다.

"쩌기, 아쩌씨이……!"

그러나 순경은 듣는지 마는지 아무런 대꾸가 없었다. 턱을 괴고 앉아 졸고 있는지, 서류철을 읽는지, 분간이 되지 않았다.

"이봐요, 아쩌씨이……!"

조금 더 크게 부르자 엉거주춤한 자세로 일어서던 그가 순경을 빤히 바라보았다.

"찌가 오쭘이 마려워서……."

"……?"

"화짱실 쪼옴……."

여전히 순경은 아무 대답 없이 쳐다보기만 하기에 그는 좀 더 큰 소리로 말했다.

"오쭘이 마렵다구요."

금방 오쭘이 줄줄 샐 것 같은 그는 온몸이 배배 꼬였다. 그렇지만 그의 말을 못 들었는지 순경은 여전히 반응이 없었다. 그의 절박한 목소리가 다시 터져 나왔다.

"아쩌씨, 오쭘이 급해요!"

유치장 안이 쩌렁 울리자 순경은 신경질적으로 반응했다.

"야, 새꺄! 참으라고 참아!"

"금방 나올 것 같아요."

"그럼, 바지에 싸!"

"쩡말이요? 바찌에 싸도 돼요?"

그는 간밤에 잠 한숨을 제대로 잘 수 없었다. 조용하던 유치장 안이 자정이 되자 갑자기 많은 사람으로 와글와글 들끓었기 때문이다. 대부분 음주운전으로 잡혀 들어왔는데, 그중 가게에서 빵을 훔치다 잡혀 온 장발장 같은 40대 여자와 택시 무임승차로 잡혀 온 취객도 있었다. 새벽녘에는 유치장이 넘칠 만큼 북새통을 이뤘다. 어떤 취객은 횡설수설 욕설을 내지르며, 아무 데나 오줌을 싸지르기도 했다.

날이 밝자 일부는 벌금을 내고 슬슬 빠져나갔다. 오전 9시, 즉결을 받을 사람들도 풍선에 바람이 빠지듯 스르르 빠져나가고, 유치장엔 눈빛이 게슴츠레한 남자 한 명이 남았다.

오전 10시, 그도 조사과로 불려갔다. 그런데 넙데데한 그 공간에는 전부 유치장에서 옮겨 온 사람들이었고, 서류를 꾸미는 직원들의 업무와 취조하는 목소리가 꽤나 시끄러웠다. 아니, 사납게 들려왔다. 고래고래 지르는 모습이 명절 대목장 날을 방불케 했다 할까.

그는 자칭 '독사'라는 빤질거린 젊은 조사관 최영필 앞에 마주 앉았다. 인정이라곤 씨알조차 없어 뵈는 건 물론, 그의 인상은 스포츠머리에 깡마른 체격과 날카로운 눈빛을 독사처럼 쏘아대다가 주민등록번호와 주소랑 인적사항과 상벌이나 전과기록까지 시시콜콜 물어댔다.

그런데 그보다도 더 오싹하게 소름이 돋는 일은 따로 있었다. 독사는 바닥에 붙여 놓은 듯 나직나직하면서 질깃하게 뱉어대는 어투가 상대를 저절로 얼어붙게 하였다. 그는 가슴이 설렁하게 덜덜 떨려 말도 떠듬거렸다. 독사가 금방 던진 질문 내용이 뭔지 통 떠오르지도 않고, 식은땀만 등허리를 적셨으니 어지간히 겁에 질렸나 보다. 차츰 성질이 급해진 독사의 취조 방법은 그가 더듬거리면 낮게 깔던 음성을 싹 까 없애고, 생경한 고함을 버럭버럭 질러댔다. 그리고 독사의 그런 행동으로 움찔 놀란 그는 더욱 더듬어대니 악순환이었다 할까. 독사의 날 서린 말투도 등골이 식었지만, 뭉툭한 손끝으로 부서지게 내리치듯 따닥따닥 눌러대는 자판기 소리도 신경을 긁어대기는 만만하지 않았다.

"너, 왜, 불을 질렀나?"

"부, 불을 찌, 찌르다니요?"

"왜, 뭣 하러 불을 질렀느냐고?"

"쩐, 부, 불을 찌, 찌르지 않았는데요……."

"됐고, 새끼야, 불을 왜 질렀냔 말이다."

독사가 책상을 주먹으로 내리치자 실내가 흔들거렸다. 상대적으로 그는 더 기가 죽어서 겨우 말했다.

"부, 불을 찌, 찌르지 않았어요."

"얌마, 여기가 어디라꼬 거짓말이야?"

토씨마저 똑같은 질문이 계속 독사의 입에서 반복적으로 뱉어졌다. 그런 독사를 지켜본 그의 입에서도 녹음테이프처럼 똑같은 대답이 나왔다. 그의 말이 연속해서 반복될 때마다 독사는 그의 따귀를 철썩 올려붙였다. 또한, 책상 밑의 구두코에 힘을 가해 그의 촛대뼈를 탁탁 걷어찼다.

독사로부터 취조를 계속 당하는 가운데서도 풀어진 그의 눈빛은 주변을 훑고 있었다. 옆자리에서 포승줄에 묶여 취조받는 건장한 사내들의 기죽은 표정도 읽었고, 저만치 떨어진 곳에서 책상을 후려치며 호령하듯 내뱉는 고함소리에 여자의 흐느낌도 들려왔다.

그는 다음날부터 별도의 장소에 격리되었다. 사방이 콘크리트로 막힌 비좁은 독방에 갇힌 채, 밤낮없이 사흘에 걸쳐 취조를 당했다. 오월인데도 밖은 궂은비 탓으로 독방 안은 습기가 눅눅했다. 가끔씩 이빨이 부딪힐 만큼 한기도 느껴졌다. 꼼짝없이 내리 사흘을 꼬박 굶은 그는 물도 한 모금 마시지 못해 거의 탈진상태에 이르렀다. 그는 숨이 끊긴 문어처럼 축 늘어져 갔다. 아니, 물 먹은 명주 옷감처럼 흐느적흐느적 널브러져 버렸다.

그럼에도 독사는 죽은 것 같은 그의 어깨를 툭툭 치며 말을 걸었다.

"봐라, 봐라. 니, 배가 억수로 고프제?"

"……으."

"벌써 이틀짼가 굶었제?"

"……으."

그의 상태는 허기에 짓눌려 취조로 인한 피로보다 더 심했다. 한 번씩 흰자위를 치뜬 채 넘어가는 그에게 독사가 곰탕 한 그릇을 시켜주었다. 측은지심을 발휘한 적 없는 독사 앞이지만, 갖은 곤욕을 치른 형편에도 그는 곰탕이 꿀맛같이 달게 목구멍을 넘어갔다. 그가 곰국을 넘길 때, 눈물도 함께 삼켰다. 그가 곰국을 넘기는 중에도 독사의 입에서는 지독한 놈이라는 빈정거림만 주변을 압도하고 있었다.

"저 새끼, 보기보다 독종이더라."

"생긴 건 미주구린데, 딴판이네."

"웬만하면 냉큼 불었을 낀데, 뭘 모르는 놈이야."

"보통 똥고집이 아냐, 감자바우 촌놈이……."

그를 두고 엉터리 자백을 강요하던 독사에서 넙데데한 하마처럼 생긴 다른 조사관이 그의 앞으로 옮겨왔다.

'독사보다는 하마가 조금 낫겠지' 하는 기대도 금방 부질없어졌다. 강압적인 수위는 하마가 한 수 더 위였기 때문이다. 하마는 제멋대로 조서내용을 작성하더니, '맞나? 틀리나?' 다그치면서 강요를 해댔다.

"군소리는 때려치고. 둘 중, 예, 아니오만 택해!"

그는 억울하게 죄를 덮어쓰는 것도 모자라 감옥살이를 하는가 싶어 눈앞이 캄캄해졌다.

"이 봐, 회사에선 가장 유력한 용의자로 니를 지목하고, 고소를 했어. 회사에 쌓인 불만이 많았지?"

"아, 아니요. 부, 불만……쩌, 쩐혀 어, 없어요."

"임마, 주변 사람들 말로는 니가 평소부터 회사에 불만이 많았다던데? 그러니 왜 불을 질렀는지, 그 이유를 대봐!"

"보, 보세요. 내가 왜, 부, 불을 내겠어요? 이제, 취찍한 찌 겨우 몇 달밖에 안 된……회산데, 뭔, 부, 불만이 있겠어요?"

"그럼, 니가 아님 누가 불을 냈다고 생각해?"

"그, 그걸…… 내가, 어, 어찌, 아, 알아요?"

그의 기억으로는 진즉부터 신 부장을 포함한 일당들이 의심스럽게 떠올랐다. 그렇지만 그것을 토설하면 고자질하는 것 같아 자신이 허락하질 않았고, 그래서 입을 다물었을 뿐이다. 속에선 분명코 신 부장 일당들이 불을 냈을 것 같다는 소리가 목구멍에서 너풀거렸다. 그렇지만 그는 신 부장에 대한 말을 끄집어낼 엄두를 낼 수조차 없었다. 생각만 해도 무섭고, 떨렸기 때문이다.

"그러면 누구 짓이야? 한번 생각해봐. 언놈이 자재창고에 불을 질렀을 것 같나?"

"왜, 나, 날 갖고……. 야, 야단들이찌요? 다른, 사람은, 의심도 안, 안 간다는 거, 겁니까?"

"딴 사람들이야 신원도 확실하고, 또 근무도 오래해서 불지를 이유가 없겠지."

"나, 난요 더, 딜 배운 초, 촌놈이찌만……, 날, 공짱에 취찍시켜준 분들께 은혜도 입었는데……, 고, 공장에 부, 불을 찌를만한 부, 불만을 가찔 이, 이유가 없다고요."

"이 새끼가, 끝까지 오리발이네?"

그는 조사관들로부터 동네북처럼 두들겨 맞고, 촛대뼈도 구두 발길질로 욱신거리게 차였다. 건방지게 말대꾸와 불지 않았다는 이유였다. 특히 스스로가 '고문기술자'라 우쭐댄 장대후란 늙은 조사관은 힘 안 들게 상대를 까무러지게 할 수 있는지 실험하는 사람과도 같았다.

　장대후는 능글능글 웃으며 굳은살 배긴 손가락으로 조사를 받는 그의 몸 곳곳을 포크처럼 쿡쿡 찍어대거나 발등을 구두 뒤축으로 퍽퍽 내려찍었다. 그럴 때마다 말초 혈관인 발가락 끝으로 전달돼 오는 고통이 엄청나서 숨이 금방 멎을 것만 같았다. 참아내는 그의 여윈 얼굴 표정이 탁하게 일그러지고 있었다.

　그는 꼬박 사흘간을 경찰서 독방에 갇힌 채로 갖은 고문과 협박을 당했다. 그러다 결국 마지막엔 거짓자백을 하고 말았다.

　"예, 내가 홧김에 불을 확 찔렀어요, 됐찌요?"

　그는 억울한 자백을 하고 나니 감옥에 처박힐 걱정에 눈물이 줄줄 흘러내리고 서러웠다. 그가 모든 걸 포기한 상태에서 그런 자백을 한 지 두어 시간을 지났을까.

　"야, 허광일, 나와!"

정복의 순경이 독방 철문을 열고, 그에게 나오라는 손짓을 했다. 세상에 대한 미련과 원망이 동시에 얽힌 그가 쭈뼛하니 서있는데, 하마가 성큼성큼 그에게로 다가왔다.

"임마, 나가란 말이다!"

"예……?"

"집에 가라고……."

"집에요? 왜, 요?"

"짜슥! 운 좋네, 그만 집에 가, 자알 묵고, 자알 살게."

하마는 처음부터 그의 혐의를 가짜로 알았던지 자백을 받아놓고도 돌아서 그를 풀어주었다. 그리곤 출입문을 나서는 그에게 어깨를 두드려 주며, 입에 침도 묻히지 않은 위로의 말까지 건넸다.

"허 씨, 나가면 깨끗이 잊어. 그런 큰 화재가 발생하면 누군가는 조사를 받아. 니 같이 촌물 밴 놈이 뭔 불을 질렀것냐. 쓰잘 데 없는 생트집이지……."

그는 경찰서에서 나온 길로 구두공장에 출근을 했으나 곧바로 쫓겨났다.

"감옥소에 안 보낸 것만 해도 고마운 줄 알아라."

그에 대한 김 주임의 치사스런 마지막 인사였다. 그는 다니던 공장에 더 이상 미련도 아쉬움도 없다고 생각했다.

도둑의 낌새를 알려도 듣지 않던 신 부장과 보기 싫은 김 주임의 뺀들거리는 낯짝 때문이었다.

신 부장과 김 주임, 팽 씨, 그리고 경비과장이 한 통속이 되어 자재창고의 물건들을 모두 빼돌린 후, 불을 질렀음에도 그들의 범죄는 끝내 은폐되었다. 회사도 거액의 보험금을 타 먹었으니 화재로 인해 이득을 취했을 것이었다. 나중에 지방의 몇몇 신문들이 구두공장의 자재창고 화재원인을 누전화재로만 짧게 보도하였다. 그게 전부라 생각한 그로선 아주 강한 허탈감이 엄습해 오는 걸 느꼈다.

그는 구두공장에 취직한 지 몇 달 만에 재수가 옴이 붙은 똥파리처럼 쫓겨났다. 당연한 듯 횡포적인 해고에 위로금 한 푼도 없었다. 그는 취직을 시켜준 사람에게 예의를 차린 뜻으로 나름 열심히 일을 했었다. 그러나 애꿎은 방화범으로 몰려 팔자에 없이 갖은 고초를 당했고, 당연한 듯 공장에서 강제로 쫓겨난 것이다. 그렇게 되고 보니 세상이 참으로 야속하였고, 또한 가슴이 저리도록 허망한데 놀랐다.

며칠째 방 안에만 머물던 그가 하는 일 없이 빈둥거렸다. 가난이 전부인 그는 허리띠를 졸라맬 것도 없이 주머니가 바닥이 나버렸다. 나중엔 굶는 날들이 그를 기다리고 있었다. 굶은 날이면 처음에 취직을 시켜준 박 사장이 그립게 떠올랐다.

　그가 파리처럼 쫓겨난 구두공장의 주변에는 크고 작은 공장들이 곳곳에서 웅웅거리며, 돌아가고 있었다. 건축공사장도 이곳저곳에 심심찮게 보였다. 그러나 전혀 연줄이나 배경이 없던 그였기에 어렵사리 신축 공사장의 잡부 일자리 하나를 얻게 되었다. 경험이 없던 그로선 그 잡부 역할의 일자리밖에 차지할 일자리가 없었던 탓이다.
　그런데 그는 불행하게도 액운과 부딪치고 말았다. 깔린 철근 사이에 걸려 발목을 다쳤기 때문이다. 그래서 며칠간을 쉰 그가 출근하자마자 또다시 종아리가 찢겼는데, 속살까지 패였다. 그리고 그때의 아픈 기억이 겨우 잊혀져 갈 무렵이 되자 바닥에 나뒹구는 굵은 쇠못에 그의 발바닥이 찔렸다. 머리가 나쁘면 손발이 고생을 한다는 말이 있다. 그렇지만 손발이 피해를 당하는 것은 그만큼 나쁜 환경에 노출됐다는 뜻도 된다. 그러니 환경이 인간을 지배하는 셈이랄까.
　그 며칠이 다시 더 지난 어느 날이다. 그는 다시 운이 나쁘게도 쌓아놓은 거푸집을 잘못 건드려 무너져 내릴 때,

그 밑에 깔려 죽을 뻔했다. 게다가 남들은 등짐에 얹어 나르는 벽돌이 서른 장씩 되는데, 흔들리는 구름사다리가 무섭던 그는 열댓 장을 짊어져도 걸음을 떼지 못해 현장감독한테 찍혔다. 요령 피우는 인간이라고. 일이 체질에 맞지 않은 탓이라기보다는 막노동이나 힘든 일을 해 본 경험이 그에겐 별로 없었기 때문이다. 그러니 현장 십장의 입이 젊잖게 가만히 있겠는가.

"짜슥아, 피죽도 못 처먹었어? 젊은 새끼가 그렇게 맥을 못 춰? 그딴 놈이 뭔 노가다냐, 노가다가?"

"……."

"이놈아, 그딴 식으로 비실대려거든 당장 때려쳐!"

결국 그는 또 다른 공사장 곳곳에도 순례를 하듯 죄다 뛰어들어 봤다. 그렇지만, 서툰 그를 관대하게 봐 주는 곳은 어디에도 없었다. 혹시나 하고 갔다가 역시나 험한 욕설만 잔뜩 얻어먹은 채로 돌아오곤 했다. 그럼에도 그가 주린 배를 움켜잡고 이 동네 저 마을을 떠돌아다닌 이유는 취직을 하고자 해서였다.

하루는 그가 심란한 걸 잊으려고 터덜터덜 아스팔트 길거리를 정처 없이 떠돌아다녔다. 그때, 어느 건물 벽에 붙여진 포스터 한 장이 눈에 들어왔다. 공원을 모집한다는 광고였다. 그래서 급한 마음에 막상 찾아가 보면 기술자격이나 경력을 요구했다. 그의 로망은 옷차림이 깨끗하도록 서류를 작성하는 업무였다. 사무직을 원했던 것이다. 그러나 학벌이 빈약하고, 한학을 좀 배웠다는 것만으로는 취직에 별로 보탬이 되지 못했다. 시골에서는 중학교 졸업도 제 앞을 잘 닦아가겠다 믿는 눈치였다. 그렇지만, 고등교육을 받거나 기술을 가진 자들이 지천에 깔려있는 도시에서 그 정도의 스펙으로는 명함도 내놓을 수 없다는 것을 일자리를 구하는 내내 그는 깨닫기 바빴다.

그는 두 달 동안 발품을 팔았다. 그렇지만 마땅한 일자리는 구하지 못했다. 결국 그는 참다못해 또다시 도움을 청해 보기로 하고, 두 시간을 걸어 박 사장을 찾아갔다. 구두 공장을 밀려난 게 그의 잘못이 아닌 걸 까맣게 몰랐던 박 사장은 그에게 대뜸 잔소리부터 퍼붓더니 야단까지 쳐댔다.

"야, 가진 거는 종 불알 두 쪽밖에 없는 사내놈이 일자리를 골라 찾남? 기술을 배울라면 힘들고 치사해도 악착스레 참아야 쓰지 않겠어……?"

그가 버스비를 아끼겠다고 내리 20리 길을 한달음에 달려 시장통의 박 사장을 세 번씩이나 만나고 다녔다.

어느 날이었다.

"너, 철강기술 한 번 배워볼려?"

"철강기술이요?"

"쇠 다루는 일인데, 나중엔 철강기술이 괜찮을 거여."

"예……."

대충 철을 만지는 일이란 것 정도는 그도 짐작을 했다.

"일은 좀 힘들다고 하지만, 배워두면 요긴할 껴."

"예, 해 볼랍니다."

박 사장은 갈수록 기술자가 대접받는 세상이 온다면서, 무슨 기술이든 배워두라고 시켰다.

"경성철강이라고 철을 만드는 회산디, 그 회사 사장이 우리 클럽 멤버라. 내가 부탁을 해 놨으니 한 번 찾아가 봐!"

"예."

"요즘 일자리 구하기가 하늘에 별 따긴디. 웬만하면 악 바리로 버텨."

"예."

그는 박 사장의 주선으로 푸른 물이 넘실대는 강변 근처에 자리한 경성철강 압연부에서 일을 하게 되었다. 경성철강은 중소 업체지만 규모가 꽤 컸다. 그런데 발을 들여놓기가 무섭게 눈에 띄는 것마다 모두 시뻘건 쇳덩어리 천지로 보였다. 첫눈에도 험하게 보인 일자리였다. 욕심 같아선 처음부터 그곳에서 도망이라도 치고 싶었다. 그렇지만 뾰족한 수가 없었던 그는 조금 더 만만한 일자리가 나설 때까지 참아보리라 작정을 한 채, 버티기로 마음을 다잡고 있었다.

그는 다음날부터 출근을 했다. 처음엔 뭐가 뭔지 그저 어리둥절하였다. 그런데 시간이 차츰 흐르자 험한 일이다 싶은 게 영 맞수가 붙지 않았다. 첫술에 배부를까 싶기도 했다. 그렇지만 지글지글 끓는 뜨거운 쇠붙이를 다루는 일이 자꾸만 힘에 버겁게 여겨졌다. 그래서인지 그는 매일매일 출근을 했지만, 일손을 잡으면 신경이 오그라지는 것이었다. 때로는 일을 하다 보면 불 파편이 곧잘 그를 향해 날아왔다. 그때마다 데이고, 물집 잡히게 상처를 입었다. 그는 열간 압연기에서 시뻘겋게 삐져나온 쇠막대들이 마치 살아 움직이는 뱀처럼 꿈틀거린 모습을 보는 것만으로도 자꾸만 한숨이 푹푹 뿜어져 나왔다.

며칠 전이다. 직경 2.5인치 굵기의 쇠막대가 그의 작업복을 태우고 바짓가랑이에 달라붙어 큰 고충을 겪었다. 열기를 먹고 뿜어져 나온 빨간 쇠막대를 다룰 때 쓰는 쇠갈

고리를 놓쳐버렸기 때문이다.

그때, 작업반장 정영택은 그의 상처를 치료해주며 잔소리를 길게 늘어놓았다. 10년 넘게 그 일만 해왔다는 작업 반장이 주변머리 없는 그에게 꼭 형처럼 대해주고 있었다.

"아휴, 어쩌다 그랬어? 보기보다 둔한 사람이네, 자네……."

"피한다고 피했는데, 쇠막대가 나만 따라오던데요."

"쇠막대가 눈이라도 달렸던?"

"글쎄요. 꼭 살아있는 뱀 같던데요."

"사람 참, 칠칠맞기는……."

그에게 잔소리를 해대는 반장은 그를 동생처럼 대해 준 한 사람이었다.

압연 일은 다른 철강회사에서 들여온 굵고 짧은 원자재 스퀘어 봉을 가열로를 통해 섭씨 1,300도로 시뻘겋게 달군 다음, 규격에 맞춘 노즐을 몇 차례씩 통과시켜 원하는 굵기의 쇠막대로 뽑아내는 재생산시스템이다. 몇몇 가공라인에서 동시 작업이 진행되는 관계로 뜨겁게 달궈진 철강재들의 열기 때문에 한겨울에도 실내는 삼복 여름처럼 후끈거렸다.

그새 본격적인 여름철로 접어들었으니 더욱 열기로 후

끈거렸다. 가만히 있어도 비지땀이 줄줄 흘러내리는 삼복을 맞은 탓에 공장 안의 열기는 말로 다 하기에는 부족했다. 피부가 예민한 그는 한증막 같은 열기로 인해 온몸에 탁탁 쑤고 근질거린 땀띠가 가득히 퍼 담아 부었다.

"니는 작업할 때, 왜 자꼬만 벌거벗고 일을 하는 거여?"

반장이 콕 찍어 물었다.

"홀랑 벗고 일하는 게 편해서요."

"그 비쩍 마른 것도 알통이라꼬, 끌나게 자랑하니?"

"반짱님도 참, 쩌 같은 말라깽이가 뭔 알통이라니요."

"니, 안전제일이 뭔지 알지?"

"안쩐쩨일이 안쩐쩨일 이찌요……."

"암만 더워도 두터운 작업복은 꼭 입어줘, 언제 불똥이 날아들지 아나? 그만큼 안전복장에 안전모, 안전화 착용은 필수니께."

그는 곧잘 작업반장의 지시를 어기며, 벗은 알몸으로 일을 했다. 뜨거운 열기를 내뿜는 쇳덩이를 다루면서 후끈대는 더위를 참기가 어려웠기 때문이다. 그보다 더 견디기 힘든 곤욕은 땀으로 범벅이 된 몸에 치렁치렁 감겨드는 옷이었다.

열기로 벌겋게 익은 피부는 수건으로 땀을 닦아도 엄청

쓰라렸다. 게다가 작업할 때마다 물기, 아니 땀이 흠씬 묻은 옷이 등짝이나 다리에 달라붙을 때면, 그때의 고통은 너무 따가워 죽을 맛이었다. 그래도 그는 돈을 벌려면 이 정도는 참아내야 한다는 생각에 취해 버텨내고 있었다.

이듬해, 섣달하고도 중순이었다. 그는 박정국 사장의 소개로 만난 아가씨와 결혼을 하였다. 박정국 사장댁에서 부엌살림을 맡아 해 주던 장 씨 성을 가진 여성이었다. 말이 부엌살림을 맡았지, 부엌살림을 맡은 사람의 보조역할을 했는데, 이름은 장딸막으로 불렸다. 아들을 얻고자 아홉이나 되는 딸을 낳다가 나중에 막내로 태어난 딸에게 부모가 지어 준 이름이었다.

그는 장딸막을 소개받은 지 열흘 째 되는 날 손가락에 반지 하나씩을 만들어 꼈다. 아쉬운 대로 사진관에 가서 드레스와 예복을 빌려 입고, 웨딩사진도 찍었다. 소위 결혼이란 걸 한 셈이다.

그의 아내 딸막은 간당간당하게도 결혼을 한 지 열 달 만에 말머리 아기를 낳았다. 꼬마 인형처럼 앙증맞은 딸내미였다. 이름은 청실로 지어 불렀다. 딸아이 청실이가 돌도 채 되기 전에 장딸막은 다시 또, 연년생으로 두 번째 아기를 낳았다. 첫째 청실이와 붕어빵처럼 닮은 딸내미였다. 그들 내외는 청실이 동생의 이름을 홍실이라 지어 불렀다. 그의 가족은 두 해 동안에 네 명으로 늘어나 있었다.

그는 두 아기 청실과 홍실을 들여다보다가 그 귀여움에 세상근심이 다 녹아버렸다고 생각했다. 그의 가슴엔 행복이 넘쳐났기 때문이다. 두 딸의 동그란 뺨을 자근자근 깨물어주고 싶었던 어느 날, 그런 행복을 놓치고 싶지 않았던 그는 아내도 모르게 병원을 찾아갔다. 그리곤 자기만 아는 단산수술을 받았다. 갑자기 아이가 둘씩 되고 보니 우유며 기저귀 값이 만만찮았던 때문에 내린 용단이었다. 그는 넷이나 되는 식솔들을 생각하면 순간순간 두 어깨가 무겁게 느껴지곤 했다. 그럼에도 행복했던 것은 청실이와 홍실이가 건강하게 고물고물 커가는 모습에서 얻는 소득이라 여기고 있었다.

청살이와 홍실이를 키우며 예쁜 모습에 흠뻑 빠지다 보니, 또 한 해가 저물어갔다. 그리고 또다시 일 년이 어영부영 흘러가버렸다. 세월은 물처럼 다시 또 흐르고 흘러 슬렁슬렁 10년이란 시간마저 데려가 버렸다. 거기서 다시 더 몇 년 동안 시간 여행을 하는 사이 그의 얼굴에도 알게 모르게 변화가 찾아왔다. 아내 장딸막의 곱던 얼굴에도 자글

자글 주름살이 늘어나 있었다.

그동안 그는 가족들을 거느린 채, 코를 박고 살았다. 열심히 라고 말할 순 없지만 어떻든 그렇게 살고 있었다. 그렇다고 눈먼 돈이 톡톡하게 모인 건 아니었다. 아이들을 키우던 아내는 늘 돈에 허기가 진다고 귀여운 두 딸들이 옹알이를 하듯이 바가지를 긁어댔다. 아빠가 긁히고 엄마가 긁는 바가지의 세월은 언니 청실이와 동생 홍실이를 같은 반의 학생이 되게 키워 주었다. 동생 홍실이가 언니를 따라 학교에 가고 싶어 해서 일 년 먼저 입학을 시켰기 때문이었다.

연년생으로 낳고, 키운 그의 딸들이 고등학교를 졸업하자마자 경쟁적으로 연애를 하기 시작했다. 두 딸은 기침처럼 감출 수 없는 사랑에 빠지더니, 어느 날 갑자기 애인의 꽁무니를 따라서 집을 나가버렸다. 석 달 사이로.

야속하게도 철없는 딸들이 가출을 한 셈이다. 딸들에게 연애가 너무 빠르다고 나무라는 아버지한테, 연애만 하지 말고 용돈도 좀 스스로 벌어서 한번 써 보라고 시키는 아버지한테, 자기네 아버지가 그럴 줄 몰랐다며 섭섭하다고, 자기네한테 용돈을 벌어서 쓰라는 아버지 대하기가 미안하다고, 그런 아버지를 먼 훗날 성공해서 찾아오겠다는 편지 한 장을 남긴 채······.

그 몇 달 후에는 그의 곁에 남아있던 아내마저 철새가 날아가 버리듯 훌쩍 집을 떠났다. 더 늦기 전에 돈벌이 찾아간다며, 이젠 각자 살고 각자 늙어가자며······.

그는 그를 떠나간 아내를 두고, 며칠 동안 내내 소리 없는 눈물을 삼켰다. 가난한 죄로 형제도 친척도 모르게 작수성례를 올렸던 게 미안했던 것이다. 그렇다고 잘 해주거나 곰살궂게 대했던 기억도 별로 없었다. 그저 소가 닭을 쳐다보듯 무심하고 덤덤하게 살았던 그 아내가, 그것도 심중 포부에 맺힌 돈을 벌겠다고 집을 떠난 걸 알았을 때, 그의 가슴은 미어지게 답답했던 것이다.

그는 밤이면 밤마다 혼자 낙서할 때 쓰는 공책을 꺼내 펼쳤다. 시도 아니고 노래는 더욱 아닌, 군소리를 긁적긁적 적어가고 있었다.

장딸막과 나의 인연은 풀잎의 이슬처럼 너무 짧으네
장딸막과 맺은 인연은 풀잎의 이슬처럼 섧도록 짧으네

그대와 내가 젓가락이면
아침저녁 밥상에서 서로 만나고

그대와 내가 신발짝이면

꽃핀 봄날 화전놀이 때

윤나게 닦아 꽃놀이 가련만

장딸막과 나의 인연은 풀잎의 이슬처럼 너무 짧았네

장딸막과 맺은 인연은 풀잎의 이슬처럼 섧도록 짧았네

   그의 아내가 가출한 그해 윤 칠월은 용광로처럼 덥고 지루했다. 질긴 가뭄에 연일 30도를 웃돌던 어느 날이었다. 작업을 시작한 지 두 시간을 지났을까. 시뻘건 쇠막대들이 뱀처럼 꿈틀거린 작업장에서 그가 맥없이 고꾸라져 버렸다. 심한 탈수현상으로 정신이 혼미해졌던 때문이다.

   그 다음 주에는 땀 때문에 옷을 벗고 일을 하다가 한낮 무렵에 튀는 불꽃 파편을 맞아 화상을 입었다. 순간적으로 튀던 뜨거운 불꽃 파편에 그의 종아리며 팔뚝이 화상을 입은 것이다. 그날, 화상을 입고도 그는 찬물 샤워를 했다. 번질거린 땀을 씻어내야만 했던 것이다. 그런데, 그게 물집이 잡힌 상처를 더욱 쓰라리게 만들었다. 그렇게 입게 된 화상은 그의 몸통 곳곳에서 이력의 낙관처럼 흔적처럼 물집이 잡혔다.

그는 화상 때문에 병원 치료를 받으러 가야 될 처지였다. 그래서 반장에게 병원을 다녀오겠다는 말을 남긴 채, 퇴근을 해버렸다. 그러나 병원엔 가지 않았다. 의료보험은 된다 해도 말 잡는 집에 소금이 들기 마련인지라 병원비가 든다는 게 그 이유였다. 아니, 화상의 통증을 견뎌낼 수 있을 때까지 견딜 요량이었다. 죽는 병이 아니란 이유로. 또, 화상은 환부를 깨끗이 하면 낫게 되는 아는 병이란 게 그가 병원을 가지 않은 가장 커다란 당위성이었다. 집에 상비로 있던 화상 연고만 충실하게 바르고 또 바르리라 작정을 하고 있었다.

　그는 밤이 되자 화상 부위의 쓰라림 때문에 억지로 잠자리에 들었다. 피부가 따가운 통증은 그를 무척 괴롭혀 댔다. 그 때문에 뜬눈으로 밤을 지새웠다. 그 다음 날도 그랬다. 사흘이 지나고, 나흘째가 됐는데도 회사에서는 누구 한사람 찾아와 보는 이도 없었다. 평소에 잦은 사고인 것 때문이긴 하지만, 안부를 묻거나 위로해 주는 사람은커녕 개미 새끼 하나 얼씬거리지 않았다. 비록 속은 멀쩡하나 화상을 입은 그는 서러웠다. 그리고 섭섭했다. 그는 우선 몸부터 추스르고 싶었다.

　닷새째 되던 날, 그를 괴롭힌 화상의 통증이 조금 가라앉

앗다 싶어 회사로 반장을 찾아가 만났다. 긴 세월 동안 형님으로 불렀던 반장은 그에게 진심을 다해 위로를 해주었다. 특히, 노동자는 몸이 인생의 전부요 건강해야 부든 명예든 따라온다고, 몇 번씩이나 침을 튀기며, 눈썹을 찡긋거리며, 강조해 주었다.

반장을 만나서 한참 동안을 위로받은 그는 섭섭한 마음이 조금 풀어졌다. 그는 반장과 헤어지면서 한마디를 더 나누고 돌아왔다.

"형님, 그럼 내일 뵙겠습니다."

그런데 그가 화두처럼 던져 놓고 와버린 그 내일이 영원한 내일이 될 줄은 그도 그때는 짐작하지 못했다.

'나 한 사람 없다고 철강회사가 멈출 리도 없고……'

그가 몸담았던 회사를 그만두겠다고 결심이 말뚝처럼 확고하게 서버린 것은 그 다음 날 아침이었다. 전날만 해도 반장의 진정어린 위로에 마음을 풀었지만, 날이 새고 출근 시간 출근복을 입으며 거울 앞에 서는 순간, 그의 마음이 돌아서고 말았다. 지난밤 낙서하던 노트를 아침 기상 시간에 챙기는데, 노트에 적힌 간밤의 글줄이 눈에 들어온 게 발단이었다.

'퇴직도 인생의 한 범주이다!'

처음에 그는 가능하면 기다란 철근 막대만큼이나 길고도 오랜 시간 동안을 철강회사의 밥을 먹고, 돈도 철근 막대처럼 길고 오래도록 벌어 모으고 싶었다. 그런데 뜨거운 온도도 견디기 힘들지만 그곳에서 흘리는 땀이 너무 싫어진 그는 더 이상 견딜 수 없다고 자신을 잃고 말았다. 그러고 나니, 그쪽 하늘마저 쳐다보기조차 싫어졌다. 그것이 그가 철강회사 밥벌이에서 방점을 찍게 된 발단이며, 결과인 셈이다. 그가 철강회사 근무 중 몸에 얼룩덜룩 화상을 입었고, 집에서 요양 차 쉰 지 열흘 만이었다.

그에게 통증을 제공한, 흉하게 달라붙은 화상도 어지간히 회복되고 있었다. 그는 아주 오랜만에 시인끼리 모이는 동인회에 참석하였다. 거기서 동인으로 활동하면서 띄엄띄엄 만나던 선배 김후만 동인을 만난 것이다. 그들은 서로 안부를 나누다가 일을 쉬는 중이라는 허광일 시인에게 김후만 시인이 일자리를 소개해 준다고 했던 곳이 바로 황 대표가 운영하는 출판사였다.

그는 일하는 인생에서 마지막 정성을 다할 요량으로 황 대표의 출판사에 입사를 한 것이다. 그런데 행운인지 황 대표가 그에게 원한 적도 없는데 제시 외의 월급을 준다고 했다. 그로선 편집실장이란 직함은 덤인 셈이다. 모든 걸 시와 결부시키는 게 그의 최대 흠이요 특징인 것은 출판사 근무자들도 시나브로 다 알게 된 사실이다.

그는 팔자에도 없이 편집장을 맡고 보니 모든 게 낯설고, 하나같이 서툴렀다. 출판사에서 오래 근무한 사람들은 시집도 수월하게 낼 수 있다고 들었지만, 그는 그러고 싶지도 않았다. 시를 쓴답시고 괜히 남에게 즉, 출판사에 피해를 준다고 생각했던 것이다. 그렇게 선비 아닌 선비 같은 마음으로 아래 직원이나 출판사 대표의 지적을 끊임없이 받다 보니, 차츰 이골이 나서 그 감각조차 무디어져 버렸다. 그저 시간이 흐르면 월급을 받고, 그 월급에 기대서 살다 보니 섣달 그믐께가 되었다. 한 해를 정산할 것도 없이 송년회 술자리에 앉다 보면 어느새 또 다른 새해가 찾아왔다. 한 해는 다시 두 해가 되고, 두 번째 새해는 다시 세 번째로 흘러가고 있었다. 미련이 반 아쉬움이 절반인 그 반복의 법칙은 무섬증을 느끼도록 4년이란 시간 속으로 흘러가 버렸다. 그는 정년에 걸려 그곳 생활도 마침표를 찍고 있었다. 그를 기다린 건 이모작 즉, 후반부 인생이었다.

그에게는 시나브로 뼛속으로부터 변화가 일어나고 있었

다. 모든 것 다 덮고 원점으로 돌아가서 마음에 쏙 드는, 아니 독자들이 흠뻑 빠져들 시나 한번 원 없이 써보고 싶었다. 죽도록 쓰고, 또 써보는 게 소원이었다.

그가 미치도록 시를 써보고 싶은 데는 본능적으로 고향 마을이 마음속에 똬리를 틀고 있었다. 언제, 누가, 왜, 그렇게 불러 준 것인지는 몰라도 그는 늘 가슴 중앙에 거대한 성곽처럼 고향 인제가 박혀 있었던 것이다. 이제는 그 마음도 익을 대로 익어버린 걸까, 그리움이 열매로 주렁주렁 매달리고 있었다. 그는 그리움의 열매를 따 먹으러 고향 인제를 가야만 하는 절대적 사명감에 젖어있었다.

어느 날, 그는 대중탕을 찾아갔다. 떠돌던 객지를 아니, 객지에서 그때까지 상처받은 영혼을 싹 정리하는 마음에서 부지런히 박박 때까지 밀었다. 깨끗해지고 싶어 때를 밀고 보니 몸 또한 새 기분이 되었다. 그것은 고향을 찾아가는 그만의 독특한 의식인지 모른다. 그의 마음에서 펄럭대는 풍경은 이미 풀이 우거진 비탈밭을 갈아엎는 자신의 모습으로 그려지고 있었다.

연어가 거친 물살을 가르고 먼 길을 거슬러 오르듯 그가 고향에 되돌아온 것은 산들바람이 부는 초가을이다. 지난

날 훌쩍 버리고 떠났던, 뼈대만 남겨진 집을 손본 것만도 달포나 걸렸다. 그는 아무런 욕심 없이 발길 닿는 대로 산비탈을 밟았다. 숲 속을 나뒹구는 도토리도 하나씩 주웠다. 그러다 가슴 속에서 정서가 몽글몽글 피어오르면 긁적긁적 시를 쓰기도 했다.

며칠을 느슨하게 지내던 그는 옛날 자기 아버지가 못난 땅뙈기라 지천하며 부치던 비탈밭에도 찾아가 보았다. 그 때까지 이웃이 부쳤다는 비탈밭에는 풀이 갈대처럼 우거진 채, 묵정밭으로 되어 있었다. 허옇게 늙어버린 갈대를 감상하는 산골 생활은 그의 몸 세포 구석구석마다 작은 행복으로 젖어들고 있었다.

그해 가을은 손톱처럼 짧았다. 그래서인지 겨울은 길고, 혹독한 추위로 몰려왔다. 다소 포근할 때면 천지구분이 안될 만큼 흰 눈도 소복하니 퍼부어 주었다. 날씨가 화창할 때면 그는 산에 올라 갈비를 끌고, 묵은 삭정이를 구해와 뜨끈한 온돌방도 만들었다. 묵은 삭정이로 불 땐 온돌이 무서운지 혹독한 추위도 두 손 들고 물러가고 없었다. 그렇듯 독하게 매섭던 긴 겨울도 그가 만든 온돌방을 기웃거릴 수 없었을 것이다.

그가 다시 찾은 고향의 그해 겨울은 이듬해 봄이 되자 아주 다른 얼굴로 따스한 훈풍을 선물로 안겨 주었다. 그리움 따라 선택한 그의 고향 생활은 그렇게 따스한 새봄의 치맛자락에 기대어 신바람처럼 펄럭이고 있었다. 따뜻한 기운이 지평으로 사뿐히 내려앉자 그는 질펀한 야산 발치의 비탈진 묵정밭을 갈아엎기 시작했다. 자신의 인생처럼 휘돌아 꺾여 굴곡진 묵정밭 이랑이 하나둘 늘어날 때마다 그의 즐거움도 밭고랑만큼이나 늘어나고 있었다. 게다가 간 곳도 모르게 헤어진 아내와 제 짝을 따라간 딸내미들이 이따금 기억은 났지만, 고향을 찾아간 삶이 기대처럼 푸근한 것 때문에 그의 가슴은 벅차고 기뻤다.

그는 경사지게 훑어 내린 비탈진 묵정밭에 씨감자 묻을 고랑을 만드느라 진종일을 다 보냈다. 허리가 아팠지만, 품앗이 해 준다고 남의 소를 빌려온 까닭에 해가 저물도록 이랴이랴 소를 몰아댔다. 촉촉한 흙 고랑이 만들어지자 그 때부터는 밭고랑에 심을 씨감자를 통통하게 토막을 내기 시작했다.

그가 씨감자 한 개를 고랑에 묻으면서 읊는 중얼거림은 곧 즉흥적으로 떠오른 시인지 몰랐다.

"이 감자를 심구면 누구랑 먹고살지?"

그는 다시 우렁 각시처럼 혼자 대답하였다.

"이 감자를 심궈서 딸막이랑 먹고살지……."

그가 다시 씨감자를 흙 속에 파고 묻으며, 중얼거렸다.

"이 감자를 심궈서 누구랑 먹고살지?"

우렁 각시가 된 그가 또 대답했다.

"이 감자를 심구면 청실이랑 먹고살지……."

그는 계속 똑같은 질문과 대답을 반복하고 있었다.

"이 감자 심구면 누구랑 먹고살지?

"이 감자 심구면 홍실이랑 먹고살지……."

발음이 어눌한 선문선답, 아니 시심이 따숩게 밴 그의 시어(詩語)는 다음 날도 해가 산마루를 넘어갈 때까지 길고도 오래도록 씨감자처럼 그의 가슴팍에도 촘촘히 심어지고 있었다.

감자꽃이 하얗게 핀 5월이다. 그가 읽다가 펼쳐놓은 책의 한 면에 밑줄이 쫙 그어져 있었다. 월든의 한 대목이다.

나는 여백이 많은 삶을 소중히 여긴다. 여름날 아침이면 가끔 늘 하던 대로 몸을 정갈하게 씻고, 해 뜰 때부터 정오까지 햇빛이 가득 쏟아지는 문지방에 앉아 소나무와 히커리, 옻나무에 둘러싸인 채 방해받지 않고, 홀로 정적 속에서 몽상에 빠진다.

디지털 효자

디지털 효자

　나는 본의 아니게 한 해에 몇 번씩 시어머니를 위한 고려장을 지내고 있다. 누가 시키지도 않은 그 일을 띄엄띄엄 치르는 나는 스스로도 어쩔 수 없는 일이라고, 자기변명을 하곤 한다. 그러나 내가 왜 그런 가치 없는 자기변명을 늘어놓게 됐는지 이유는 밝히고 싶지 않다. 다만, 고등동물인 사람이 나이를 먹음으로써 주름살에 치여 쭈글쭈글 늙는다는 사실이 싫고, 슬퍼진다 할까. 그리고 무섭다는 공포심도 든다. 그보다 더 무섭게 여겨지는 건 누구나 다 그런 과정을 반드시 거치면서도 허덕허덕 숨 가쁘게 미래를 향해 늙어가는 걸 떳떳하게 드러내 놓을 수 없다는 점이다. 그나마 용감한 이들은 쭈글쭈글한 주름들을 다림질하듯 쫙 펴보겠다고 돈 보따리를 싸들고, 젊고 잘나보겠다고, 서울 강남의 성형수술 병원 숲으로 미친 듯이 휘적휘적 찾아가는 이들도 참으로 많다는 시대지만 말이다.

시어머니는 우리가 사는 집에 이따금 들른다. 나와 신랑이 서로 얼굴을 마주 비벼대며 사랑스럽고 못 견뎌 방긋방긋 웃거나 마주 보며, 뺨을 쪽쪽 빨아대는 걸 볼 때면 시어머니는 아주 가관이라는 표정을 짓는다. 우리 부부의 찰진 사랑 놀음을 두고, 요즘 것들은 시간과 장소도 구분하지 않은 채 너무 설쳐대는 모양이 천박해서 민망하다는 뜻이다. 그리고 보면 우리가 사는 세상엔 천박하고 민망한 일들이 엄청나게 많다. 그렇듯 민망하고 천박한 일 중의 하나가 늙은 노인을 고려장 지내는 현대판 효자가 자꾸만 늘어난다는 것도 포함이 된다 할까. 우리 어머니처럼 한 해에 몇 번씩 고려장을 당하는 현대의 노인은 살아있지만, 욕심대로 활동하지 못하는 데 그 문제의 심각성을 찾아야 할까 보다.

접때도 그랬던 기억이 난다. 우리 둘이 시어머니 앞에서 서로 마주 앉아서 손뼉을 딱딱 맞춰가며, 쎄쎄쎄 놀이로 시간을 보내고 있을 때였다.

아침 바람 찬 바람에

울고 가는 저 기러기

엽서 한 장 물고 가서

고향 소식 전해주지

우리 둘이 우리 둘이 가위 바위 보!

대한민국 남북통일 가위 바위 보!

신 나게 동요를 부르며 손뼉을 짝짝 마주치면서 놀 때면 시어머니는 반쯤 넋을 놓은 채, 참으로 별나게 논다는 듯 정신없이 우리를 쳐다보았다.

나의 사알던 고오햐앙은 꼬옷 피이느은 사안고올

보옥수웅아아꼬옷 사알구우꼬옷 아아기이 지인다알래에

우울그읏 부울그읏 꼬옷 대에궈얼 차아리이인 도옹네에

그으 소옥에서어 노올더언 때에가아 그으리입스읍니이다아

그때도 시어머니는 언제나 똑같이 같잖다는 눈치였다. 그래도 우린 시어머니가 보란 듯 여전히 노래를 부르며, 손뼉을 딱딱 마주치고 있다.

해는 저어서 어어두우운데

찾아오오는 사아람 어없이

바알근 다알만 쳐어다보오니

외롭기 하안이 어업네……

　흡사 자석을 붙인 것처럼 신랑이랑 내가 손바닥을 딱딱 맞춰가며 어린애들처럼 놀 때도 시어머니는 아주 뗺은 표정을 짓곤 했었다. 우리 부부를 향해 철딱서니 없어 죽겠다는 듯이.

　"니들은 손빠닥이 딱딱 잘 맞아서 참말로 좋겠대이."

　나는 시어머니 앞에서 목소리를 나직하니 죽여서 말했다.

　"죄송해요, 엄니……."

　"어쨌거나 말거나 힘이 처얼 철 넘칠 때, 손바닥 마주 딱딱 치믄서 원이 없구로 놀아래이, 많이많이 놀아래이, 얼라가 꼬물꼬물 세상밖에 나오믄 정신이 하나도 없고 창대기 빠지구로 바빠서 손빠닥 딱딱 마주칠 날이 지끔 맨치로 자주자주 오겠노? 귀 빠져 나온 말캉말캉한 새끼 키울라카믄, 목쭐이고 심쭐이고 세가(혀가) 서발이나 쭈욱 빠질테니까네……."

　나의 시어머니 최말자 여사는 복부가 밋밋하게 들어간

것 때문에 더욱 꼬꾸라져 늙어 보인다는 소리를 듣는다. 그 때문은 아니지만 시어머니가 우리를 이해하고 있다고 믿는데도 우리 부부 앞에서 빛바랜 입술을 삐죽거리며, 눈꼴 시어하느라 흰자위를 빙글빙글 돌려대는 시어머니의 모습을 볼 때면 나는 오해 아닌 오해를 하게 되는 것이 한두 번이 아니다. 그렇지만 나는 시어머니의 그런 모습을 두고 조금도 가타부타 헐뜯을 마음은 별로 없다. 며느리인 내가 속눈썹이 긴 눈동자를 착 내리깔거나 기분이 새침해져 있으면, 시어머니는 금방 눈치를 챈다. 그리고 얼른 나의 기분이 구겨지면 안 된다 여겨서 그런지 내 마음을 풀어주려고 숨이 차도록 노력을 해오기 때문이다.

"새아가야, 우짜다가 새아가가 나 때문에 삐졌는갑대이? 내가 억수로 미안태이. 지지다가 볶다가 신랑각시 까불까불 재미나게 지내는 모습이 귀여브서 심술이 삐죽삐죽 난 거 맨치로 늙은 내가 한 번 장난을 쳐 봤다아이가! 니들이 고만치나 재미나기 사는데 내가 무신 시집살이 시키겠다꼬, 시커멓구로 딴 마음을 묵었겠노? 절대로 아이대이 절대로 아인기라, 아아다카이!"

"……."

"그라이까네, 신랑각시 둘이서 손빠닥 딱딱 마주 치고,

쎄쎄나 하믄서 얼매든지 놀아래이, 놀고 또, 놀아래이, 밥 묵고 놀고, 잠잘 때도 놀고, 잠이 깨면 또 놀고, 비가 와도 놀고, 눈이 와도 놀고, 똥 싸고 놀고, 방구 뿡뿡 뀌고 놀고, 흡흡, 후후 호호호! 자꼬자꼬 놀믄 재미가 나서 더 재미가 나고, 더 재미가 나면 참말로 좋겠대이…… 암만 그렇다 카지만도 철딱서니 읍는 너그 신랑각시가 하는 짓거리만 보믄, 내사 고마 카악 미쳐 삐겠다카이!"

똥 싸고 놀고, 방구 뿡뿡 뀌고 논다는 그 말을 하면서 시어머니가 먼저 스스로 폭소를 터뜨렸다. 그때부터는 우리도 함께 따라서 웃을까 말까 참고 망설이면서 새침해 있던 나도 신랑도 에라 모르겠다 하고, 동시다발로 풉풉풉, 하하하, 낄낄낄, 깔깔깔, 따라 웃었다. 웃음이 터졌다는 것은 화가 풀어진 걸 의미한다. 그렇게 마구 놀아대는 우리가 떨떠름했을 시어머니의 속내는 보나 마나 우리의 등 뒤에서 마음에 들지 않지만 양보심을 끈덕지게 키우고 있을 터였다.

시어머니는 우리 집에 오면 대략 두어 주를 머물다 가곤 한다. 그렇지만 신랑이나 나나 우리가 먼저 앞장서서 시어머니를 우리 집으로 모셔오는 일은 결코 없으며, 절대로 그럴 맘도 먹지 않았다. 시어머니가 구부정한 몸인데도 스스로 우리 집을 찾아오고 또, 어영부영 머물다 가기를 반복하는 것일 뿐이다.

그런데 참 맘대로 안 되는 것은 시어머니가 우리 집에 오려고 할 때면 우리 부부는 번번이 대단한 각오를 해야 하는 불편함을 느낀다는 점이다. 그만큼 시어머니를 맞이할 마음의 자세가 은근히 닫혀 있고, 환경적으로도 허락이 돼줄 형편이 아닌 걸 시위한다는 뜻이다.

뭐, 그런 쪽으론 어쩌다 그렇다손 쳐도 아직까지 철이 덜 든 신출내기 우리 부부는 아무런 눈치도 없이 이리저리 물건을 어질러 놓은 채 살아가는 체질이다. 작은 일에도 열정이나 에너지가 철철 넘친 나머지 종횡무진 미친 듯이 활보하다가 물건을 엎지르는가 하면, 우리 부부의 신접살이 공간에서 즉흥적인 기분에 충실하다 보니 일과 사물이 한데 엉켜 그렇지 않을까 여긴다. 아니, 좀 더 정확하게는 우리의 재미난 시간을 조금이라도 침해받거나 도둑맞기가 싫은 유아적인 욕심 탓도 있다 할까. 그래서인지 듣기만 해도 조심스럽고 긴장감 높아지는 시어머니한테 '우리와 함께 살아가실래요?'라는 주문을 선뜻 올릴 용기며 마음이 생기지 않는 것이다.

시어머니는 우리 집에 오는 것 외에도 바깥나들이를 잘 하는 체질이다. 집은 비록 꾀죄죄하고 낡았다. 그렇지만 소도시 읍내의 빌라 위층, 아래층 사람들과 모여서 꽃피는 봄이면 신바람 나게 단체관광을 떠난다. 여름에는 푸근하여 편하게 생긴 면 반바지를 즐겨 입고, 그때마다 시어머니는 재미없는 분위기를 수습하느라 해수욕 패션이라 자랑을 하면서 이웃들과 어울려 바닷가로 피서관광도 빼놓지 않는다. 그리고 단풍잎 고상한 가을이면 저 서해안 쪽으로 젓갈관광을 다니느라 바빠서 치마꼬리에 휘파람소리가 날 정도라고, 전에 갓 시집왔을 때부터 신랑이 내게 귀띔을 해줬다. 관광을 좋아하는 시어머니는 이미 해외관광도 수차례나 다녀왔던 모양이다. 프랑스 에펠탑 앞에서 찍은 사진이며, 먼 나라 인도의 타지마할 풍경 사진이 시어머니의 앨범에 몇 장씩 꽂혀 있는 걸 여러 번 보았다.

그런 체질인 시어머니는 진정으로 하는 소린지, 아니면 체면을 차리느라 그런지 바빠서 쉽사리 밖을 나올 수 없다며 보통, 그러니까 계절이 바뀔 때면 연례행사처럼 한 번씩 우리 집을 찾아오곤 한다.

신랑은 시어머니가 우리 집에 오는 날이면 무슨 거창한 계획이라도 했던 듯 어머니를 맞이하는 데 아주 곰살궂다 싶을 정도의 남자가 된다. 아니, 아들이 되는 셈이다. 자기의 어머니를 환대하는 데 목적을 둔 것 같던 신랑이 어쩌다 한 번씩은 아주 다른 모습을 보일 때도 있지만.

그러니까, 설 명절을 지나기가 무섭도록 이른 봄이었다.

"이제쯤 어머니 오실 때가 됐는데, 왜 아직 잠잠한지 모르겠네?"

신랑은 미지근한 온돌 방바닥을 코끼리가 목욕을 하듯 뒹굴뒹굴 구르면서, 어린애처럼 단순하게 타령을 해대는 것이었다. 젖먹이도 아니면서 어머니가 그립다는 건지, 어머니를 모셔오고 싶어서 안달이라도 나서 그런지, 알 수가 없는 나로선 너무도 평면적인 신랑의 얼굴에 듬성듬성하게 박혀있는 주근깨들만 속으로 하나, 두울 세면서 멀뚱하니 쳐다보고 있었다.

신랑은 또, 추석 명절을 지난 후부터 가을바람이 스산하게 불어올 때면 또, 언제쯤이면 어머니가 우리 집을 오게 될까 하고, 별로 가치 없는 궁금증을 만들며 말끝마다 성화를 해댄다. 흡사 어디 먼 곳에 떨어져 있는 엄마를 기다리는 아동처럼 구는 것이다. 그런 일들이 한두 번도 아니고, 듣다 보면 때로는 내 눈에는 속이 시끄럽도록 보채는 아동 모습으로 비친다. 흡사 디지털 시대의 디지털 효자

자격증을 딴 사람같이 군다고나 할까.

　나는 거의 본능적이 되고 만다. 우리 집으로 시어머니가 오시게 말씀드리는 걸 자꾸만 미루게 되는 것이다. 시어머니가 우리 집으로 오시라고 초대하는 그 일을 나로선 최대한 미룰 수 있는 날까지 미룬다. 주말이면 내가 근무하는 직장 부서가 도심을 찾아 나가서 어렵사리 개발한 신제품에 대한 홍보행사가 있는 경우도 있고, 계절에 따라 부서 단합대회며, 네일아트를 배우러 간다든가 하는 등등 신세대로서의 삶이랍시고 눈코 뜰 새 없이 바쁘게 사는 까닭에서 그렇다. 시댁의 품을 떠나 살림난 며느리로, 맞벌이하는 신세대 여성으로 살아가는 데 초점을 맞추었기 때문이라면 조금 구차하나마 변명이 될까 모르겠다. 게다가 달포 전부터 새 생명을 잉태한 새내기 예비엄마가 되고 보니, 더욱더 시어머니를 모셔 올 조건이 힘들어지기 때문이다. 입덧에 치어 음식 섭취를 제대로 할 수가 없다 보니 임산부인 내 몸 하나도 비실대느라 힘이 든 까닭에서이다.

　우리나라 속담에 고방에서 인심난다는 말이 있다. 새내기 부부인 우리가 벌어들이는 수입을 모두 합쳐도 저축을 조금 들고 나면 기본적인 생활이나 할 수 있을 정도로 고만고만하다. 그 때문에 연료를 아끼다 보면 꽁꽁 언 한겨울에도 실내 온도를 낮게 설정해 놓고, 내의를 껴입고도 오들오들 떨며 춥게 지낸다. 게다가 암만 느긋하게 생각하려해도 우리가 거처하는 열여덟 평 공간이 협소하다는 불만 내지는 불편 때문이라고 구차한 변명을 찾게 된다. 그러니 우리 공간에서 시어머니와 함께 생활하는 건 불편함 때문에 솔직히 스트레스를 받음은 물론, 이런저런 핑곗거리들이 두서없이 마구 생기는 걸 감출 수가 없다. 그래서 시어머니 올 때가 다 됐다 싶으면 나는 은근히 미리부터 지레 스트레스를 받게 되는 것이다. 그러다가도 결국은 마지못해 신랑의 눈치를 힐끗힐끗 봐 가며, 시어머니가 우리 집으로 와도 좋을 날을 억지로나마 잡게 되는 것이다. 그리하여 시어머니가 우리 집으로 와도 괜찮겠다 싶은 여유로운 기분이 들면, 일주일이나 열흘 전쯤 해서 손님처럼 시어머니를 맞이할 준비에 들어가는 것이다.

시어머니를 맞이하기 위해서 가장 먼저 하는 일이 집안 분위기를 파악하는 일이다. 새로운 계절에 맞춰 커튼을 바꾸어 달거나 이부자리도 새로 빨아서 깨끗한 것으로 준비해야만 안심이 되고, 나 스스로도 며느리의 자격을 갖춘 것 같은 기분이 든다.

그런 다음, 이제 시어머니가 드실만한 반찬 메뉴를 뭐로 할까, 온통 신경을 쓰게 되는 차례인데 가장 먼저 시어머니의 치아가 떠오른다. 왜냐하면, 신랑은 시어머니의 인생에서 늦게 찾아와 준 늦둥이다. 그런 까닭에 시어머니가 할머니처럼 쭈글쭈글 많이 늙었다. 그런데도 불행 중 다행한 것은 시어머니의 치아가 튼튼해서 보너스를 받는 기분이 들어 감사하게 생각하고 있다. 그런 행운 덕분에 나는 김치를 몇 가지 종류로 담글 것인지 계획을 세운다. 여름이면 아삭하고 연한 열무를 조금 짧은 길이로 썰어서 시원한 물김치를 담근다. 필수조건이라면 흰 국수를 삶아 건져낸 다음, 식힌 그 물로 폭 절인 열무 김칫국을 넉넉하게 붓는다. 그리곤 상온에서 상큼한 사이다 맛으로 익힌 물김치의 맛을 지키기 위해, 그 시간부터 냉장고의 온도를 살얼음이 얼도록 조금 더 낮춘다. 그리곤 바르게 잘 빠진 몸매의 연한 오이소박이를 심심하게 간해서 한 통 가득히 담근다. 운이 좋게도 입맛에 짝짝 붙게 담가졌으면 시어머니가 귀가할 때 남은 걸 싸드리기 위해서이다.

그 다음엔 갈비를 좋아하는 시어머니를 위해 한우만 취급하는 푸줏간을 찾는다. 특히 시장통 끝에 위치한, 간판이 '이쁘니아지매'라는 푸줏간을 찾게 된다. 이유라면 그

집에서는 고깃덩이에 붙어있는 기름을 아주 말끔하게 떼어내고, 갈비면 갈비, 고기면 또한 고기만 팔기 때문이다.

시어머니를 대접할 음식을 두고 신경이 쓰이는 건 김치나 고기 종류 뿐만도 아니다. 다른 밑반찬도 몇 가지 더 준비를 해 놓아야만 한다. 잔멸치 혹은 잔새우 조림이나 무르게 삶아서 조린 검정콩자반과 바싹거린 김부각 정도면 조금은 안심을 해도 된다. 그 밖에도 시어머니가 좋아하는 고소한 콩고물 묻힌 찰떡이나 야들야들한 애호박 부침거리도 간단히 메모를 해두면, 찬거리 재료를 준비함에 있어 복잡해서 헷갈리는 고민이 반으로 줄어든다. 빠뜨리지 않게 돼 좋은 점도 있고.

시어머니는 연세가 많고, 약간은 마른 몸인데도 유난히 식탐이 많은 편이다. 다른 집에선 맛있는 걸 대접하면 자식들 호주머니에서 돈이 많이 쓰일까봐 아까워서 시어머니가 정색하고 말린다는 소릴 들었다. 그런데 우리 시어머니는 그런 분들과는 차원이 다른 노인네다. 통이 큰 시어머니는 위 주머니도 큰 모양인지 음식을 양에 차도록 든든하게 드셔야 이러니저러니 구구한 뒷말이 없다. 조금이라도 속이 헐렁하게 먹었거나, 그 양이 성에 차지 않았다 싶으면 옆 사람의 청력이 먹먹해지거나 찌릿하게 아프도록 잔소리를 끓여주는 체질이다. 구두쇠니 다라비와 사돈을 맺겠다느니 불만을 떠들어대는 까닭에서 그렇다.

"사람이 참말로 진지자리꼽재기가 따로 없대이, 사람은 뭐라케싸도 손이 조막손 맨치로 작으믄 절대로 못 씬다카이! 손이 너무 작으믄 어쨌거나 큰일을 몬하는 기라. 사람이 그렇대이, 한 끼니 음식을 묵고 또 묵는 것도 아이고, 누구나 다 지 나름 밥통의 양이 있는 벱인데, 묵을 만큼 묵어야 포만감에 차지르, 밥통이 빵빵하구로 차면 걸신증이 들린 것 맨치로 묵고 싶은 욕심이 싹없어진다 그 말이대이……."

비싼 일 등급 한우 꽃등심을 우리 부부와 시어머니까지 셋이서 5인분만 주문을 했다고, 고기를 조금 헐렁하게 먹은 게 아쉬워 씩씩거리는 시어머니는 누가 들으란 듯 퍼부어대는 성미이다. 꽃등심의 양이 시어머니로선 부족하고, 섭섭한 맘에서……. 물론, 요즘 식당가에서 저울로 달아주는 고기의 양도 제 근을 못 채워 주는 게 문제가 많다고는 하지만.

또, 언젠가 옆집에 사는 훈이 엄마가 강원도의 시댁에서 부쳐온 감자로 전을 지졌다며, 우리더러 먹어보라고 노릇

하고도 맛깔스러운 감자전 두 장을 갖다 줬을 때도 그랬
다. 아니나 다를까, 시어머니는 입바른 소리를 일 초도 지
체 없이 즉석에서 뱉어냈던 것이다.

"새아가야, 옆집 여핀네 손이 쪼막손 아이가?"

"……예?"

"암만 비싸고 귀한 고급음식이라 케도 그렇제, 손 간지
럽기로 꼴난 그까이꺼, 감자전 두 장이 뭐꼬? 감자전 두 장
이……? 요새 시장에 가 봐래이, 비지떡 맨치로 제일 싼 게
감자가 아닌가베, 그까이꺼 감자 한 박스만 들여다 났으
믄, 꼴난 감자전 한 장 뿐이겠노? 얄팍하구로 썰어 지져 묵
고, 노릇하이 구워 묵고, 갤쭉갤룩 채로 썰어 기름에 지글
지글 볶아 묵고, 포근포근 삶아 묵고도 감자가 남을 낀
데……."

"엄니……?"

"쯧쯧……옆집 여자 손은 생기다 말았는 갑대이, 새애기
는 손 작은 옆집 여자캉 친구도 하지 말거래이. 새애기도
쪼막손 다래비를 닮을라 걱정된다 아이가……."

시어머니는 아마도 남에게서 받는 얄팍한 정성을 인정
하려 들지 않는 성미인지 모른다. 집 안에서건 밖에서 외
식을 할 때건 입맛에 꼭 맞다 싶으면 비싼 거나 귀한 것과

는 상관없이 음식을 푸짐하게 찾는 체질의 노인네니 말이다. 그래서 구미에 당기는 음식을 양껏 사드려야만 배부르게 잘 먹었다고, 흡족해하는 시어머니의 표정을 볼 수가 있는 것이다.

그 뿐이면 우리 시어머니 최말자 여사가 아니다. 시어머니는 집에서도 식사를 대충 때우는 일이란 절대로 상상조차 할 수 없다. 그야말로 제대로 상을 갖추어 잘 차려 드려야만 먹고 살맛이 난다며, 기분을 활짝 펴는 성미이다, 혹여 여든여섯이나 되는 노인의 식사라고, 조금 전에 간식을 먹었다고, 속이 더부룩하다는 소릴 들었다고, 밥상을 대충 약소하게 차릴라치면 시어머니는 아주 섭섭해서 몇 날 며칠 동안을 퉁퉁 부어서 말조차 안 섞는 까칠한 성미를 드러내고야 만다.

그런 시어머니지만 은근히 재미있는 장면은 그렇게 음식을 잘 챙겨 먹은 후에 볼 수가 있다. 그것은 치아 사이에 음식물이 꼈다 싶으면 이쑤시개로 치아를 쑤시는 순간, 배불뚝이 자세로 배를 쓰다듬으며 끅끅 트림을 해대다가 어린애처럼 흡족한 표정을 짓는다.

"오랜만에 밥통 양껏 묵어 줬더니만 나라 임금이 눈 아래로 뵈고, 쪼매도 안 부럽대이, 안 부러버. 보기 좋은 꽃

놀이나, 금강산도 식후경이라 카더마는 돈 자랑하는 부자가 눈 아래로 뵌다카이."

음식을 챙긴 그 다음으로 내가 주로 신경을 써야 하는 준비는 습기 먹어 눅눅한 이부자리를 햇빛에 널어서 말리는 일이다. 뽀송뽀송한 느낌의 이부자리를 마련해서 깔아야만 밤에 잠이 잘 온다며, 은근히 그 일을 재촉하는 시어머니 말을 나로선 도저히 거스를 재간이 없기 때문이다. 그러니 까탈진 직장상사를 만나 일에 쫓겨 바쁘다거나, 임신한 몸이 입덧을 하는 중에 힘이 들어도 이불을 밖에 내다 말리는 일만은 절대로 소홀히 할 수가 없는 형편인 것이다.

그런데 참으로 이해를 할 수 없는 일이 또 하나 있다. 시어머니를 하루빨리 우리 집으로 모셔오지 못해 앉으나 서나 안달복달을 하던 신랑은 전혀 조금치나마 준비 준 자도 모르는 사람 같이 군다.

"엄마가 묵을 방 공기를 깨끗이 씻어내고, 청소도 거울 알맹이처럼 말끔히 해놔야지 엄마가 섭섭해 하지 않을 테니, 당신이 명심해줘!"

나는 또 신랑의 말에 토를 달 듯 혀가 짧은 소리로 대꾸를 한다.

"어머머, 뭣이 그렇게 급한 겨? 엄니가 우리 집에 오시면

문 활짝 열고 그때, 먼지를 훌훌 털어내도 아무런 불편한 일이 없을 텐데……."

금덩어리라도 되는 양 자기는 몸을 사린 채, 입덧에 치여 비실거리는 나만 달달 볶아대는 신랑이 미워서 나는 다시 비 맞은 스님이 중얼거리는 소리보다는 좀 더 큰 소리로 떠들어 댄다.

"범도 안 보고 똥부터 먼저 싼다더니, 당신이 딱 그 짝이네? 무슨 일인지 몰라도 그리 급하면 자기가 알아서 척척 혀든가요. 쉰둥이 막내딸이 보고 싶다고 늙은 우리 엄니가 오는 것도 아니고, 자기 엄마니까 자기가 알아서 혀보세용. 그게 바로 효자 아들의 임무가 아닌 겨? 당신 엄니가 우리 집으로 들이닥치자마자 방을 치우느라 부산을 떠는 것보다야 그래도 아들이 미리미리 좀 치워 놓는 것도 썩 나쁘진 않을 테니 말여……."

시어머니가 우리 집으로 오는 일을 두고, 사사건건 은근히 보채는 짓만 해대는 철없는 신랑이 나는 밉고도 섭섭하다. 그만큼 신랑은 시어머니가 우리 집에 들이닥치기 전까지 입으로만 염불을 해댄다. 그러다 정작 어머니가 오신 후부터 집 안을 치운다고 북새통을 떨어대니 정신이 없는 내 신랑이야말로 입 따로 행동 따로 디지털 시대의 날라리

효자라는 생각이 든다. 그럴 때면 나는 악다구니를 해대듯 팡 쏴 주고 만다.

"자기는 나중에 늙어서 죽으면 입은 관 밖에 따로 두고, 몸만 관 속에 넣어야겠네. 그렇게 야문 입은 절대로 썩지 않을 테니 말이야, 호호호!"

시어머니는 아들이 하는 일들을 멍하니 구경만 하다가, 아들이 안돼 보여서인지 괘안타, 괘안타는 말만 되읊고는 한다.

언제나 신랑은 시어머니가 우리 집에 들이닥치면 묵을 방을 치우느라 이것저것 옮기거나 제자리에 있는 것마저 정신 사납게 밀고 당기며 야단법석을 떨어야 살맛이 나는 모양이다. 시어머니는 옆에서 아들의 그런 행동을 인내심도 깊게 가만히 지켜보고 있다가 뒤늦게 아들의 그런 모습에 불안한 게 느껴져서 일까, 어머니의 말을 흘려듣는 아들더러 섭섭하다고 한숨을 푹푹 내뿜는다. 신랑은 시어머니가 들으란 듯 전혀 생뚱맞은 소리를 되읊고 있다.

"어머니가 거처할 이 방이 왜 이리 꾸진 것처럼 보이지? 저 커튼도 좀 화사한 색깔로 바꿨으면 좋을 텐데, 당신은 젊은 여자가 참, 집 안 인테리어 감각도 어찌 그리 둔해 빠졌는지 몰라……."

심지어 노랗고 밝아서 환한 방바닥까지 타박을 하는 데
는 기가 막혀서 할 말을 잃는다.

　"방바닥이 점잖고 묵직한 바탕이라야 뭘 맘 놓고 어질러
도 때 묻은 표가 나지 않을 건데, 노인네가 며칠간 묵는데,
이렇게 애로가 많아서야 어찌 아들네 집이라고 맘 놓고 출
입을 할 수 있겠어?"

　그런 등등의 일로 하여 나는 언제부턴가 신랑의 두 얼굴
을 보게 되었다. 모든 걸 다 옳게 잘 알고 있으면서도 실천
하지 못하는 게 그의 특징이란 걸 알았다. 그건 곧 우리가
시어머니와 함께 살기가 싫은 눈치인지 모른다.

　시어머니가 살고 있는 읍내의 집은 소형 빌라다. 그래선
지 대게 혼자 사는 할머니들이나 홀로 생활하는 노인 가정
이 많다. 거기서 함께 사는 노인들은 서로 늙은 몸을 의지
한 채, 문턱이 닳도록 드나들며 얽혀 기대고 산다. 때에 따
라선 가끔씩 밤늦은 시간에 전화를 해도 시어머니와 통화
를 하기 조차 어렵다. 이웃의 친구 집에서 밥을 함께 먹고,
어울려 놀거나 잠을 자기 때문이다. 그럼에도 우리 마음이
편하지 못한 건 그거다. 암만 생각해봐도 여든여섯이라는
고령의 시어머니를 두고 자식된 도리는커녕 방치한 것 같

아서 그렇다.

작년께인가, 우리가 한 달에 두어 번 정도 어머니 댁을 찾아가기로 했다. 그때는 이것저것 어머니가 자실만한 음식들을 몇 가지씩 만들어가기로 계획까지 세워 두었다. 무를 채친 물김치며 잘게 다진 해물 섞박지를 심심하게 버무리고, 식혜를 달게 삭히고, 멸치볶음에다 바싹한 김자반 등속의 밑반찬을 만들어 가는 내용이었다. 그러던 중, 시어머니가 뜻밖에 먼저 우리 집에 오게 되었다. 그땐 또, 전처럼 음식을 준비해서 시어머니의 입맛을 맞추어 드리느라 눈코 뜰 새 없이 바빠졌다. 그러다가도 우리 집에 계시던 시어머니가 다시 집으로 돌아갈 때면, 이것저것 음식들을 만들어 챙겨드려야 했다.

그런데 언제부턴가 시어머니의 치아가 좀 부실한 것 같아 보였다. 그래서 열무가 질기다고 해서 연한 오이랑 배를 잘게 저며서 물김치를 담갔다. 총각김치는 짧고 얄팍하게 썰고, 물김치 담을 배춧속 고갱이도 연한 것들로만 채를 썰어 얇고 부드럽게 만들었다.

우리 집에 머물던 시어머니가 댁으로 돌아가시기 며칠 전부터 나는 뭐든 혹시 작은 거라도 잊어버릴까봐 목록 확인에 들어간다.

최근엔 어쩐 일인지 내가 수첩에 일일이 적는 목록이 갈수록 자꾸만 늘어나고 있다. 혹시 식사를 하시다가 무슨 반찬이 더 맛있다고 하면 그 품목을 한 가지라도 더 추가하였다. 거기다 노인이 밥하기가 귀찮을 경우를 생각해서 집에 도착해서 드시라고, 저녁용 밥은 찹쌀로 무르면서 찰지게 지었다. 그리곤 그 찐득한 찰밥을 보온밥통에 그득히 담아 드렸다. 시어머니한테 말씀드린 건 이웃의 노인네들과 함께 나눠드시라는 부탁이었다. 그 밖에 더러는 시어머니가 즐겨 드시는 콩죽을 끓여서 챙겨 넣어드릴 때도 있다.

시어머니가 읍내 집으로 돌아가실 때면 대게는 신랑이 혼자서 시어머니를 모시고 간다. 시어머니는 아들과 동행하는 걸 누구보다 분위기를 타고, 아들의 옆자리에 앉아서 가는 걸 즐거워하기 때문이다. 그렇지 못하면 시어머니는 혹시 며느리인 내가 같이 따라 갈까봐 은근히 경계를 하는 눈치다.

우리 집에서 거처하던 시어머니가 댁으로 돌아갈 때면 신랑과 내 두 손은 시어머니에게 필요한 물건들을 챙기기에 바쁘다. 그리고 챙긴 물건들을 양손 가득 들고 가서 무당벌레처럼 생긴 빨간 소형차에다 싣는다. 그럼에도 며느리인 내 마음은 그다지 편하지가 못해서 시어머니의 눈치를 살피곤 한다. 양손 가득 끙끙대며 힘들게 들고 내려가서 신랑의 소형차에 구겨서 싣는 짐의 무게만큼이나 마음이 무거워서다.

하지만 시어머니의 외아들인 내 신랑은 신이 나는지, 그는 좁고 왜소한 두 어깨지만 으쓱거리며 성큼성큼 잘도 걸어간다. 며느리인 내가 맛있고 영양가가 좋다 싶은 것들을 몇 가지 만들어 시어머니한테 챙겨 보내는 게 무슨 큰 효도라도 되는 줄 착각하는 모양이다.

이따금 느끼는 건데 내 신랑은 아직도 철이 없어 보이는 소년 같다. 시어머니를 모시고 시댁에 갔다 하면 집으로 돌아올 때, 내게 보내오는 문자를 보면 더욱 그렇다. 철없는 내용이 재미있다 할까, 걱정이 된다 할까. 흡사 훨훨 날개라도 달려있는 것 같이 느껴질 정도다. 무슨 일이냐 하면, 내 신랑은 어머니를 댁에 모셔다 드린 후에 꼭 전화를 걸어오는데 아기와도 같은 소리를 질러대는 것이다.

"자기야, 아휴, 홀가분해서 날아갈 것 같아. 이젠 내 세상이고, 긴장이 풀려서 살맛이 나네. 기지개나 한번 늘어지게 켜 볼까. 어휴, 산소도 좀 마셔보자 흠흠……. 자기야, 이따 봐!"

그 짧은 몇 마디로 자기의 속내 기분을 깡그리 표출하는 내 신랑은 암만 생각해도 참으로 애 같고 딱해 보인다. 그럴 때의 신랑 얼굴은 마치 밀린 숙제를 죄다 모범답안으로 풀어치운 어린 학생처럼 맑은 표정이어서 그렇다. 그런 신랑을 바라보는 내 마음은 왠지 자꾸만 찜찜해진다. 또, 다른 한편으론 나도 모르게 홀가분한 기분이 그렇게 잘도 솟는지 알 수가 없다. 그러니 누가 뭐라고 해도 우리는 그 나물에 그 밥인, 도토리 키 재기 하는 부부인가보다.

시어머니가 머물다 떠나간 뒤의 우리 집은 텅 빈 것 같고, 그래서 뭔가 허전한 걸 느낀다. 다른 한 편으론 잡다한 물건을 치운 마당같이 넓고, 훤해서 시원한 느낌도 함께 받는다.

어쩐 일인지 최근엔 이따금 값싼 효심이 약간씩 솟아날 때도 있다. 나는 그것을 두고 디지털 시대의 효심으로 생각하고 있다. 좁고 어두컴컴한, 우중충한 시어머니의 주거 공간이 떠오르는 것과 동시에 조금은 심란해지는 마음을 누를 수가 없는 것이다. 그리고 보면 나 역시도 이중인격 자인지 모를 일이다.

갑자기 텅 빈 내 머릿속에 얼핏 떠오르는 단어가 하나 있다. 참으로 이상한 그 단어 말이다. 입속에서 맴맴 돌다 쉽게 밖으로 뱉어내지 못한 그 게 뭐냐면, 바로 그 몹쓸 말 '고려장'이란 단어다. 고려장이 따로 있겠는가. 늙은 노인네를 쓸쓸하게 홀로 살게 버려두면 그게 고려장이지. 잡다하게 먹을 거나 몇 가지씩 챙기고, 이것저것 뭉치로 짐을 싸서 텅 비고, 분위기 썰렁한 집에 시어머니를 짐처럼 부려놓은 채, 아무 거리낌 없이 돌아선 우리가 아닌가. 그리곤 본분의 책임을 다한 것처럼 집으로 돌아와 버린 뒤로는 그 일을 완전히 잊어버리는 효자가 되는 것이다. 암만 포장을 잘해도 우리는 엉터리 자식인가 싶으니 그렇다는 뜻이다.

요즘 주변에서 외롭게 혼자 살다가 귀신도 모르게 돌아가시는 노인들이 갈수록 자꾸만 늘어나는 추세란 뉴스는 이제 보편적으로 듣는 일상이 됐다. 그것 역시 세태를 거스를 수 없는 삶의 한 단면인지 모른다. 하지만 암만 생각해봐도 혼자 독불장군처럼 살아가는 노인의 문제는 나를 비롯해 우리 모두를 향해 숙제를 던져 준 화두라는 생각이 들고 있다.

최근 들어 우리 부부만 그렇게 사는 건 아니다. 가족들은 늙었거나 병환에 시달리는 부모를 모시는 일이 번거롭고 힘이 든다고, 요양병원에 맡긴 가정도 지극히 보편적이 돼 버렸다. 그게 곧 첨단 디지털 시대의 효자가 되는 방법인 지, 아님 그 또한 디지털 시대의 고려장인지 알 수가 없지 만 말이다.

늦은 밤, 거실에서 전화벨이 요란하게 울리고 있다. 그런 데 전화 받기가 자꾸만 꺼려진다. 밤중에 걸려오는 전화치 고 기쁜 소식일 리가 없다는 선입견 때문이다.

나는 세게 울려 퍼지는 전화벨 소리가 신경을 긁는 게 싫 다고 여기면서도 몇 가지 더 굼뜬 행동을 하고 있다. 진즉 다 끝낸 거실바닥을 설렁설렁 닦는 흉내를 내든가, 이미 창틀을 덮고 있는 커튼 자락을 다시 한 번 더 손바닥으로 주르르 훑어 내린다. 그래도 전화기에선 계속해서 벨소리 가 요란하게 울려대고 있다. 나는 마지못해 꾸물대며 굼벵 이처럼 수화기를 잡는다.

잠시, 손으로 수화기를 잡은 내가 흠흠 하면서 호흡을 가 다듬는다. 그 사이 수화기 저편에서 고랑고랑한 시어머니 의 목소리가 들려온다. 아마도 내 신랑의 이름을 부르는 모 양이다.

"마노야, 마노야, 내가 아프대이, 뱅원에 내 쫌 데리고

가재이, 내 쫌, 뱅원에 대리고 가재이, 마노야, 마노야
이⋯⋯."

만호를 마노로 발음하는, 시골에 계신 시어머니의 목소
리는 숨이 가쁘게 들렸다. 이미 수없이 고려장을 지낸 시
어머니의 가래 낀 목소리에 내 귓속은 자꾸만 먹먹해져 가
는 중이다.

귀촌 도전

귀촌 도전

옛날 같으면 고려장 소리를 들을만한 일흔 줄이 코앞에 접어든 김분자 여사의 희망은 오직 그거 하나다. 손톱만큼 짧은 인생에 대한 미련인지, 아니면 욕심인지, 흙냄새며 거름냄새, 풀냄새가 풀풀 풍기는 시골에서 살아보는 게 늘 그막의 솔직한 바람이다.

최근에는 고령화 시대란 말을 들을 때면 잠자리에 든 한밤중에도 가슴이 답답해진다. 뭔가 삶의 본질을 놓쳐버린 것처럼 섭섭하고 허전해서이다. 작년께만 해도 별 조건 없이 받아주던 마트 식품부 사업장에서조차 운동신경이 살아있어 덜 굼뜨다고 여기는지, 60세까지만 지원자를 뽑는다는 소릴 들은 후론 더욱 그런 마음이었다. 단순하게 일자리에 대한 욕심이라 하기엔 너무 막연한 아쉬움일까. 자고 나면 흰색 올들이 늘어가는 머리카락이며, 몸의 유연성 또한 예전 같지 못한 것도 사기가 죽는 일이었다.

그러니 자신의 노후를 생각하면 어떤 자세로 여생을 마무리할까에 대해 신경이 쓰였던 것이다. 우아하게 혹은, 즐겁거나 신 나게는 감히 사치해서 바라지도 않았다. 어쨌든 이따금 알 수 없는 무력증에 빠진다 싶은 허탈감만 줄일 수 있다면 그저 텃밭떼기 하나 마련해서 풀잎이나 키우고 살았으면 좋을 것 같았다. 넷이나 되는 자식들을 키우면서 알뜰살뜰 살았다는 자부심은 가슴 밑바닥에 깃발처럼 펄럭이지만, 늦어버린 지금이라도 가슴 중앙의 명치께로 밀려드는 말년의 허전함을 흙밭에서 소일하고 싶었다.

한때 김분자 여사는 남과 다르다고 생각하며 살던 때가 있었다. 자신이 잘났다거나 돈이 많은 건 아니지만 적어도 젊음의 혈기로는 그랬다. 지극히 평범한 한 남자의 그늘에서 한눈팔지 않고 부지런히 살아왔다 할까. 그야말로 앞만 보고 내달린 자부심 하나는 빵빵했었다. 그런데 요즘 와서 짧게 남은 미래가 더욱더 불안해진 건, 몸이 늙으니 마음도 자신을 잃어가는 탓일까.

김분자 여사가 젊었을 땐 남의 집 살림도 해준 적이 있었다. 젊은 엄마가 척추를 다쳐서 절절매는 집이었다. 물론 아픈 엄마며, 그 엄마에게 짐과도 같은 젖먹이 아기를 키우는 일까지 더하니 호락하지가 않았다. 똥 기저귀 빨아가며 아기를 키웠고, 홀 가정이지만 남의 살림을 도맡다 보니 때로는 그 댁 젊은 아내의 시어머니 아니, 친정엄마가 된 느낌마저 들었다.

그 밖에도 김분자 여사가 한 일은 또 더 있다. 도시 복판에서 출근하는 직장인들 대상으로 김밥을 만들어 팔았다. 겉보기엔 김밥 한 줄이 하찮을지 모른다. 김밥을 만드는 것도 요리와 다를 바 없는 정성이며, 맛내기 연구도 필요했던 걸 기억하고 있다. 김밥 속에 넣을 재료도 그냥 대충 이것저것 채워 넣으면 그 맛에서 차이가 났고, 핵심적인 건 김밥의 맛이 단무지에 의해 좌우됐던 걸 터득하게 된 점이다. 어디까지나 그 소득은 경험에서 얻은 전문성이랄까. 시금치랑 오이는 오방색의 하나인 녹색이지만 김밥을 먹을 때 목이 막히지 않는 장점도 있었다.

김밥 속에 들어가는 달걀이 단순하게 얇다고 얕잡아 보면 그 또한 안 될 사항이었다. 노른자위 흰자위를 구분해서 부친 지단으로 김밥을 말아서 썰어놓으면 색깔이 화려해서 눈으로부터 식감이 살아났다. 또 김밥 속이라 보이지 않지 싶었던 계란부침도 단무지 두께에 맞춰 지져내야 영양은 물론, 김밥의 속 재료를 맞추는 데 있어 격에 맞았던 것도 시행착오 끝에 터득한 김밥 싸기의 노하우였다.

그렇게 긴장감을 끌어안고 뚝딱 말던 김밥 장사가 힘들다고 여겨질 때 김분자 여사답게 과감하게 그 일을 접어버렸다. 그리곤 쉬고 싶은 걸 참아내며 일에 대한 열정이 식어버리기 전에 마트로 일자리를 구해 나선 민첩함도 있었다. 그런데 그곳 삶의 이치도 김밥 장사를 했을 때와 똑같다고 깨닫고 보니 어느새 사면초가요, 부담스러운 칠순이란 나이가 코앞에서 무섭게 눈을 부라리고 있었다.

남의 아기를 키우는 첫 경험은 조심성이 요구되는 만큼 많은 용기가 필요했다. 김분자 여사는 나름대로 고심을 한 끝에 애들 방학 때를 택해서 그 일을 시작하였다. 사실 처음 베이비시터 교육을 받으러 다닐 땐 베이비시터라는 직함에 별로 정이 붙지 않았다. 왜냐면 그 어감부터가 서양 물이 든 것 같았기 때문이다. 그런데……

아기를 키우는 일은 힘이 드는 대신 마음을 적셔주는 사랑이 있어 위안을 얻을 수 있었다. 그게 바로 육아의 장점이라면 장점이다. 우유를 먹일 땐 우는 아기 때문에 정신없이 우유를 탔다. 그렇지만 그 우유를 든든히 먹은 아기가 포만감에 스르르 잠이 들면 그 얼굴에서 천사가 보였다. 욕심도, 미움도 없이 배부르면 웃고, 배가 고프거나 불편하면 보채는, 본능에 충실한 천사……

아기의 옷을 빨 때도 그랬다. 빨래의 노동에선 없지만 아기에게서 젖비린내가 맡아질 땐 새록새록 사랑이 샘솟곤 했다. 단순했지만 그게 좋았다. 아픈 엄마를 대신한 역할에선 아기를 둘러싼 모든 것들이 다 성스럽다고 여겨졌다. 이따금 아기 엄마가 까탈을 부려도 너그러울 수 있었으니 말이다.

"젖병을 팔팔 끓여 완전 소독하세요. 수건이며 옷가지도 무조건 폭폭 삶아야 해요. 이유식은 눈곱만큼도 간을 치면 나쁘니 안 돼요……"

일 하나하나마다 간섭해대고 시시콜콜 꼬투리를 잡던 아기엄마 앞에서 김분자 여사는 언제나 너그러웠다. 아니, 어쩜 아주 엄격하였다. 그건 두말할 필요도 없이 김분자 여사가 네 자녀를 키워낸 전문경험이 동병상련의 부모 마음으로 우러났기 때문이다. 그것은 비록 남의 아기를 키워주는 일이지만 한 생명을 양육함에 있어선 결코 장난일 수 없었던 것이다.

김분자 여사가 갖가지 일에 마구 뛰어든 것도 팔자에 없는 우연이라면 우연이었다. 결혼 초 아이들이 어릴 땐, 평범한 회사원인 남편의 수입으로 그럭저럭 살림을 꾸릴 수 있다고 참고 견뎌냈다. 다른 집보다 고기를 적게 사 먹고, 비싼 백화점 가는 걸음은 두드러기가 난다고 포기하면 됐던 것이다. 그렇듯 가정의 파수꾼인 주부라면 지극히 당연하게 가난도 사귈 줄 알아야 하고, 체면 따위에는 초연할 수 있어야 한다고, 스스로 최면을 걸어댄 덕분인지 몰랐다.

　　그러나 세상은 마음먹은 대로 돌아가 주지 않았다. 기상천외하게도 김분자 여사의 집 안에 한 사건이 터지게 되자 가정의 질서며 인내를 다짐했던 김분자 여사의 상황이 거꾸로 달라져 버렸기 때문이다. 작은 기술 하나도 없는 남편이 매달 받아온 쥐꼬리 월급으로 살림을 꾸리는 일은 힘든 가운데서도 견뎌낼 만하였다. 남들처럼 하루에 세 끼를 먹고, 어쩌다 애를 넷씩 펑펑 낳는 일이며, 올망졸망 넷이나 되는 자식들을 남들만큼은 아니라도 중간 정도로 키워내야 한다고, 스스로 최면을 걸고 있던 때문인지 모른다. 그래서인지 자신에게 걸었던 최면을 실행하는 데 용기를 가져본 그 첫 경험이 바로 김밥 장사로 나선 거였다. 거기서 조금만 더 여유가 있었다면 아마 서툰 베이비시터란 직함은 만들지 않았을지 모른다.

　김분자 여사의 심중에 박힌 한 가지 큰 숙제는 오직 그거였다. 등짐에 달라붙듯 힘에 겹던 자식을 키우는 일이라면 그저 애면글면 엎어지며 부딪히며, 쉼 없이 긴장하는 게 엄마의 본분이라 생각했다. 그럼에도 자식들 양육의 문제 앞에만 서면 때때로 애로가 덮쳐온 것이었다. 먹이고 입히는 것만으로는 부족하다는 것을 세상의 부모들은 훤히 다 아는 사실이지만 말이다. 감히 새끼를 키우는 일에 있어 교육이야말로 필수요, 으뜸의 사항임은 두말할 필요가 없다. 입술에 침이 바짝 마르고 눈앞이 캄캄하리만큼 김분자 여사에게 까무러치도록 자극적이고 충격을 준 일만 없었다면, 오늘의 김분자 여사는 존재하지 못했을 것이다. 아마도⋯⋯.

　김분자 여사는 최근 들어 여생이 아쉬운 대로 텅텅 빈손을 면했다고 작은 안도감에 취해있었다. 때때로 불안감이 자신을 흔들 때마다 통장의 잔고를 한 푼이라도 더 쌓으려 일구월심 애쓴 덕분이라 안도하는 것인지도 모른다. 인생 백세시대란 말이 온통 사회를 흔들어댄다 싶은 요즘은 더욱 그런 생각이 강하게 박혀버렸다. 어찌 됐던 키우고 가르치느라 힘에 벅차 숨이 넘어갈 것 같았던 넷이나 되는 자식들은 구멍 난 양말 속에 감춘 발가락처럼 운이 좋게 갈무리가 됐다고, 마음을 놓게 된 처지였다.

그런데 이제는 미운 정 고운 정이 얽혀버린, 구멍 난 양말로도 감춰버릴 수 없게 된, 정년퇴임한 남편이 문제였다. 출근을 놔버린 후로 힘이 부친다며, 갈수록 기운이 처진다고 했기 때문이다. 김분자 여사는 근력이 부족해서 비실거린 남편과 함께 노후생활을 시골에서 보내고픈 욕심에 차 있었다. 백세시대가 열렸다고, 모든 이들이 방방 떠들어댄 그 일이 꼭 김분자 여사로선 자기에게만 해당이 된다고 여긴 모양이었다. 어떤 형태로든 우리의 미래는 모든 사람에게 촘촘하게 쳐놓은 그물처럼 피할 수 없이 다가오고 있는데 말이다.

누구든 반드시 은퇴자가 되는 걸 비껴갈 수 없듯이 노령화되는 대한민국 사회에 그 문제의 심각성이 있다 할까. 요즘은 노인들이 빈손이면 기가 죽고, 젊어서 좀 더 저축하지 못한 후회를 땅이 꺼지게 한숨으로 쉰다는 말도 심심찮게 들린다. 그만큼 준비가 안 된 미래가 불안하다는 뜻일 게다. 누구도 거부할 수 없는 은퇴지만 은퇴도 은퇴 나름일 것이다. 젊어서부터 계획적이지 못했거나 현실에 쫓

겨 허둥대며 정신없이 사느라 노후를 위해 작은 대비책도
세우지 못한 스스로의 불찰이겠지만 말이다.

그저께는 김분자 여사가 외출을 나섰다. 이웃 평촌댁을
따라간 곳이 윗동네 마을금고 3층에 자리한 강당이었다.
참석한 사람들이 제법 많았다. 대부분은 마을금고 출자자
들이요, 마을금고를 이용하는 동민들이며, 줄잡아 장년층
들이었다. 참석자들은 출자자가 대부분인데, 더러는 마을
금고에서 주주총회를 한다니까 선물로 주는 주방 세제라
도 한 개 얻을까 하고, 친구를 따라온 사람들까지 보태져
북적거렸다.

주총은 번갯불에 콩 볶듯 후다닥 해치우고, 간식으로 제
공한 요구르트 한 병씩을 얻어 마셨다. 그때 중년 신사가
깔끔한 양복을 차려입고 단상으로 사뿐사뿐 걸어 올라갔
다. 강사는 흠흠 헛기침으로 가래를 두어 번 털어낸 뒤, 본
격적으로 강연을 시작하였다.

"여기 참석해 주신 마을금고 주주님들, 그리고 신사숙녀
님들, 대단히 반갑습니다! 언제부턴가 우리 사회에서 이런
말들을 많이 들으셨지요? 백세시대라고, 그리고 은퇴를 하
면 무얼 먹고 사느냐는 그 말도 엄청나게 들었을 겁니다.

은퇴하면 뭐 먹고 사느냐는 말은 괜한 헛소리일 거예요. 은퇴하면 무얼 먹다니요, 밥을 먹고 살면 되지요."

청중들이 와하하 하고 웃었다.

"그렇습니다! 먹고 사는 문제에서는 먹어야 살지, 먹지 못하면 어떻게 살겠어요. 먹고 죽은 귀신은 때깔도 좋다는 말도 있잖아요."

먹어야 살고, 먹고 죽은 귀신은 때깔도 좋다는 대목에선 모두 다시 까르르 웃었다. 강사의 우렁찬 열변이 다시 홀을 흔들어댔다. 정곡을 찔러댄 강사의 한 마디 한 마디와 표정에 따라 청중들의 표정도 자주 바뀌곤 했다. 뭘 먹고 사느냐는 질문이 나올 땐 사람들 표정이 아주 진지한 반면 무겁고 덤덤하였다.

"음, 우리나라 최근의 통계를 바탕으로 봐서는 칠백만 명이 넘는 예비 은퇴자가 생겼다고 합니다. 그중에도 4할 즉, 열 명이면 네 명 이상이 빈곤층으로 전락할 수 있다니 여러분 정말 걱정되지 않으십니까? 누구든지 직장을 은퇴하면 그 후 생활은 무슨 돈으로, 어떻게 해야 배를 곯지 않고 살 수 있나 하는 게 숙제다, 그 말이지요. 기쁘거나, 슬프거나, 아쉬운 일에 다 써버린 몸은 이미 쭈글쭈글 늙어버렸는데, 모아둔 돈이 없어서 배를 곯을 처지인 사람이 있다고 칩시다. 암만 돈이 인생의 전부는 아니라고 하지만 그 사람이 과연 노후를 행복하게 살 수 있겠습니까?"

강사가 입이 마른 모양이었다. 단상에 얹힌 물컵을 들어 꿀꺽꿀꺽 마신 후, 다시 목소리에 힘을 실었다.

"언제부터인지 모든 금융권과 언론은 노후대책으로 하나같이 은퇴자금을 많이 모으라고 권합니다. 그렇지만 여러분! 은퇴자금을 그대로 다 모은다고 해서 은퇴 후의 생활이 과연 행복해질까요? 노후 40년이나 50년이란 세월이 행복해지는가 그 말입니다. 은퇴하는 지금 금융권에서 말하는 정도의 금액을 모으기는 정말로 어렵습니다. 그러니 대다수의 사람들은 어떻게 살아야 잘살며, 그들의 노후는 과연 누가 책임을 져줄까요? 가족 즉, 자식들이 책임을 질까요? 아니면 국가가요? 예전처럼 자식들에게 기대 살던 시대는 이미 예전에 끝났다 그 말입니다. 기대야 할 곳은 국가뿐인데 그렇다고 국가가 이들의 노후를 책임져 줄 일도 결코 없어 보이고요. 그나마 다행인 것은 최근에 무상복지 논쟁이 한창 벌어지고 있지요. 그렇지만 아직은 현실과 거리가 멀다는 겁니다."

장내는 더욱 숙연하였다. 아니, 뜨거운 열기가 그득 찼다. 강사가 다시 열정의 단어들을 토설해내고 있었다.

"여러분, 사실은 노후자금을 모으는 것이 은퇴 준비의 전부가 아닙니다. 자본이나 매스컴의 논리에 절대로 휘둘리면 안 된다 그겁니다. 즉, 돈 중심의 늪에 빠지면 안 된다는 것이지요. 은퇴자가 돈이 없다면 돈 없이도 살아갈 수 있는 방법을 찾아야지, 다 늦게 없는 돈을 만들어 낼 수는 없지 않습니까. 여기서 중요한 것은 돈 없이도 꾸려갈 수 있는 은퇴 후 삶의 계획이란 말입니다. 즉, 노후자금은 삶의 윤활유 역할만 할 정도면 충분하다 그겁니다. 사실은 노후자금보다 더 중요한 게 있거든요. 건강이야말로 중요하지요. 건강하다면 가족들이나 친구와 일과 공부라든가 취미와 봉사를 할 수 있습니다. 그중에도 건강과 가족, 친구는 한 번 잃게 되면 다시 되돌릴 수 없습니다. 그러니 부지런히 운동해서 건강을 유지하고 가족들을 잘 챙겨야 한다는 말이죠. 돈 중심의 사고에서 벗어나 삶의 다양한 가치를 실현해 나가는 일이 중요하다는 뜻입니다. 사실 은퇴후에는 도시에서 창업을 해서 성공하기란 참으로 어렵습니다. 재취업을 하는 것 또한 결코 만만하지 않고요. 60대이후에 접어들면 그때의 고용시장은 마치 정글과도 같다는 말입니다. 또, 지속적으로 해내기가 힘든 3D 업종이 대부분이거든요. 지속 가능한 직장도 없고, 그렇다고 미래를

예측하기는 더욱 힘이 드니 이래저래 스트레스만 받기가
좋지요."

장내는 진지하다 못해 엄숙하였다.

"우리나라는 세 가지의 보장시스템이 있다고 보면 됩니
다. 국민연금과 퇴직연금에다 개인연금은 아직 크게 확립
되어 있지 않은 탓에 스스로가 노후를 준비해야 한다 그
말이지요. 그걸 못하면 앞날이 어두울 수밖에 없지요.
OECD 국가 중 우리가 노인의 자살률이 제일 높다는 부끄
러운 현실이 이를 잘 입증해준다 그겁니다! 그러니 자연과
공존하는 게 제일 좋고, 단순하고 소박한 삶을 살아야 될
필요성이 있다는 말입니다. 만일 농촌에 들어가 좁다란 텃
밭과 빈집을 임대하고 농산물을 재배한다면 이야기가 많
이 달라질지도 모릅니다. 농약은 치지 말고 유기농이면 더
욱 좋겠지요. 자식들과 지인들에게 안전한 식재료를 공급
해 주는 취지도 살리고요. 게다가 기본 생활을 할 수 있고,
도시 생활에서 맛보지 못했던 삶의 여유까지 누릴 수 있다
면 금상첨화지요. 현재 우리나라는 90%의 인구가 도시에
거주하고 있어요. 그렇지만 도시는 은퇴 후 자식이나 친척
의 도움 없이 스스로 삶을 꾸려갈 수 있는 구조가 어렵습
니다. 수입이 없거나 혹은 얇고, 물가는 비싸 돈이 많이 들

기 때문에도 자연적인 생활을 찾는 게 좋지요. 애써 생활 규모를 줄이거나 왕소금처럼 절약을 한다 해도 반세기 동안을 버티기란 무리가 될 테니깐요. 그러나 시골에서 살면 텃밭만 일궈도 어지간한 먹을거리는 충당할 수가 있다 그겁니다. 또, 도시에서 살 때보다 용돈 씀씀이나 소비지출을 줄일 수가 있고요. 아마 텃밭에서 자가 생산해낸 채소로 부식을 해결한다면 소비는 그만큼 줄겠지요. 매사에 절약하고, 자연과 공존해가며 소박한 삶을 사는 것이 생활비용을 최소로 줄이는 길이 되거든요. 현재 대부분의 농촌이나 산촌, 혹은 어촌으로 말하면 인구가 줄어든 건 물론, 집집마다 고령화가 급속히 진행되고 있다고 보면 틀림없어요. 인구의 3분지 1 정도가 노인인 지자체도 많고, 그 때문에 대도시 은퇴자를 유치하는 데 적극성을 보이는 지자체도 적지 않다고 합니다. 그런 만큼 은퇴자는 자신에게 적합한 삶을 제공해줄 수 있는 지자체를 선택하면 될 겁니다. 취미로 농사도 짓고, 건강도 챙기며, 이웃에 봉사를 한다면 그 또한 안빈낙도의 삶이 될 테니깐요."

강사는 1차로 열강을 마치고 잠시 쉬었다가 다시 2차 강연에 들어갔다. 강단에 다시 올라간 강사는 여전히 침이 튈 만큼 열변을 토해냈다.

"여러분, 귀농이니 귀촌을 하려면 절대로 대규모의 투자는 하면 안 됩니다. 그 문제야말로 가장 금해야 할 사항이거든요. 농촌은 도시와는 달라요. 대충 10년 정도 종사를 해야만 익숙한 경험이 되고 가업(家業)으로 이어질 가능성도 있습니다. 가뭄이나 홍수, 바람 등 기상재해에 시달리다 보면 농업만큼 아슬아슬하고 위험 요소를 내포한 것도 없답니다. 구제역 파동처럼 무서운 재앙도 그렇고, 배추 파동처럼 그런 문제들을 미리 예측하기란 참 쉽지가 않거든요. 그 때문에 도시에서 하던 일과 취미 삼아 짓는 주말농장을 함께하여 일단 반은 농사, 반은 업무에 충실하라고 권하고 싶어요. 거기서 농민의 생산품들을 가공하여 부가가치를 높여서 팔 수 있다면 더욱 금상첨화지요. 그렇게 되면 낯설어 전전긍긍하던 마을주민들과도 가까워질 수 있고, 소득도 높아져 농촌생활에 등극할 수 있다는 말이지요. 몇 년 전부터는 전국 곳곳의 많은 행정 마을 가운데 귀농ㆍ귀촌인들을 위한 프로그램을 운영하는 지역도 많다고 합니다. 그래서 저도 귀농이나 귀촌할만한 곳을 택하는 법을 알아보고 싶었어요. 성공적인 귀농이나 귀촌 생활을 위해 몇 년 동안 사례조사를 좀 했다 그겁니다. 무턱대고 아무 지역이나 입촌해 가면 실패하기가 딱 쉽겠더군요. 그래서 말인데, 지자체에서 주관하는 귀농이나 귀촌 교육을 먼저 받아보시라고 권장하고 싶어요. 그중, 가장 유념할 사항은 입촌해서 지역주민들과 좋은 관계를 맺어야 하는 일입니다. 그러려면 주의할 점이 있어요. 잘난 척, 가진 척, 있는 척, 아는 척하면 안 되고요. 입촌한 낯선 마을의 문화를 존중하고, 그 지역의 정서나 질서를 잘 따라가며 주민들과 화합해야 한답니다. 거부감 없이 도와주는 자세가 필요한 것이지요. 그래야 주민들도 마음의 문을 열어줄 것이며, 그곳 마을의 주민이 될 수 있거든요. 오늘 제가 일러드리고자 하는 은퇴 후 삶에 대한 제시를 하는 것은 이미 은퇴한 사람들은 물론, 젊은이들도 들어두면 참 쓸 만한 정보가 될 겁니다. 만약 집 한 채가 있거나 자녀가 반반한 직장에서 벌이가 좋은 이들은 그래도 행복한 축에 속할 거예요. 국민연금의 사각지대인 일흔을 넘긴 노인들은 모아둔 재산도 없고, 수입도 시원치 않으면 하루하루가 정말 힘든 노후가 아니겠습니까? 우리 사회의 가장 큰 문제라면 노령인구의 숫자가 무려 100만 세대가 넘는다는 것이지요. 그중에도 가장 걱정되는 건 앞으로 출산율이 떨어지는 데다 고령화가 일반화되는 현상이랄 수 있어요. 게다가 나라 경제가 침체라도 될까 걱정하는 건, 노인들을 위한 복지정책이 알게 모르게 줄어들 수도 있겠다 싶어서요. 미국은 2009년과 2010년 동안 2년 연속으로 노인과 장애인에 대한 지원금을 동결했다고 하더군요. 이는 새로운 노인복지 시스템이 마련된 후 한 번도 없었던 일이랍니다. 프랑스도 몇 년 전부터 노인과 관련한 복지예산을 삭감했다고 합니다. 세계 최고의 복지 시스템을 갖고 있는 나라에서도 그런 흐름이 나타나고 있다 그겁니다. 2009년, 도시에 살던 어떤 부부가 강원도의 한 농촌으로 귀촌을 했더래요. 그런데 부부의 연 소득이 월, 백만 원 정도 된답니다. 도시에서 살 때의 3분의 1 수준이래요. 그래도 그들의 풍족한 느낌은 비교를 할 수 없다는 군요. 그들은 도시에서 매달 500만 원 넘게 벌어도 늘 빠듯하게 살았다고 해요. 지금은 100만 원만 벌어도 생활이 탄탄한 느낌으로 꽉 채워졌다니, 왜 풍족한 생각이 들지 않겠습니까. 수입 중 생활비를 빼고, 3분지 1을 저축하면서 산다니 즐거운 맘에 자다가도 히죽히죽 웃을 일이 아니겠어요?"

자다가 히죽히죽 웃는다는 그 말을 듣던 청중들 중 일부는 손뼉을 쳐가며 와하하 웃었다. 그 계기로 강연을 잠시 중단한 강사가 물잔을 들이켰다.

"음, 귀촌한 그들이 도시에서 살 때는 엄두도 내지 못했던 적금을 붓고 있다면 그럴 만도 하지요. 그런 귀농 중 무시할 수 없는 게 뭐냐면 주거환경 즉, 살아가는 집 문제도 있겠지요. 집이 허술하고 창고 문짝이 너덜너덜 낡아서 한국영화 〈좋은 놈, 나쁜 놈, 이상한 놈〉에 나오는 조각조각 기운 것 같은 문짝은 별로 크게 문제가 안 될 겁니다. 새 집에다 새 창고와 든든한 새 문들을 달고 살면 좋겠지만, 조금 허술하고 삐걱거리는 낡은 문짝을 여닫고 산다 해서 아무런 문제는 없지 않습니까!"

강사는 목에다 손을 문질러대며 몇 번이나 으흠, 으흠, 가래를 떨어내다가 다시 강연을 이어나갔다.

"아, 목이 좀 잠겨서요. 죄송합니다. 어쩌다 이야기가 잠깐 옆으로 빠졌지만, 직장인들이 은퇴 후에 행복하게 살 수 있나 없나 하는 문제를 여러분은 어떻게 생각하세요? 저 같으면 직장을 다닐 때 어떤 성과를 남겼는가 하는 것보다는 은퇴한 후 삶의 가치를 어디서 찾는지에 달려 있다고 생각합니다. 젊었을 때의 삶을 실패했거나 셀 수 없이 좌절했더라도 은퇴 후 삶의 가치를 어디서 찾느냐에 따라 삶의 내용이 확 달라질 수 있으니 말이죠. 여기, 재미있는 이야기가 있습니다. 외국의 한마을에 사는 주부들은 자기네들이 저 미국의 대통령 부인보다 행복하다고 생각하며 살아간다고 하네요. 무슨 이야기냐 하면, 자기네들은 띵띵한 소와 닭도 수십 마리씩을 키우며 살고 있으니 자신들이 대통령 부인보다 더 행복한 삶이란 자부심을 가졌다는 것이지요. 제가 생각해봐도 유쾌하게 살고 있는 사람들인 것 같아요. 이까짓 일이나 상사가 보기 싫으니 직장을 당장 때려치워야지, 지겹다 지겨워 라고, 늘 읊어대는 것보다 백배는 더 낫다 싶어요. 직장인들이 막상 직장이 싫다고 푸념을 했다가도 조기은퇴를 강요받아 보세요. 아니, 명예퇴직 이야기라도 나오면 얼른 목줄을 옴츠려 숨는 게 사람들 정서거든요. 노예처럼 혹사당하는 직장 일의 코뚜레를 과감히 벗어던지고 싶지만, 은퇴 후에 뭐를 먹고 살지가 두려워서 그렇다는 말이지요."

실감나는 열강을 들어서일까. 김분자 여사는 최근 들어 자꾸만 노후가 어떻고 백세시대 운운하는 자극적인 뉴스가 귀청을 뚫을 듯 들려오는 게 전보다 더 신경이 쓰였다. 병들고 돈 없는 노인들이 자식들에게 부담 주기 싫고, 돈이 없어 아픈 몸에 제대로 된 치료 받기도 어렵게 되자 차라리 죽음을 선택한다는, 신문과 방송에서 하나같이 판박이로 떠들어대는 보도가 바로 그것이다. 그 악담 같은 뉴스를 들은 날은 밥을 먹어도 그 맛을 몰랐다. 텔레비전을

켜 놓아도 전처럼 중독이 되어 봐 왔던 연속드라마도 별로
재미가 붙지 않았다. 괜히 거실에서 밤낮을 뒹구는 남편의
꼴도 보기가 싫어졌다. 뭔가 속이 꽉 막혀버린 굴뚝처럼
시원하지 못했던 것이다.

다음다음 날, 김분자 여사는 전보다 한 시간 일찍 아침상
을 차려내 놓았다. 정년퇴임 후부터 뒹굴뒹굴 늦잠을 즐기
던 남편 홍 씨도 그날따라 일찌감치 아침상 앞으로 불려
와 앉아있다. 평소보다 한 시간 빠른 아침식사에 대한 내
용이 김분자 여사의 입에서 주절주절 설명되고 있었다.

"오늘, 아침밥을 서둔 거는 다 뜻이 있어서 그러니 얼른
한술 뜨고, 서둘러 시외 터미널로 갑시다!"

홍 씨의 기분은 어정쩡하였다. 김분자 여사로부터 사전
예고가 없었던 까닭이다. 저녁 내내 잠이 안 온다며 뒤척
일 때도 아내는 한마디 언질도 없었다. 그때, 홍 씨의 말투
에서 심드렁해진 속내가 보풀처럼 묻어나고 있었다.

"뜬금없이…… 터미널은 왜?"

"가 보면, 알아요!"

"글쎄, 찍소리도 없다가 갑자기 뭔 바람이 분 거야? 뚱딴
지같이 터미널은 뭐며…… 내가 당신의 맘대로 움직이는
리모컨인 게야?"

"왜, 터미널 가자는데 무슨 불만이라도 한 보따리 있어요?"

"부, 불만이기보다는, 사, 사실이 그렇다는 거지……. 엇, 김구이가 왜 이리 짜? 소금처럼, 쩝 쩝 쩝……."

된장국 그릇을 화들짝 끌어당긴 김분자 여사는 밥을 떠서 국그릇에다 푹푹 퍼 말았다. 그 행동은 남편이 보란 듯 기선을 제압하려는 의도일까, 국에 만 밥을 입으로 떠 넣다 말고 홍 씨를 쳐다보는 눈빛에 어떤 결심이 서 있었다.

"다 짜먹고 늙은 몸땡이, 집에 퍼져서 뒹굴뒹굴하면 뭘 해요? 밥이 생기나, 돈이 생기나? 마누라 말이나 들어봐요. 자다가도 떡이 생길 테니……."

"뭘, 일이냐구, 그러니까 그게?"

"따라가 보면 알 수 있지. 임도 보고 뽕도 따고, 겸사겸사 심심하지는 않겠네, 뭘……."

"……?"

언제나 그랬다. 직장에 다닐 때도 휴일이면 남편은 진종일 방콕해서 뒹굴뒹굴 방바닥을 닦았다. 그렇다고 정년을 지낸 남편처럼 김분자 여사마저 집에 박혀서 함께 방을 닦고 있을 수는 없었다. 남편과의 해로에서 이모작 인생을 일구는 일은 아무래도 김분자 여사의 몫인 것만 같았기 때

214

문이다.

마을금고에서 특강을 들은 후부터 김분자 여사의 마음은 남모르게 바빠졌다.

"노후 대책은 빠르면 빠를수록 좋아요. 젊어서 애들 교육 때문에 도시에서 청춘을 다 날렸다면, 정년 후에라도 시골에서 맑은 공기를 마시며 한번 느긋하게 살아보세요. 인생의 향기가 날지 누가 알겠어요······?"

그날, 강사의 특강 이야기가 방금 들은 것처럼 뇌리에서 맴을 돌았다.

김분자 여사 내외는 터미널에서 짚세기 같은 시외버스에 몸을 실었다. 도시를 벗어난 버스가 외곽지대로 접어들자 옛날 시골 외가댁 갈 때의 기분이 들었다. 덜컹거리고 구불댄 곡선의 차도는 김분자 여사의 인생행로처럼 구불거렸고, 몇 번씩이나 흔들리며 산허리를 휘감듯 달렸다. 인생길에서 만난 김분자 여사의 멀미와도 같다는 생각이 들었다. 사람과 사람 사이의 신뢰는 안정감을 주다가도 예기치 못한 어떤 불상사가 생기면 기대치 이상으로 흔들림도 주는 게 인생이다. 그런 믿음의 불신문제가 부부관계에 가로 걸쳐 놓으면 상황은 엄청 무섭게 소용돌이를 친다.

필부필부로 구성된 가정생활은 쉬운 말로 뒤죽박죽이요, 살기마저 도는 충격에 빠지기 십상이다. 부부 문제에서 서로 양 손바닥을 마주쳐야 소리가 난다지만, 한 손바닥으로도 무슨 소리든 얼마든지 낼 수 있는 게 바로 부부관계의 무한대함수인 것이다.

김분자 여사의 반쪽인 홍 씨는 젊은 시절 알찬 중견기업체에서 녹을 먹고 있었다. 그 덕분에 홍 씨는 우리 사주를 적잖이 소유하게 되었다. 다가올 미래엔 틀림없이 부자가 될 거라고, 김분자 여사 내외는 신앙처럼 확고히 믿어버렸다. 퇴직금을 미리 정산해서 사둔 주식에다 회사 창립기념일마다 우리 사주를 배당받아 모은 결과는 생각만 해도 마음이 든든하였다. 입사하면서부터 일편단심 줄곧 그 회사의 녹을 먹었으니 그럴 만도 했다. 거기다 개개인의 업무 능력에 따라 매해 연말마다 인센티브로 받은 주식까지 합치면 부자의 반열에 선 걸로 착각해도 무리는 아니었다. 그들로선 그런 기대를 갖게 할 만한 양의 주식이 모아졌고, 이따금 한 번씩 거래되는 시장가로 주식의 수를 곱해 볼 때면 기분이 방방 떠서 날아갈 것만 같았다. 그러니 주식의 주 자만 입에 올려도 그들은 행복에 취하고도 남았다. 나아가 인생에서 그 어떤 변수가 생긴다 해도 틀림없이 행복을 당당히 보장받을 것만 같은 기분이었다. 그 주식을 돈으로 환산해 보는 상상에만 빠져도 현실적인 장면처럼 착각할 만큼 엄청 두둑한 거금인 걸 예상할 수 있었으니 말이다.

그러나 뱃속에 든 아기는 낳아봐야만 아들인지 딸인지 알 수 있고, 주식이란 물건은 팔아 봐야지 잔고의 실체를 알 수 있을 것이다. 장차 큰 부자가 될 걸로 기대한 홍 씨의 주식가치는 어디까지나 그들만이 보듬고 사는 착각이요, 허황된 꿈인 걸 까맣게 몰랐을 뿐이다. 그들이 가진 주식 부자의 꿈은 그만큼 부질없는 한낱 허망인지 상상조차 못 했으니까.

부질없는 한낱 허망은 그들의 인생에 왜 달라붙어 버린 걸까. 손바닥 그득히 움켜쥐고 있던 따박따박 배당까지 받아온 그들이 모은 주식에도 똑같이 부질없는 일이 생기고 있을 줄은 감히 상상조차 못 했다. 그들로선 부자가 될 거라고 가슴 부풀려 기대했던 미래 희망도 전부 다 와르르 무너지게 한 허망이 운명처럼 찾아온 게 정말로 뜻밖이었기 때문이다. 그것은 그들이 기대했던 부자의 꿈은 하루아

침에 물거품이 돼 버렸으니 말이다.

그들의 부자에 대한 꿈을 그처럼 뜬구름으로 만들어버린 장본인은 바로 김분자 여사의 남편 홍 씨였다. 쉬운 말로 홍 씨가 외간 여자와 바람을 피운 적도 없고, 도둑을 맞은 것은 더욱 아니다. 이유는 단 하나, 홍 씨의 가슴에 바람처럼 그득 차 있는 그 의리란 것의 실체 때문이랄까. 의리, 단순히 말로만 들으면 참으로 어감이 좋았다. 그러나 그 의리란 단어가 그들이 목맨 부자의 꿈을 뒤엎어버린 것이다. 그 의리란 것의 허상이 홍 씨의 가슴팍에 들어와 박힌 건 아무래도 불길한 징조였다 할까.

어느 날, 홍 씨는 지금껏 모아두었던 주식들을 몽땅 챙겼다. 그리고 번갯불에 콩 볶듯이 후딱 팔아치웠다. 기회가 될 때마다 우리 사주를 사서 모으고, 회사 창립 기념일마다 받아 모으던 그 주식을 말이다. 그렇게 많던 주식을 한순간에 날려버린 이유라면 친구와의 의리를 지키고자 한 홍 씨의 단순한 의협심의 발로에서다. 아내는 물론, 귀신도 눈치를 채지 못하게 실행을 했던 홍 씨의 실수라면 실수였다.

홍 씨는 귀신에 씐 듯 자신의 그림자도 모르게 주식을 팔아야겠다고 혼자 계획을 세웠다. 그리하여 거룩한 거사라도 실행하는 것처럼 주식을 팔아치우는 것으로 실천에 옮기게 된 것이었다. 그것은 바로 언변이 청산유수요, 말끝마다 의리 운운하며, 남자의 자격을 논하던 홍 씨의 고등학교 동창인 왕찬우 때문이었다.

어느 날 왕찬우가 뜬금없이 홍 씨를 찾아왔다. 왕찬우는 제법 규모가 큰 가내공업을 운영하고 있는데, 물론, 홍 씨와는 허물이 없던 동창친구다. 그는 그간의 이야기를 두서없이 줄줄이 늘어놓은 끝에 홍 씨에게 도움을 요청해왔다. 사업 회전자금이 조금 딸린다며……. 몇 년 전인가, 모교에 발전기금을 내놓은 거나, 모교 후배들에게 장학금을 주었던 친구인 걸 기억해낸 홍 씨의 구미를 당기게 한 것은 바로 그 투자란 단어 때문이었다.

처음에 홍 씨는 빌려줄 돈이 없다고 둘러댔다. 그러다가 왕찬우의 요청에 동조하기로 한 것은 참 미묘한 어감의 차이랄까. 업체의 운영 자금에 투자를 하면 연말에 고배당을 해준다는 데 홍 씨의 마음이 기울어졌던 때문이다. 왕찬우에게 돈을 빌려주는 거나 왕찬우가 운영하는 업체에 투자를 하는 거나 홍 씨의 주머니에서 돈이 나가는 건 모두 똑같았지만, 홍 씨의 개념은 달랐던 모양이다. 메어치나 둘러치나 똑같은 그 돈이 홍 씨를 배신한 건, 그해 연말 왕찬우의 업체에 왕창 부도가 나버렸던 결과이다.

　재물이 날아간 마당에 투자자의 속이라고 멀쩡할까. 홍 씨는 절망하였다. 한마디로 속이 타서 미칠 것만 같았다. 물론, 집안도 쓰나미가 훑어간 듯 송두리째 흔들거렸다. 순간의 실수가 홍 씨에게는 엄청 강한 충격 그 자체였던 것이다. 가정에서 부부의 첫째 조건이 곧 믿음이기에 더욱 그랬다. 팥으로 메주를 쑨다고 해도 믿음으로 채워진 부부라면 흔들리지 않을 터이다. 그렇지만 믿음을 잃은 부부간 의리는 깨진 사발이요, 바닥에 엎질러진 물이었다. 엎질러진 물이야말로 어떤 힘이나 지략으로도 다시 담지를 못하는 까닭이다.

　가장이 절망하는 일인데, 그 아내 김분자 여사라고 멀쩡할 리가 있겠는가. 울어도 눈물이 나지 않았다. 그렇지만 원망하고 미워하는 대상이 한솥밥을 먹는 남편이란 사실에 더욱 미쳐버릴 것 같은 심정이었다. 물론 자존심도 젓갈처럼 폭폭 삭아 문드러졌다. 홍 씨가 아무리 자기가 벌었고, 성과물로 받아 모은 주식이라도 그렇지, 김분자 여사의 존재가 아무리 잔정이 없는 아내라 해도 그렇지, 어찌 한 가정의 미래를 담보한 재물 즉, 돈에 버금가는 주식을 한 마디 의논도 없이 블랙홀 구덩이로 홀라당 던져 넣는가 말이다.

홍 씨의 투자 건에 속이 상한 김분자 여사는 입에 거품을 물고 실성한 여자처럼 펄쩍펄쩍 날뛰었다. 남편을 향해 갖은 불만과 가능한 욕설들을 마구 퍼부어댔다. 나중엔 제풀에 지쳤는지, 자신의 원망에 대꾸도 없이 돌아앉은 남편의 등짝을 쿵덕쿵덕 쳐대며, 이혼을 하자고, 미련 없이 갈라서자고, 바락바락 악을 썼다. 암만 화가 나고 미워도 이혼이란 막말은 삼가리라 다짐했던 신혼 초의 결심은 간 곳이 없었다. 그렇지만 이혼이 어디 뉘 집 강아지 이름처럼 간단한 일인가. 대형 사고를 친 남편이 미워서 이혼을 주장하며 길길이 날뛰던 김분자 여사지만 끝내 이혼을 하지 못했다. 이유라면 칼로 물 베기 하는 부부 사이라서가 아니었다. 한 번 부부로 맺어지면 영원히 부부란 필부들의 불문율에 세뇌가 된 까닭도 없었다. 김분자 여사는 막상 남편과의 인생을 끝내고 싶어도 대추나무에 연줄이 걸리듯 복잡한 게 인생이란 것만 깨달았을 뿐이다.

그렇다고 김분자 여사로선 불같이 솟구친 이혼의 욕망이 조금 가라앉았다 해서 전처럼 담담한 부부생활로 돌아간 것은 아니었다. 김분자 여사는 모든 가정사에 흥미를 놔버린 채, 물에 물 탄 듯 민숭민숭하게 살았다. 남편 홍 씨와도 무늬만 부부로 한 지붕 아래서 살고 있을 뿐, 서로 소가 닭 보듯 했다. 아니, 어쩌면 시한폭탄을 가슴에 품고 산다는 게 더 옳았다. 겉으로는 조용했지만 사사건건 말다툼에다 감정대립은 불꽃이 팍팍 튀었다. 결혼 초에 고분고분했던 김분자 여사의 밤떡 같은 성격은 뜬구름처럼 이미 멀리 사라지고 없었다.

버스가 달린 지 한 시간쯤 지났을까. 김분자 여사 내외가 탄 버스가 도착한 곳은 사방을 산으로 둘러싼 시골의 종점 마을이었다. 종점에 세워진 넓대대한 돌에는 양지마을이란 글귀가 새겨져 있었다.

양지마을은 도시를 완전히 벗어나 있었다. 뚝 떨어진 군 지역 변두리인데, 흙냄새 두엄 냄새가 뭉근히 풍기는 농촌이었다. 시장통 2층 상가 부동산 컨설팅 사무실에서 그려준 약도를 따라 양지마을에 첫발을 들여놓은 김분자 여사는 컨설팅 사장이 연락을 해 놨다던 그 마을 이장 댁으로 찾아갔다. 그들 내외를 만난 이장은 앞장서서 데리고 한참을 걸어가더니, 급매로 내놓았다는 농지를 보여주었다. 큰 이불 몇 장만한 밭떼기 한 필지와 물이 마른 천수답 한 필지가 나란히 붙어있었다. 이장은 비장한 목소리로 말했다.

"사실은, 선생님 내외분들, 나도 이 땅을 팔아야 하는 것 때문에 속이 좀 상해요……."

그들 내외는 이장의 말을 듣고, 무슨 뜻인가 싶어 두 눈만 끔벅거렸다.

"도시에 나가서 사업하던 아들놈이 돈이 바빠 죽는다고 엄살을 부려서 급매로 내놓은 물건인 거는 알고 왔겠지요?"

홍 씨는 버스 안에서 아내로부터 들은 예비지식을 떠올리고 있었다.

"당신 궁금하죠? 앞으로 우리의 노후생활을 기댈 농지를 살까 해서 지금 거길 가려고 이렇게 급히 나서게 된 거야……. 다행인 것은 우리가 보러 가는 농지가 급매물이란 점인데……."

"농지를 사? 돈이, 어디 있어서……?"

김분자 여사는 홍 씨에게 비자금 이야기는 접어둔 채, 노후에 대해서만 부각을 시켰다.

"돈이 없다고, 노후생활도 꽝 치면 되겠어?"

"그때, 내가 대형사고만 안 쳤어도……."

"그만! 그 사고 얘기 꺼내면, 다시 미치는 내 꼴 보고 싶어?"

홍 씨의 입에서 회한의 한숨이 길게 뿜어져 나왔다. 홍 씨가 다시 물었다.

"급매물이라 해도 농지 살 돈은 있고? 지난달 막내 결혼식 때는 돈 없다고, 밥솥 한 개도 안 사주고 똥 치우듯이 시집을 보내더니……."

막내를 시집보내는 데 돈을 안 들인 엄마로 몰아붙이는 말이 홍 씨의 입에서 튀어나오자 김분자 여사는 속에 잠재된 화가 불길처럼 순간적으로 치솟았다.

"뭐? 밥솥 한 개도 안 사주고, 똥 치우듯이 시집을 보냈다고? 그래서? 내가 죄인이라도 된다는 게야, 지금?"

김분자 여사의 목소리가 한 옥타브 더 높아졌다.

"남편이란 인간이 순간적으로 마누라 등신 만들더니……. 대형 사고를 쳐서 고무신 거꾸로 신고 떠나버릴까 하다가 주저앉아 자식새끼 그만큼 길러줬으면 됐지, 딸년 시집가는 데 에미가 밥솥을 사줘야 할 의무라도 있다는 거야? 말 좀 해 봐! 왜? 왜? 왜?"

아내의 심기가 불편한 걸 짐작한 홍 씨가 위로하듯 나직한 소리로 말했다.

"지금 버스 안이잖아……미, 미안해! 다, 못나터진 내 탓이야……."

그 시간부터 그들 내외는 버스에서 내릴 때까지 휑하니

찬바람만 돌았다. 그 와중에도 홍 씨를 달뜨게 만든 것은 노후에 소일거리로 농사를 지을 땅을 사려고 모아둔 아내의 돈이 더 궁금했다.

김분자 여사가 이장의 말에 응대하고 있었다.

"예, 그래서 부동산 컨설팅 사장이 그려 준 약도를 들고, 남편이랑 얼른 왔지요……."

이장은 아들네의 사업 부도를 막으려 전답 두 필지를 팔아주려 한다는 거였다. 급매물건임을 강조하는 이장의 좁다란 두 필지의 농지를 보면서 김분자 여사가 먼저 감동을 받게 된 것은 이장의 말이었다. 살벌하고 팍팍한 요즘 세상에 아직도 사업에 빚진 아들에게 전답을 팔아 뒷돈을 대주는 아버지도 있구나 싶어 내심 마음이 따뜻해졌다. 더욱 강하게 마음이 끌린 건 부동산 컨설팅에서 소개해줄 때보다 조금 더 깎아준다는, 특급매물이라고 한 이장의 말이었다. 뜻밖의 행운을 얻은 기분이랄까.

한편, 속으로는 걱정도 되었다. 과연 말로만 듣던 농사를 순탄하게 지을 수 있을지, 농사를 지을 때 남편이 도와줄는지, 콩 종자를 흙구덩이에 심고, 채소 씨앗을 고랑에 뿌리면 바라는 대로 새파란 녹색의 싹을 틔워줄는지, 자신이 없었다. 아니, 어쩌면 더욱 팔팔한 자신감이 가슴에 그득

하니 차있는지도 몰랐다.

　김분자 여사는 이장의 작은 농지를 살까 말까 잠시 고민에 차 있었다. 그때, 그들 내외를 관찰하던 이장이 눈치를 챈 걸까, 귀한 고객을 놓치기 싫은 듯 주절주절 부차적인 설명을 곁들이고 있었다.

　"음, 농사가 다른 일보다 만만하면서 수월한 점은 그겁니다. 뭐, 특별한 전문 지식이나 기술이 없어도 씨앗을 심고, 농사를 지을 수 있다는 것이지요. 농지의 이웃들로부터 조언을 구하거나, 삐뚤빼뚤 꽂은 풀포기에서도 물과 햇빛과 시간을 먹으면 하얀 실뿌리가 내린다는 점이야말로 감동이거든요. 참, 두 분은 실뿌리가 뭔지는 아세요?"

　"농사에는 관심이 갑니다만, 이장님! 우린 둘 다 왕초보라 해낼 수 있을까, 걱정이 되네요……."

　이장은 상대의 걱정 따위는 관심도 없었을까.

　"식물은 실뿌리가 생명의 바탕이지요. 영양을 섭취하고, 성장하는……. 그리고 급매물 농지가 나왔을 때가 기회인 건 아시죠? 두 분의 노후생활 소일거리로는 농작물 키우는 것만한 취미가 없을 거예요, 아마도……."

　홍 씨가 김분자 여사를 힐끗 살피며 말했다.

　"진즉부터, 일을 저지르려, 여기까지 온 것 아녀?"

김분자 여사는 흥정을 붙이듯 거들고 나서는 남편을 향해 묻고 있었다.

"내가 일을 저지르면, 농사일 좀 잘 도와줄 거예요, 당신?"

이장이 내놓은 급매물 농지를 속으로 접수한 김분자 여사는 흥정이 더 필요 없을 것 같은 속내를 혼자 다독이고 있었다. 김분자 여사는 갑자기 속에서 어떤 오기가 생기고 있었다. 농사를 짓기 위해 농지로부터 자격증을 요구받는 것도 아닌데, 일단 한번 부딪쳐 보는 것도 나쁘진 않을 것 같았다. 부지런하다 보면 적어도 농부의 기술이나 자격을 탓하지 않고 흙을 믿고 심은 작물이 쑥쑥 자라줄 것 같은 믿음이 속에서 스멀스멀 피어났던 것이다.

김분자 여사는 벌써 양지마을 사람이 다 된 기분에 젖어 있었다. 아니, 농사를 사랑하는 노장 여자 농군으로 돼 가고 있었다. 이장에게는 계약할 날짜를 약속해 놓고 곳곳에 흩어져 있는 돈을 모아서 사흘 후에 계약하러 다시 오겠다며, 그곳을 떠나왔다. 참으로 수월한 이장의 덕목은 김분자 여사가 임시 계약금으로 건넨 10만 원을 아무 의심도 없이 선뜻 받아 자기의 호주머니로 넣었다는 점이다.

김분자 여사 부부가 양지마을을 다녀온 지도 며칠이 지

났다. 그런데 마음은 엄청나게 바빠졌다. 마른 강바닥에 깔린 자갈돌처럼 이 사람 저 사람의 주머니에 들어있는, 키우기 위해 여러 사람들에게 나눠서 빌려준 비자금을 전부 다 끌어모을 일들이 걱정이 됐던 것이다.

김분자 여사에게 있어 비자금은 곧 희망의 끈이요, 생명 줄과 같았다. 처음으로 비자금을 모으겠다고 결심한 것은 남편 홍 씨 때문이다. 그저 세상이 흘러가는 대로 아이들 넷을 낳아 열심히 기르며, 남편이 소유한 주식이 커서 쪼들리는 집안 사정을 펴 주기를 기다려 왔다. 그런데 김분자 여사의 그런 속도 모른 채 남편이 자기 친구인 왕찬우에게 주식과 바꾼 거금을 몽땅 빌려준 것이었다. 그러니 쪼들리는 집안 형편이 활짝 펴지길 목줄을 빼서 기다려 온 김분자 여사로선 속이 뒤집히지 않을 수 없었다. 그 때문에 김분자 여사는 뼛골에 사무치도록 남편을 믿었던 자기 가슴을 퍽퍽 쳐대며, 속상해하였다. 사실은 주식을 전부 날리고 가난해진 것만이 비참한 게 아니었다. 갑자기 닥친 날벼락 같은 남편의 배신감 때문에 더욱 죽을 맛이었다.

그럼에도 김분자 여사가 자신을 수습할 수 있었던 것은 자신의 잘못을 빌며 고개 숙인 남편 때문이 아니다. 이혼을 한다며 부모가 미친 듯이 싸울 때마다 참으라고 매달린 어린 자식새끼들 때문도 아니다. 배신의 늪에서 스스로를 추스르게 만든 힘의 바탕은 돈 즉, 비자금을 모으고 싶은 그 욕심이었다. 이렇든 저렇든, 만수산 드렁칡이 휘감겨 엉기든, 누가 뭐라고 해도 인간의 생명줄은 돈이란 생각이 들었던 때문이다. 부부간의 정 따위는 아무것도 아니고 시시하다 싶었다. 부부간의 자존심 역시 똥보다 더럽게 여겨졌다. 자식도 품 안을 벗어나면 지 맘대로 자유를 외치는 게 요즘 세상이다. 그러니 사랑이 어쩌고, 자식이 어떻고, 입에 담고 있지만 오직 믿을만한 건 돈뿐, 돈이야말로 인간의 생명줄이라 믿고 싶었다. 그것이 곧 김분자 여사의 마음을 사로잡은, 비자금을 모으고 싶게 만든 빌미면서 실마리였던 것이다.

남편과 천지가 뒤집히게 싸운 그 후, 김분자 여사는 난생처음 본인의 이름으로 통장을 만들었다. 물론 아무도 모르는 통장이었다. 본인 명의의 그 통장을 들여다볼 때면 김분자 여사는 정말 행복했다. 단지 남편 홍 씨가 모르는 비자금이란 사실이 좋았고, 자신이 다 늦게 비자금에 눈을 뜬 것만도 만족스럽고 배가 불렀다. 남편이 주식을 날린 사건만 터지지 않았다면 아마 아직도 비자금이 무엇인지조차 모를 뻔했다. 아이러니하게도 주식을 날린 남편이 고맙다는 생각마저 들던 김분자 여사다.

급매물 농지를 계약하는 날이다. 양지마을 이장 댁을 찾
아간 김분자 여사의 멜빵 가방엔 몇 장의 고액수표가 들어
있었다. 이를 악물고 모은 비자금을 죄다 긁어 챙겨왔던
것이다.

김분자 여사는 이장 댁을 들르기 전에 지난번 구경했던
농지를 미리 둘러보았다. 눈앞의 전답이 자신의 땅이 된다
생각하니 밭둑에서 훌쩍 커가는 풀포기마저 살갑게 여겨
졌다.

김분자 여사는 전답을 둘러본 후, 이장 댁 대문을 두드렸
다. 이장이 기다렸다며 그들에게 반갑게 말을 건넸다.

"오늘 날씨도 좋군요. 김 여사가 농지를 사시게 편하도
록 하늘이 도왔나 봅니다."

"이장님의 급매 부동산 물건이 잘 팔리게 하늘이 돕는
군요."

그런데 김분자 여사는 이장을 붙잡고 갑자기 재차 흥정
을 하는 것이었다. 농지값을 좀 더 깎아달라고, 모아 둔 돈
이 모자란다고. 그러자 이장이 섭섭한 목소리로 말했다.

"꼴란 농지 값이 몇 푼이나 된다고, 머리 떼고 꼬리 떼

고……. 계속 깎아대다가는 아주 공짜로 달라고 나설까 겁납니다 그려?"

사법서사 직원이 출장 근무를 왔는데, 그가 작성한 서류를 판매자와 구매자 사이에 내밀었다.

"이제, 물건과 돈을 서로 바꾸기만 하면 일은 끝납니다. 자, 갖고 오신 도장이나 내놓으세요들!"

4월 중순을 넘어 곡우도 지났다. 들녘엔 모내기하는 기계들의 소음이 달달달달 허공을 채우고 있었다. 들판 한곳의 축축한 농지에 김분자 여사 내외가 평생 처음으로 호미를 쥔 채 고추 모종을 옮기고 있다.

그런데 그들 부부는 자기네가 심은 고추의 종류가 약간 다르다는 걸 모르고 있다. 시장 골목에서 모종을 팔던 상인에게 고추 모종 값이 비싸다며 깎아달라고 깎아 달라고, 심하게 보챈 김분자 여사의 물건 사는 방법 탓일까. 몸집이 통통한 고추 모종과 똑같은 피망 모종을 초보자인 김분자 여사 부부는 잘 모른 채 구입을 해 온 것이다. 좀 더 정확하게는 고추 모종 값을 턱없이 깎다 보니 고추 모종 팔던 상인이 고객이 미운 나머지 똑같이 생긴 피망 모종을 내주었기 때문이다.

그렇지만 초보 농사꾼인 그들 부부는 아마도 피망의 초록열매가 굵직하게 매달릴 때까지 고추라 믿고, 열심히 정성 들여 키울 것이다. 풀을 뽑고, 물도 줘가며…….

돈 소리 구별법

돈 소리 구별법

　우리네 사회에는 참 편리한 제도가 하나 있다. 결혼 적령기의 처녀 총각들이 맺어지게 기회를 주는 맞선보기가 그것이다. 맞선은 열 번이든 백 번이든 제한을 받지 않아서 더없이 좋은 기회인지 모른다. 나 역시 대대손손 연애 기술이 부족한 집안의 내력 탓으로 누가 뭐라 하든 그 맞선에 잔뜩 기대를 걸고 있었던 건 지극히 당연한 처지였다.

　주변을 둘러보면 연애를 잘하는 사람이 결혼도 식은 죽 먹듯이 쉽게 잘하는 경우를 흔하게 만난다. 그것은 천생연분 이전에 연애 기술을 타고난 사람이 결혼에 있어서도 훨씬 더 유리한 입장이요, 선택의 기회가 넓어진 덕분이기 때문이다. 연애도 맞선도 남녀가 서로 만나 선택하는 데 있어 차이점은 있지만 그 결론은 결혼을 목적한 것일 터여서이다. 그러니 우여곡절 끝에 기대와 욕심에 차질이 온다 손 쳐도 총각 처녀가 맞선을 보고 짝짝 붙는 연애를 하는 대개의 궁극적 목적은 인생의 길동무를 고른다는 점이 공통인 셈이다.

내 나이 서른을 훌쩍 넘기고, 옆구리 시리게 허탈한 그 후반 줄에 들어선 지도 몇 달이나 더 흘렀다. 작년보다 한결 눈치가 보이게 하는, 금년엔 더욱 거세어진 주변 사람들은 나만 만나면 심심풀이로 찔러대는 소리들이 귓전에 딱지가 앉을 정도가 됐다.

'남자가 한마디로 쫀쫀해서 매사에 너무 빈틈이 없네, 설렁설렁 대충 넘기는 법이 없고……. 신중을 기하는 것도 좋지만 완벽만 추구하면 장래를 어찌해 볼 처신이 꽉 막히지! 문 밖에 나가면 세상에 널린 게 인간이고, 그 숫자의 절반이 여잔데 뭐가 모자라 아직도 수염에 가지나 키우고 꽉 막혔느냐구……?'

나를 보는 사람들은 그렇게 값싼 입방아를 찧고 까불어댔다. 그뿐인가, 그것도 모자랐던지 입가에 조소까지 머금은 표정들을 지었다. 심지어는 늙어버린 싱글이라는 이유로 나를 천연기념물 대하듯 색안경을 끼고 시선을 꽂는 사람도 부지기수다. 그보다 더 끔찍하게 수군대는 것 중의 하나는 틀림없이 내 몸에 흠을 지녔고, 아니 어쩌면 혹시 고자일 거라는 의혹을 키우는 점이다. 내 나라 금수강산 한반도하고도 잘빠진 허리 삼팔선 최전방에서 칼바람 추위에 치여 동상까지 걸려가며 씩씩하게 군 복무를 마친, 애국정신이 풍부하게 담긴 나의 건실한 육체를 함부로 알고 말이다.

쉬운 말로 금고마다 돈이 그득 차 있다고 은행에서 일하는 사람들 주머니가 두둑해지고 부자인가? 집 주변에 식당이 바글바글 넘쳐난다고 이웃 사람들의 배가 고프지 말라는 법은 없는 것이다. 불빛이 휘황찬란하게 번쩍거린 상가 골목마다 옷가게가 즐비하다 해서, 고급 옷들이 지천으로 쌓였다 해서, 다 내 몸에 맞춰볼 수 있는가? 그렇게는 절대로, 절대로 될 수 없는 사항이 인간 세상의 보편적 일이요, 남자와 여자의 만남은 하늘이 맺어주는 즉, 깊은 의미로 인연이 닿아야 풀릴 일이 아니겠는가. 주변 사람들이 날 향해 합당하지 못한 언사들을 돌멩이처럼 분별없이 무작정 던져댈 때면 난 그들이 나를 아끼는 마음에서라고, 태평양 바다처럼 넓은 마음으로 이해하려 노력한다. 때로는 타고나지 못한 애교지만 섞어가며 맥없는 웃음으로 응수를 하는 방법도 써 봤다.

그런데 아무리 그렇다손 쳐도 때론 정말 못 견디게 불쾌해지지 않을 재간이 없다. 흡사 죄인 내지는 여지없이 별종의 인간이 되거나 동물원 원숭이가 돼 버린 기분이 들어서이다.

한편, 사실이지 이성과 교제하는 데 있어 그만큼 내가 소질이 없다는 건 분명히 선대로부터 물려받은 게 아닌가 생각한다. 한마디로 내 아버지께선 여자라고는 할머니와 하나뿐인 막내 고모와 엄마, 그 세 사람밖에 몰랐던 남자니 말이다. 어쩌면 여자 손 한 번 잡아보기는커녕 입 섞어 말조차 건네 보았을까 싶을 정도로 과묵한 성격의 소유자이니 오죽하겠는가. 여북하면 아버지의 별명이 골샌님에다 새색시일까. 나 역시 복제한 양처럼 아버지를 빼닮아버린 탓인지 여자 앞에만 서면 말초신경부터 움츠러들고, 숨이 가빠지는 체질이 된다. 그렇듯 연애는커녕 여자 대하는 자세부터가 영 서툴고 모자라서 감당이 안 되니 그저 유전자 탓이려니 여길 뿐이다.

우리 집을 한 번씩 드나들던 어머니의 여학교 친구 중에 영자란 아줌마가 있다. 결혼 삼십 년 만에 외간 여자와 몰래 살림을 차려 애까지 낳은 남편과 이혼을 했다며, 우리집을 찾아와서 배신이 준 생이별이 창피하고 억울하다고, 눈물 콧물 다 짜냈다. 당시 어머니는 여자라면 돌덩이를 보듯 하는 내 아버지 역시 답답하긴 똑같은 남자라면서 건성건성 친구를 위로하였다. 게다가 배신에 멍이 들었다고, 이별이 아파 죽겠다고 펑펑 울던 영자 아줌마의 복잡한 인생 스토리를 염불처럼 듣고, 또 들어도 강 건너 불구경하듯 남모르게 느긋한 표정을 짓고 있었다. 그것은 오직 엄마만 알고 계신 내 아버지의 약점이며, 장점이기도 한 것이기에 엄마의 속을 그렇듯 너그럽게 만든 게 아닐까 생각하고 있다. 그러니 아버지의 유전자를 타고난 내가 결혼이 좀 늦다 해서 크게 문제 될 것은 없을 터이다. 그럼에도…….

어릴 때부터 어머니가 내 앞에서 아들을 위한 특별 교육이라면서 입에 침이 마르게 주입시킨 이야기가 몇이나 있다.
"남자는 자나 깨나 장소 불문하고, 여자를 조심해야 된다. 그렇게 조심하고 또 조심해야만 곤경에 빠지지 않고 수신제가할 수 있는 거야. 그래야지 사회적으로 존경은 못

238

받는다 해도 적어도 사람 가치 없어 뵌다는 소린 듣지 않
게 돼!"

"……"

"그 다음은, 사람이 맺고 끊음이 분명해야 된단다. 같잖
게 정에 끌려서 동네방네 사정 다 들어주다가는 시애비가
아홉이라는 속담도 있거든. 동네방네 사정 다 들어주다 보
면 남자든 여자든 그 팔자 은근히 사나워서 엄청 피곤해지
고 만다, 너!"

"……?"

"끝으로 목에 칼이 들어와도 빚보증을 서면 절대로, 절
대로 안 되는 사실을 명심해라! 그 세 가지 정도만 명심하
면 사나이 한평생 별 탈 없이 무난하게 살아질 게다……."

사람 사는 세상에서 인간관계는 그 처지나 상황에 따라
아이러니한 것일 수밖에 없는 것인가. 평소에 우리 어머니
가 곧잘 내게 했던 소리가 그거였다.

"얘, 너희 아버지는 이해하기가 좀 어려운 사람이다. 어
디 한 곳이 모자란 남자이기에 사회적으로 한자리씩 차지
하고, 이름깨나 알려진 동창들과 비즈니스 하나도 못하느
냐 말이다. 뭣이 어떻게 그리 잘못돼서 우리가 직접 농사
지은 쌀이나 콩 한 가마니도 거래를 할 줄 모르느냐

고……."

"……?"

"그러니 내가 쉬울 상 네 아버지를 진즉부터 찍어버렸지 뭐니, 별종인간이라고 아니지, 숙맥이라고……."

시시 때때로 입술이 통통 부어서 아버지를 닦달해댔던 어머니가 아닌가 말이다. 그런데 이젠 내가 서른의 끝 꼭지를 향해 치닫는가 싶으니 어머니의 속이 타는 모양이었다.

"오다가다 발길에 채일 만큼 넘쳐나는 게 여자 아니겠니? 그렇게 넘쳐나는 여자를 꼬드기는 재주 하나도 못 타고났단 말야, 넌?"

어머니는 혀를 끌끌 차면서, 우리 부자지간을 답답한 동급으로 취급한 지 오래이다. 얼마 전에는 무슨 화가 그렇게 많이 났던지, 더욱 강도가 세어진 말들로 나를 공격하기 시작했다.

"정말이지 씨도둑은 못하는 갑다. 눈앞에 훤히 펼쳐진 지 앞 하나도 못 닦고 절절매는 덜떨어진 머시매 놈아, 지지리도 못나서 어째 그리 주변머리가 그믐밤처럼 깜깜하누?"

"……."

"누가 지 애비 핏줄 아니랄까봐, 꼭 답답하고 던져버릴 것만 몽땅 다 빼닮았는지 원, 쯧쯧쯧."

"……"

"너 같은 맹꽁이 사내는 하늘 아래에 둘도 없겠다. 고작 야무지게 생긴 겉모습만 자랑으로 아는지, 시원한 속내 한 번 드러내지 못하고, 주둥이만 꽁하게 닫아 물고 있다니……."

내 눈에 비치는 어머니도 가끔씩은 종잡을 수 없다는 생각이 들기는 마찬가지다. 아버지가 여자 문제에서 평생 어머니 말고 다른 여성들과 말 한 마디도 못 섞었다면 나는 아버지보다는 한 수 위일 터이다. 그만큼 여자문제라면 숙맥 소리를 들을 만큼 철저하게 깨끗했다손 쳐도 정말이지 말썽을 부린 적은 없다고 자신할 수 있다. 그러니 남녀 간에 교제의 진전이나 인연이 닿지 못 했을 뿐이라고, 나는 한사코 변명을 하고 싶을 뿐이다. 그것은 대학 다닐 때 잠시 스쳐간 짧은 내 역사에서도 여실히 드러나니 말이다. 21세기는 경제를 전공해야 돈을 잘 벌고 폼나게 살 수 있다는 어머니의 극성 때문에 선택의 기회를 놓친, 사내 평생에서 필수로 선택하고 싶었던 정치학을 도강하던 중 후배 나경이랑 데이트를 해 본 적이 있었다. 또 첫 직장 수습 기간 때는 잘빠진 동료 여직원을 두고 나 혼자 관심이 쏠려 남몰래 속을 끓여본 경험도 내 가슴속에 남아있다. 그러나 결혼에 대한 감정이 생기기도 전에 몇 번 만난 그 여자 동료는 관심을 보이는 척하다가 내게 실망만 남기고 돌아섰다. 경위야 어떻던 순전히 내 탓이 아니란 걸 나 혼자속이 터지게 셀 수도 없이 변명을 하고, 또 해 보는 일이지만.

그것 말고도 나로선 이따금 한 번씩 생각해 잠겨드는 기억에 남은 일 하나가 있다. 어리석게도 거리에서 인형을 판매하는 어떤 남자 때문에 생긴 에피소드라고, 끝내 지우지 못하는 사건으로 각인돼 있는 것이다. 그것은 내 연애사업의 연속적인 실패라는 사실에 입각해서이다.

사람들로 복작댄 큰길이었다. 오며 가며 던져댄 숱한 시선들을 잡아끈, 움푹한 상자 가득 넘치게 노래를 구성지게 잘도 불러댄 인형을 팔던 장사꾼이 내 눈에 확 띈 것도 우연인지 모를 일이다. 그저 노래라면 밥 먹는 것도 제쳐둘 만큼 무척 좋아한다던 그녀에게 내가 슬쩍 관심이나 좀 얻어 볼까 하고, 음악 테이프가 내장된 인형을 선물하였다. 그런데 그것이 그만 그녀가 나를 떠나가 버린 문제의 발단이 되고 말았다. 그것이 문제라면 아주 그럴듯한 문제였던 셈이다. 즉, 주고도 욕을 먹게 된…….

평소 나는 여자를 위한 선물이란 것에 눈길 한 번 돌려본 일조차 없었다. 그런데 그 여직원 아가씨는 처음 만날 때부터 음악만 곁에 있으면 살맛난다는 이야기에서부터, 밥은 한 끼를 안 먹어도 괜찮지만 음악은 하루라도 듣지 못하면 못 견디게 허전해진다는 그 말을 심심하면 꺼내곤 했기 때문이랄까. 그녀를 향한 나의 관심을 떠나 분위기가 그런지라 한 번은 그녀와 함께 노래방에서 신 나게 목을 풀고 나오던 중이었다. 차들이 쌩쌩 날아다니는 편도 4차선 대로변을 막 접어들었을 때이다. 노래하는 인형을 전시해놓은 노점 앞에서 자연스럽게 발길이 멈춰서졌다. 귀여운 인형을 쓰다듬으며 흥얼흥얼 노래하는, 덧니가 인상적인 곱슬머리 남자의 상술에 끌린 내가 그 아가씨에게 인형을 선물한 게 잘못이었다면 잘못이었다.

"신 나게 쌀라쌀라 불러대는 인형의 노래로 귀 청소 한 번 시원하게 안 해보겠니껴? 대중가요나 동요, 남도창에다 지르박까정 있으니께요."

나는 음악성이 어떻고 그런 소리를 능숙한 말솜씨로 팔아대는 그 상인에게 물어보고 있었다.

"팝송을 맛깔나게 불러주는 인형은 혹시 없나요?"

상인은 신바람이 나는 듯이 내 말에 답해 주고 있었다.

"아, 그거라고 와 없겠니껴? 스님 상투도 있고, 처녀 불알도 생길 세상인데, 없는 것 빼고는 전부 다 있다 아닙니껴."

"그럼, 그런 재밌는 팝 테이프 인형이 있으면 그걸로 주세요."

"팝 테이프라 했니꺼? 쫌 귀한 건데…… 암튼, 젊은 사람들이 좋아할 테니꺼요."

그날, 그렇게 뜻을 품은 채 산 팝송 테이프가 내장된 인형을 그녀 앞에 건넸을 때, 함박웃음에 깊었던 그녀의 볼우물에 풍덩 빠져버리고 싶을 만큼 내게는 엄청 매력으로 다가왔던 것이다.

"길손 소비자를 위한 노점 상품이라고 허술한 건 아니겠죠?"

그녀가 깐깐한 소리로 상인에게 물었다.

"팝송 테이프 인형이면, 그냥 칵 믿어도 되는 최신형 상품인데요, 당장 한번 틀어서 신 나게 들어보겠니꺼?"

나는 어떤 기쁨에 속이 울렁대는 걸 느끼고 있었다. 모처럼 귀한 아이디어 상품을 만난 행운이라 여긴 채, 그녀의 깊게 팬 볼우물을 그윽이 들여다보던 나는 속으로 기분을 상승시켰다. 그리곤 분통같이 하얀 그녀의 손에 테이프가 든 인형을 정성껏 쥐어주었다.

그 후, 다시 며칠이나 더 지났을까. 전화기 속에서 얼음덩이같이 차가운 그녀의 절교선언이 아프게 살이 되어 내

귓속으로 휘익 날아온 것이었다.

"병태 씨, 나한테 실수했네용! 그깟 엉터리 팝송 테이프
가 앙꼬로 박힌 인형을 선물이랍시고 생색내면서 사줬죠?
그게 훌륭한 아이디어 상품이라고? 순진하게 좋아서 손뼉
짝짝 쳤던 내가 바보다 싶고, 억울해서 미쳐 버리겠네
요……."

그런 일이 있은 후로 나는 모든 세상 사람들의 말을
100% 믿으면 망신살이 미래를 담보하고 기다린다는 교훈
을 확실하게 얻게 되었다.

청명한 가을날, 현장을 함께 관리하는 부서끼리의 업무
단합을 위한 체육대회 자리에서다. 파트너로 함께 뜀뛰던
아가씨와 부딪힌 나는 갑자기 핑 하니 나가 넘어졌다. 쌍
쌍이 발목을 한 덩이로 묶어 목표점을 반환하고, 뒤뚱거리
며 돌아오는 게임이었다. 그런데 생김새가 동글납작한 파
트너 아가씨가 비틀거리다 내 몸을 밀치며 픽 나가떨어진
것이다. 그때 먼저 중심을 잡은 내가 그녀의 손을 잡아 일
으켜 세워줬다. 그 와중에도 내 눈에 어떤 필이 확 꽂히는
게 아닌가. 아가씨의 그윽하니 깊은 눈동자며, 구불구불
웨이브 진 머리카락이며, 동그랗고 귀여운 인상이 내 시선

을 단시간에 자석처럼 확 잡아끌었던 그녀는 두 층 아래의 총무부 소속이었다.

달포가 지났을까, 사원들끼리의 창립기념대회 모임에서였다. 내 시선 안으로 동그란 인상을 한 그녀의 모습이 확 꽂힌 걸 느낀 순간 내 가슴은 콩닥콩닥 두 방망이질을 해대고 있었다. 목까지 차오른 숨소리를 다른 사람에게 들킬까봐 나는 혼자 속으로 끙끙거리기에 바빴다.

전원 식사를 위한 자리에 가 앉을 때, 나는 얼른 그녀 옆으로 다가가 나란히 앉았다. 각자 잔을 받고, 빈 잔을 채울 때도 내 눈길은 그녀의 표정을 훔쳐보기에 정신이 반쯤 나가 있었다.

선창하던 사람이 우렁찬 목소리로 모인 사람들을 향해 외쳐대고 있었다.

"자, 건배합시다! 우리 모두 큰 소리로, 회사의 무궁한 발전을 위하여!"

나는 그녀와 교감을 나누고 싶어 눈길을 고정한 채, 입술을 실룩거리며 외쳐댔다.

"회사의 무궁한 발전을 위하여!"

그녀가 나보다 잔을 더 높이 쳐들었다. 손뼉을 치는 직원들의 와 하며, 웃어대는 함성이 메아리로 흩어져 갔다.

결국 그날 밤, 나는 별로 마신 것도 없이 먼저 취해 겨우 그녀의 이름만 물어보고는 사람들 물결에 휩쓸려 헤어져 돌아오고 말았다.

다음 날 아침, 자리에서 일어나자 숙취가 나를 괴롭혔다. 술을 잘 마시지 못하는 처지에 내가 그녀 앞에서 객기를 부린 탓이었다. 그 후부터는 현장을 업무의 제일로 친다는 부서장의 빡센 독려에 밀려 엄청 쫓기다 보니 그녀가 생각났어도 그저 마음으로만 품고 있었다.

반년이 훌쩍 지난 어느 날이다. 연말 회식자리에서 누군가가 동료들 앞으로 빙 돌아가며 청첩장을 돌리는 게 아닌가. 금박 테두리로 둘러쳐진 봉투를 펼치는 순간, 나는 절망감이 강하게 밀어닥치는 걸 느꼈다. 내 눈길을 끌었던 그 동그란 얼굴의 여직원이 결혼을 한다는 소식이었기 때문이다.

나는 속으로 스스로를 변호하며 포기와 체념을 동시에 먹어버렸다. 그래야 짧게 만난 이성으로부터 상처도 덜 받을 거라 생각한 것이다. 그러나 그럼에도 거센 파도 같은 허전함이 며칠 동안 나를 출렁출렁 흔들어댔다.

그리고 얼마나 더 지났을까, 중매로 여러 쌍을 맺어줬다고 자랑이 대단하던 계숙이 이모님께서 오랜만에 전화를 걸어왔다.

"조카니? 내가 평소에 잘 알고 있는 참한 색싯감을 물색해 놨거든. 그러니 이번 주말에 시간 좀 내서 맞선이나 한번 봐 볼래?"

숙맥인 나는 우물거리는 소리로 대답하고 있었다.

"그러죠, 뭐……."

계숙이 이모 쪽에서 더욱 애가 다는 것 같았다.

"아가씨랑 맞선보고 마음에 들면 한 살이라도 더 보태기 전 연말에 혼인을 시켰으면 하고, 아가씨의 부모들이 아주 간절히 바라고 계시거든……."

계숙이 이모가 사족으로 덧붙여준 말들도 적잖이 믿음을 주었다.

수염이 곁가지를 친 노총각 가슴에 쳐진 거라곤 심란함뿐인지라, 나는 어지간하면 이모가 소개해준 아가씨와 평생을 기약하고 말겠다고, 굳게 마음을 미리 먹고 있었다.

다음 날 해거름 녘이다. 나는 오랜만에 몇 달 전에 총각 딱지를 뗀 친구 장호를 불러냈다. 그리고 돈이 준 상처에 멍든 가난의 때를 씻어보겠다고, 부잣집 딸과 결혼을 한 돈찬이도 함께 불러냈다. 돈찬이는 손가락에 커플 반지를 걸어주며 장밋빛 미래를 언약했던 애인을 배신 때리고, 가진 것은 많지만 그중 돈이 제일 좋다고, 아무리 좋아 죽고 못 사는 것도 돈을 덮을 수는 없다고, 돈 자랑을 찢어지게 해대는 처가로 장가를 든 친구이다. 그래서인지 돈찬이를 불러내기가 얼마나 어렵던지, 대통령을 만나는 것보다 훨씬 더 힘들게 불러냈던 것이다. 그런 것 때문에 나는 그들과 더욱 단단히 뭉쳐보고 싶었다.

언제부턴가 그 둘의 친구들 장호와 돈찬이는 만날 때마다 나를 두고 필히 세뇌를 시킨 게 있었다. 뭐냐고 하면, 결혼을 하게 되면 기필코 자기들한테 특별교육을 받아야 한다는 말을 몇 번씩 강조하고 또 강조하곤 했었다. 그러다 보니 허여멀건 장호는 나를 만나기 무섭게 입술을 실룩거리며 호기로운 목소리를 터뜨려댔다.

"임마, 짜아식 물건하고는, 신사임당보다도 더 칠칠한 니 엄니 속깨나 태우다가 더디어 총각 딱지를 떼려나 보구나? 그런데 야, 굼벵이만 뒹구는 재주가 있는 게 아난가 보네?"

"……."

"그렇담, 오늘 밤에 거룩한 축하의 의미로 알코올 몇 병은 따야 한다, 너! 그리고 혈색 좋게 고주망태가 한번 돼 보자구!"

또, 돈찬은 원단에서부터 윤기가 자르르 흐르는 양복저고리를 후닥닥 벗어 놓더니 자리에 털썩 주저앉으면서 숨차게 물어 오고 있었다.

"야, 너, 색싯감 집의 돈 소리를 구별해봤어?"

"무슨……?"

"그래봤어? 그래봤느냐구?"

"……?"

"팔락거려? 땡그랑거려?"

장호와 나는 동시에 눈이 휘둥그레졌다. 옛날 엽전도 아니고, 광속시대인 지금은 전자금융이 경제주체가 돼버린 그 시대 한복판을 살고 있는 우리가 아닌가. 그런 상황에서 돈 소리는 또 무슨 귀신 씻나락 까먹는 타령인가 말이다.

"혹시, 저쪽 집에서 행여 돈이 어떻고 입에 담기만 해도, 그 혼사문제 당장 셔터를 후다닥 내려버려야 한다, 너! 세상에 그놈의 돈만큼 치사하고 요물인 것도 없더란 말이거든, 알겠니……?"

장호도 놀란 표정을 지으며, 목소리를 착 가라앉힌다 싶더니 차분하게 묻고 있었다.

"이 화상아, 돈은 뭐며 셔터는 또 뭔지, 나는 통 모르겠네……?"

돈찬이 눈동자를 지그시 감았다가 휘휘 굴리더니 취기가 오르는지 물을 벌컥대며 들이켰다. 그런 후, 더 날카롭게 외쳐대듯 말했다.

"알고 싶지? 정말 알고 싶지? 그렇지만 내가 왜 그 비싼 정보를 맨입에 알려주느냐 말이야? 저놈이 총각딱지 떼면 그땐 오토메이션으로 터득하고 남을 텐데……."

그들이 경쟁적으로 권하는 바람에 나는 잘 못 마시는 술이지만 장시간을 대거리해 주었다. 그런데 체질에 맞지 않는 술을 몇 시간째 붓고 마시다 보니, 속이 메슥거리는 게 자꾸만 울컥울컥 올라올 것만 같았다. 그냥 있기가 괴로웠다. 그리고 몸에 힘들이 다 빠져버린 듯 아무 데나 털썩 주저앉고 싶었다. 어지럽고 메스꺼움에 시달린 나머지 나는 결국 화장실에서 토악질을 하다 비실비실 혼자 도망쳐 집으로 와버렸다. 그런데 운이 나쁘게도 술자리에 두고 온 전화기 때문에 나는 한참을 진정한 후에 다시 그 장소로 찾아갔다. 거기서 나는 놀라서 기절을 할 뻔했다. 두 친구가 블랙홀처럼 외상으로 빨아들인 거대한 술값만 왕창 바가지를 썼기 때문이다.

이튿날 오후, 퇴근할 무렵이었다. 나는 볼이 퉁퉁 부은 목소리로 장호와 돈찬을 동시다발로 불러냈다. 그리곤 속이 부글부글 끓어오른 목소리로 그들을 향해 속사포처럼 쏘아붙였다.

"야, 이 주당 도둑놈들아, 여자문제에서 무능을 대물림 받은 죄로 힘들게 겨우겨우 노총각 졸업 좀 해 보려는데 도움 될 말씀은 한 마디도 없고, 공짜로 미친 듯이 술만 잔뜩 퍼 마셨더냐? 아까운 술값 때문에 결혼인지 뭔지 미치고 팔짝 뛰겠다!"

돈찬이 통 큰 척 생소리를 마주 질러댔다.

"어이, 늙다리 총각 날 좀 봐 보소! 아직은 너, 장가같은 거 못 들겠다! 댕기풀이 낸다더니 꼴랑 술값 이백만 원이 아깝다고, 안면 몰수하는 걸 보니……."

장호도 나를 빤히 쳐다보며 재미있는 듯 깔깔대며 거들었다.

"뭐, 노총각 딱지 떼는 데 도움말을 듣고 싶다고 했니? 내가 점잖게 한 마디 들려준다면 말이다."

"……?"

"그게 뭐냐고 하면…… 새장이야 새장! 밖에선 안이 궁금하고, 안에선 밖이 그리운 거……. 넌 궁금한 게 더 좋아? 그리운 게 더 좋아?"

돈찬이 목소리 톤을 장호보다 더욱 확 높였다.

"바보야! 궁금한 건 학구파적인 거고, 그리운 건 병적인 거다, 임마!"

의미심장한 그들의 소릴 듣다 못한 내가 와락 짜증을 냈다.

"니들, 제수씨한테 이 엄청난 사건 미주알고주알 다 일러 버릴까? 노총각 장가 한 번 가려는데 악마의 이빨을 드러내서 훼방질을 놓는다고……."

나는 은근히 주말을 기다리다 이모가 일러준 장소로 아가씨를 만나러 갔다. 내가 속으로 예상을 한 만큼 잘빠져 하늘거린 아가씨가 나를 기다리고 있었다. 이모가 몇 번씩 홍보한 대로 키도 몸매도 수준급의 신붓감이었다. 나는 속으로 신바람이 일었음은 물론, 자꾸만 입꼬리가 치켜져 올라가기에 표정관리를 하느라 신경이 쓰였다.

아가씨와 몇 마디의 통성명을 한 후, 내가 먼저 말을 걸었다. 아니, 묻고 있었다. 차를 한 모금 마시며 분위기가 조금 차분해질 무렵, 아가씨더러 새장의 의미를 아느냐고.

그러자 그녀가 몇 번 고개를 갸웃거리다 눈동자를 확 키우더니, 툭 뱉어내듯 말하는 것이었다.

"예? 민망스럽기는, 이모 되신 분이 학구파라는 말씀을 끝도 없이 하시더니만, 맞선 장소에 공부하러 온 거예요?"

"밖에선 안이 궁금하고, 안에선 밖이 그립다는 뜻이 뭔지 아시느냐, 그런 말인 걸요, 뭐……."

"어머머, 갈수록……. 이름이 벼, 병태라더니, 변태 아냐? 이 남자……."

아가씨가 나를 노려보던 중 벌떡 일어서서 밖으로 횡하니 나가 버렸다.

"자심 씨, 그게 아니고요……. 자심 씨, 잠깐만요……."

찻값을 계산한 뒤, 나는 깡마른 발목을 접질려가며 그녀를 뒤쫓아 갔다. 그런데 아가씨는 이미 바람과 함께 사라지고 없었다.

나는 허탈한 마음을 주체하지 못해 은행나무 가로수를 누비며 터덜터덜 정처 없이 걸었다. 걷다가 문득 하늘을 향해 고개를 쳐들었다. 노란 잎들이 우수수 떨어져버린 꼭대기에는 마지막 잎사귀가 팔랑팔랑 떨고 있었다. 남자라면 결혼식을 올리기 전에 처가댁이 될 집의 돈 소리부터 구별하라던 친구 돈찬의 목소리를 기억하며, 나는 돈이 내는 소리나 새장의 의미가 무엇인지 숙제처럼 떠올리고 있었다.

그가 노총각이 된 이유

그가 노총각이 된 이유

그 누구도 이해나 짐작을 못하는 일일는지 모른다. 자존심을 빼면 시체로 남을 것 같은 내가 띠동갑인 열두 살 많은 노총각 탄식 씨와 교제를 튼 사실을.

나는 지금 20대 후반의 생기발랄한 아가씨이다. 그런데 내가 그와 만난 시간도 그럭저럭 반년이 되어간다. 그동안 내가 느낀 것은 탄식 씨 역시 다른 남자들과 똑같이 나를 만나면서부터 뭔가 조금씩 변해가고 있는 게 눈에 띈다는 점이다. 아마도 그를 만나고부터 남자를 대하는 내 눈높이에 그만큼 분별력이 생긴 거랄까. 남자로서 뼛속 깊이 잠재된 그의 우월적인 의식이나 덜떨어져 뵈는 고쳐야 할 약점들이 학습이 되어 저절로 내 눈 속에 와서 박히는 것이다.

처음엔 적어도 내 눈으론 탄식 씨가 똑똑하고 잘난 남자의 표본적인 청년같이 느껴졌다. 분위기를 살리는 특기인지 아니면 표정을 관리하는 차원인지 표정이 밝아서 자상한 남자로 느껴질 만큼 친절했고, 호감이 갔던 때문이다.

내가 그를 만나면서 가장 괜찮게 여겼던 점이라면 주로 사소한 것에서이다. 약속 장소에 들어선 내게 그는 먼저 교통편은 괜찮았느냐, 도로는 막히지 않더냐, 자기를 만나러 오면서 어떤 기대를 가졌다면 말해줄 수 있겠느냐, 등등을 기본 예의로 물어주었기 때문이다. 그리고 썸 타볼까 하다가 교제를 트기로 전제한 후부터는 자분자분하고 상냥한 목소리로 전화도 자주 걸어주었으니 말이다. 이따금 내 쪽에서 그에게 전화를 걸면 목을 빼서 기다렸던 듯 멋스러운 바리톤 목소리로 흥겹게 받아준 매너도 내 심정으론 예사롭지가 않았다. 그는 내가 말하는 도중에 '그래요?' 하는 의문의 표현이나, '오우' 라는 느낌과, 또는 '으응' 하는 추임새를 넣어주면서, 듣는 이의 자세가 값져 보였다는 뜻이다.

그런데 조금 거북살스럽고 민망했던 것은 교제를 트자마자 그는, 그날 오후에 집으로 돌아온 뒤부터 익숙한 어투로 내가 보고 싶다고, 전화기 저쪽에서 쪽쪽 입맞춤의

효과음을 쏟아내며, 느끼하게 전화를 걸어올 때였다. 사실이지 처음에는 그런 그가 스스럼이 없고, 한결 여유로운 모습 같아 좋게 보였다. 아니, 좋게 봐주고 싶었다. 그래서 되도록 나도 그에게 흥을 돋워주는 의미로 반 푼수가 돼서 호호 깔깔 웃어주며, 맞장구를 쳤다.

"좋아요, 그럼요, 그래서요, 그렇다니깐요, 호호호……."

그는 학벌도 빠지지 않게 이름만 들어도 금방 알 수 있는 대학 출신 간판도 있다. 좀 더 매력적인 건, 국제적으로 빠지지 않는 글로벌한 대기업 연구실에 다니는 중견 직장인이란 사실이다. 중요한 것은 내가 그를 두고 흡사 나를 기다려준 남자인가 하는 기대감을 가졌다는 점이다. 옥에 티라 할까, 흠이라면 나보다 나이가 열두 살이나 더 많아 띠동갑이란 것만 빼면 말이다.

그에 비하면 취직을 못해 이리 뛰고 저리 쫓아다니다 나는 이제 겨우 일자리를 얻은 지 1년 남짓 되는, 중소업체의 초짜배기 신입사원이다. 그런데다 무엇 하나 내세울 것도 없는 그저 평범한 미혼 여성이다. 그토록 흔해빠진 스펙이라든가 모아놓은 돈이나 백그라운드 같은 건 당연히 없는……. 이미령이란 스물여덟 살인 나의 가치를 굳이 찾는다면, 그냥 허여멀건 피부에, 성격이 온순하면서도 경우

하나는 아주 똑떨어질 만큼 바른, 기가 팔팔한 젊음이랄까. 그것도 남들이 날 두고 그렇게 표현을 해 주니까 어련히 그러려니 생각할 뿐이다. 좀 더 확실히 밝히면, 눈을 씻고 봐도 탐낼 것 하나 없다. 그렇지만, 그저 희망 하나만은 뭉근히 먹고사는 결혼 적령기의 여자란 말이다. 쉽게 표현해서 직장생활에 충실하여 작지만 꾸준히 저축하면서, 목표의 돈이 모아지면 작은 네일 샵을 열고 싶은 미래의 조감도로 자신을 먹고사는 커리어 우먼인 셈이다.

딱 한 가지, 내 몸의 세포 구석마다에 꽉 채워진 특징 하나를 든다면 쓸데없이 자존심이 남달리 세다고나 할까. 쉽게 말해서 나는 남의 신세를 지는 걸 한사코 용납하지 못하는 내 아버지의 꼬장꼬장한 성미를 그대로 빼닮아있다. 당연히 아무런 까닭 없이 남의 호의를 받는 걸 자존심 상해하고, 혹여 값싼 동정을 받으면 알레르기 반응이 저절로 불을 내뿜는, 편집증 비슷한 소유자라는 말이다. 그런 내가 이때까지 나 스스로도 몰랐던 내 성격을 우연히 알게 된 것은 남자친구 탄식 씨와 교제를 트고부터이다. 그래서 인생은 살아갈수록 첩첩산중이라고 하는 모양이다.

탄식 씨와 내가 둘이 만나 데이트를 할 때면 보통의 경우 차를 마시거나 음식을 사 먹는 경우가 다반사이다. 그때마다 나는 가슴 밑바닥에 숨어서 꿈틀대는 내 자존심을 눌러야 하는 고민과 곧잘 부딪히곤 한다. 왜냐면, 아이 러브 유를 밥 먹듯 입에 달고 사는 서양 연인들처럼 찻값이며 밥값을 각자 지불하면 마음이 가벼울 것 같다고, 내 편에서 먼저 나서기도 민망하고 망설여졌기 때문이다. 그런데, 문제는 우리가 데이트를 할 때마다 매번 각각 한 번씩 번갈아 가며 찻값, 밥값을 교대로 지출하는 공평한 기회를 갖고 싶은 마음이 굴뚝같은데, 제안을 하려니 영 용기가 나지 않았다. 그게 병이라면 병일까.

몇 주 전이다. 그의 차를 타고 이동하는 중에 참고 견디느라 마음이 불편했던 내 쪽에서 먼저 큰 용기를 한번 내 보았다. 슬쩍 지나가는 말로 데이트 비용을 두고 반반씩 지출하면 공평하고 좋지 않겠느냐고, 이런 말하는 내 맘을 이해해 줄 수 있겠느냐고, 그에게 내 뜻을 펼쳐 보았다. 그때, 상대방의 기분에 찬물을 끼얹게 된 것인지, 아니면 내 말이 불쾌했던지, 탄식 씨의 표정이 약간 일그러지게 바뀌는 걸 얼핏 보았다. 잠시 동안을 머뭇거리던 그가 그런 문제라면 무조건 시원해야 폼이 난다면서, 나더러 오히려 역제안을 해 왔다.

"그런 것쯤은 뭐, 시시콜콜 따질 필요가 있어요? 왜냐하면 우린 서로 좋은 뜻으로 대등하게 교제를 튼 사이인데, 그래도 끝내 미령 씨가 신경이 쓰인다면 데이트 비용을 대충 내가 6, 미령 씨가 4 정도 부담하면 무난할 것 같은데, 어때요? 그 정도면 미령 씨도 신경이 쓰이지 않을 것 같은데……."

내가 속으로 감탄을 했던 건, 내 쪽에서 부담할 비용이 조금 적은 때문이 아니었다. 그가 나를 배려해 주는 똑 떨어지게 시원한 남자로 보인 까닭이다. 나를 배려해 주는 저런 남성이라면 나의 미래까지 걸어도 좋겠다는 생각이 내 두뇌를 흔들어댔기 때문이다. 그 후로 나는 그와의 데이트가 좀 더 잦았으면 하고, 은근히 기다려졌다.

그의 마음을 넉넉하게 읽었다고 여긴 그 다음 주말에도 역시 그랬다. 데이트를 잡은 우리가 시외로 이동을 하는 중이었다. 시내를 벗어나자마자 그는 주유소로 들어갔다. 그리고 그의 차에다 기름을 만탱크로 채워 넣었다. 나는 주저 없이 그의 차가 먹은 기름 값 75,000원을 얼른 내 카드로 지불하였다. 동시에 내가 덧붙인 인사는 동행한 그의 차에게 선물하는 거라고 말해주었다. 근래 들어 국제 유가가 너무 뛰어서인지 기름 값도 만만하지가 않았지만, 그런 건 감수한 채 별다른 생각도 없이 말이다.

그 밖에도 어떤 땐 야외로 놀러 갈 계획이 미리 잡히면 나는 있는 솜씨 없는 솜씨를 발휘해서 도시락을 준비해 갔다. 맑은 공기를 마시며, 교제하는 남자와 기분 좋게 먹을 도시락을 싸가지고 간다는 게 은근히 보람 있고, 신바람이 났던 것이다. 물론, 우리끼리 오붓하게 점심을 먹고 싶어 도시락을 싸는 목적도 있었지만, 과하게 소비되는 외식비도 아낄 겸, 그에게 내 음식 솜씨를 공개하고 싶은 욕심도 있었다.

지난 주말, 데이트를 할 때였다. 그가 내 청력이 먹먹해질 만큼 횡설수설하는 것이었다. 그가 나를 만나는 시간 내내 돈 얘기를 했던 것이다. 데이트를 하는 것인지, 사귀는 남자의 경제적 타령을 들어주러 간 것인지, 아님 그의 불만을 들어야 할 의무라도 있는 것인지, 나는 자꾸만 심사가 복잡해졌다. 아니, 불편하였다. 그날 우리의 데이트는 시간만 축냈고, 따라서 흥미나 긴장감도, 재미도 없었다. 왜냐고 하면 차에 기름을 가득히 넣고 돌아 나오면서 자잘하게 썰어대는 그의 말에서 묘한 분위기를 자아냈던 때문이다.

"아휴, 기름 값 한번 더럽게 비싸네!"

나는 본능적인 그의 돈타령 레퍼토리인가 싶어 가볍고 심드렁한 말투로 대꾸해 주었다.

"비싸긴 하죠? 그렇지만 우리 나들이에 드는 기름 값 몇만 원에 너무 과민해하지 않았으면 좋겠어요! 오늘 나들이행 기름은 우리 둘만의 즐거움을 위해 내 쪽에서 선물하고 싶었거든요……."

그날 오후, 해가 뉘엿뉘엿 넘어갈 무렵이다. 우리는 시내로 들어왔고, 내가 영화표를 끊고 나올 때도 작심을 한 듯 툭 던져댄 그의 말엔 심통이 덕지덕지 달라붙어 있었다.

"무슨 영화 한 편 보는데 그 정도라니, 더럽게 비싸다, 그치?"

그가 작정을 했는지 아님 무심코 던진 말인지, 나는 마음이 불편해지기 시작했다. 그래서 가만히 있으려다 내가 혼자 중얼거리듯 한 마디를 동조하고 있었다.

"그건 좀, 그렇긴 하네……."

솔직히 속으로는 그가 약간 같잖아 보였다.

'저런 말투는 뭐지? 영화 관람 잘 해놓고, 그냥, 앓지 말고 죽든가.'

나는 은근히 기분이 언짢아졌다. 그래서 데이트를 마치고 집에 들어가서 몇 번이나 망설이던 끝에 전화를 걸었다. 그가 약간 놀라워하며, 감격한 듯싶었다.

"으응? 헤어지자마자 내가 다시 보고 싶었나 보네?"

나는 거두절미하고, 그에게 따지듯 물어보았다. 그런데 내가 듣고 싶었던 미안하다는 그 말 대신 그가 내게 한 행동에서 역효과를 본 느낌만 받았다. 흡사 작정을 한 듯 그가 뱉어낸 말 때문이다.

"미령 씨, 그깟 오일 값 몇 푼 내줬다고, 과하게 생색내고 있는 거 알아?"

그때, 난 참다 참다 속으로 말했다

'내가, 뭘?'

그는 많이 기다렸던 듯 이런 말로 내 귀를 얼떨떨하게 만들었다.

"그래서 말인데, 미령 씨 우리 서로 만나는 걸 잠시 중단하면 어떨까? 통장에 잔고가 빵빵하니 채워질 때까지……."

나는 뜻밖의 그가 놀라웠다.

통장 잔고가 빵빵해지다니, 그럼 우리가 지금 적금 드는 일에 도전하는 처지란 말인가?

나는, 그의 속내가 궁금했다. 그래서 조금 치사했지만 그에게 한 번 확실하게 따져보고 싶었다. 그러나 그렇다고 기분 내키는 대로 그의 비위를 벅벅 긁어댈 수는 없지 않은가. 나는 치미는 내 기분을 가라앉히며, 무마 조의 질문을 하고 있었다.

"내가 오빠의 마음을 상하게 했다면 미안해! 나를 조금만 이해해 주면 안 될까?"

내 말 끝에 그의 기세가 수그러들기는커녕 그는 더욱 쫀쫀해진 것처럼 굴었다.

"이해? 좋은 말이네? 그렇지만 다른 건 몰라도 나를 깔아뭉갠다 싶은 사람하고는 이해고 뭐고 관계를 끊고 싶어지거든, 그 상대가 특히 여자일 때, 나는……."

내 머릿속에선 평소 내게 보여준 그의 미흡한 점들이 하나씩 떠오르기 시작했다. 그런데 목구멍을 치밀어 오르는 말 대신 내가 먼저 수습하는 모드로 돼 가고 있었다.

"방금 한 오빠의 그 말은 안 들은 걸로 할게. 음, 오늘 데이트해줘서 즐거웠고 고마웠어. 그럼, 다음 또 연락해요. 그럼 전화 이만 끊을게요!"

그보다 먼저 전화를 끊던 그 순간, 나는 내 쪽에서 먼저 헤어지자는 말을 선물해줘야 할 것 같다는 생각이 꾸역꾸역 치밀어 올랐다. 그렇지만 우리가 지금 사춘기 청소년의 불장난도 아니고, 혼기가 찬 남녀끼리 교제를 하는 처지가 아닌가. 특히나 그는 수염에 가지가 칠 만큼 나이가 꽉 들어찬 노총각 중의 노총각이 아닌가 말이다. 그러니 그쪽에서 더 참고 인내를 해야 할 텐데……. 나는 속으로 주객이 전도된 느낌을 받고 있었다.

며칠이 더 지났다. 저녁 열 시쯤 됐을까, 심야 뉴스를 보고 있는데 그로부터 전화가 걸려 왔다. 나는 상냥하게 전화를 받았다. 뜸 들인 며칠 후에 듣는 그의 목소리인지라 약간 반가운 마음도 들었던 것이다. 그렇지만 그의 목소리는 감정이 조금 더 꼬인 것처럼 들렸다.

"나는, 미령 씨가 그런 걸로 기분이 나쁜 줄 몰랐어!"

나는 벙어리처럼 계속 듣고만 있었다.

"그날, 현실적으로 느껴왔던 얘기를 했던 건데……. 그때 미령 씨가 아무런 말도 안 해서 나는 미령 씨의 기분을 몰랐어……."

그랬다. 그는 오직 학문에만 전념하느라 마흔 꼭지가 다 되도록 드러내 놓고 연애를 별로 해 본 경험이 없다고 했었다. 그 때문인지 누구 앞에서든 이성에 관한 이야기라면 기가 푹 죽어지냈다는 고백적인 그의 말에 나는 동조를 해야 옳은지, 알쏭달쏭했던 것이다.

나는 갑자기 그가 진지해졌다는 느낌을 받았다. 그래서

순수 모드로 그에게 차분하게 말했다.

"오빠, 그렇다면 나한테 하고 싶은 말의 핵심이 뭔지 예를 한번 들어줘봐. 아니지, 불만이 있다면 죄다 털어내요……. 그게 정신건강에 더 좋을 테니……."

그는 내 말을 기다렸던 모양이다. 아니, 그의 말에서 당황한 느낌을 받았다.

"그걸 마, 말이라고……."

그가 떠듬거리는 것은 날 향한 섭섭함이 그다지 많지 않다는 심리가 아니겠는가. 내게 가진 불만을 털어놓으라고 막상 기회를 주니깐, 막히는구나 하는 게 느껴졌다.

"나도 남잔데, 미령 씨가 내 말을 듣고도 무반응이나 어정쩡할 때는 감정이 거슬렸거든……."

나는 놀라서 두 손 두 발을 다 들고 항복하고 싶어졌다. 왜냐면 그가 뱉어낸 시시콜콜한 감정 풀이는 쉼 없이 자정이 될 때까지 횡설수설 계속 이어졌기 때문이다. 그가 줄곧 읊어대는 잡다한 이야기를 질긴 마음으로 듣다 보니, 나는 그가 참으로 재미없는 노총각이라는 생각이 들었다. 그때, 그가 내 속을 훤히 들여다본 걸까.

"미령 씨, 내가 하고 싶은 말은 이게 다가 아냐……. 그렇지만 오늘은 이 정도로만 해 둘까 해! 다음번엔 우리 새 기분으로 만났으면 좋겠다!"

나는 피식 웃음이 나왔다. 불쾌했던 자기의 속내만 털어놓으면 그만인가? 그럼 나는 뭐지? 정말이지 노총각은 노총각답다, 아니, 그가 노총각이 된 이유가 확실히 있구나 싶은 생각에 나는 별렀던 질문을 그에게 던졌다.

"어? 음……. 그럼, 오빠는 남자야? 여자야?"

그는 잠시 머뭇거리다 대답했다. 그가 내 쪽에서 깐깐하게 묻는다고 생각했을까.

"어, 으응? 그, 그건……."

작정을 한 듯 내가 다시 물었다.

"그럼, 박미령은 남자야 여자야?"

내가 성별을 콕 찍어 질문을 던지자 그는 대답을 머뭇거렸다. 나는 갑자기 그가 같잖고 시시해져서 퉁명스럽게 따졌다.

"왜, 대답을 못해? 오빠는 내 말이 안 들려? 아님 내가 우스워진 거야?"

그는 잠시 우물쭈물하다가 이렇게 말했다.

"미령 씨, 미안해! 내가 속이 좁았어. 지금 그걸 절실히 느끼고 있다!"

두뇌가 명석하다고 자타가 공인한 그가 무슨 각오라도

268

했는지, 이제 다시는 그럴 일은 없을 거라고, 내게 약속처럼 말했다.

"미령 씨, 가만히 생각해 보니 이성 간의 불만을 함부로 털어놓는 게 아닌 것 같다……. 앞으론 우리 서로 이해하고, 새로운 맘으로 교제를 이어가길 바란다. 내 맘 미령 씨도 잘 알고 있지?"

그는 그 말을 끝으로, 이윽고 전화를 끊었다. 시간이 어느새 자정을 넘어 한시가 되었다.

그런 일이 있은 후부터는 그가 조금 달라져 보였다. 소비물가에 대한 투덜거림이나 영화표 값이 어떻고, 기름 값 운운하는 사소한 감정은 드러내지도 않았다. 나도 마음 한 구석이 찔끔했다. 내가 좀 심했나? 싶었던 것이다.

5월 두 번째 일요일, 우리는 따끈따끈한 개봉영화를 보기로 했다. 이전처럼 내가 먼저 나서서 영화표를 끊었다. 그런데 영화를 다 보고 나온 뒤였다. 아니나 다를까, 그가 영화표의 값이 너무 비싸다고, 갑자기 기분 나빠하면서 투덜거렸다.

"신통찮은 영화가 관람권은 왜 그리 비싼지, 도무지 이해를 못 하겠어……."

나는 그의 병이 도진다 생각하니 속에서 불쾌함이 스멀 대기 시작했다. 불만이 시시때때로 생기고, 건망증에 걸린 노총각과 다시 또 만나고 있다는 사실에 나 자신이 미워지 고 구질구질한 기분마저 들었다. 그로 인해 침통해진 나는 말없이 그를 어정어정 따라 걸었다. 그와 나란히 걷기조차 망설여졌던 때문이다. 큰길 옆 2층 카페로 들어가는 그의 뒤를 따라 나는 마지못해 들어가고 있었다.

　그가 3,900원짜리 아메리카노 커피를 주문했고, 나는 5,100원짜리 시그니처 핫초코를 마실 처지가 되었다. 커피 를 마시면 밤에 잠을 설치는 내 생활습관 때문이다. 내가 빨대를 입에 대자마자 핫초코가 목젖에 달콤하게 닿는가 싶은 순간이다. 그가 심드렁한 목소리로 떠들어댔다.

　"나는 3,900원짜리 아메리카노 마시는데, 자기는 곱빼 기로 비싼 거 먹네? 히히히……."

　난 그때, 강하게 사레에 걸려 캑캑거렸다. 너무 어이가 없어 그를 따라 웃지도 않았다. 사실 그런 일은 우리 둘 사 이에 적잖게 흔하였다. 그렇게 쌓인 까닭인지 나는 그날따 라 그와 한판 시원하게 싸우고 싶었다. 그렇지만 그런 사 소한 걸로 따지고 들기도 격이 떨어진다 싶었던 나는 그냥 꿀 먹은 벙어리가 되기로 했다. 따라서 난 핫초코를 마시지 않은 것만 못한 마음이었다.

　내게는 그날 이후로 묘한 버릇이 하나 생겨났다. 그와 데이트를 하는 날이면 밥을 먹으러 갈 때나, 차를 마실 때면 나도 모르게 메뉴판에서 눈 운동을 열심히 하게 된 것이다. 싼 종류의 음식을 찾고 있다는 뜻이다. 그러다 보면 나는 데이트의 기분이 사라져 버렸다. 데이트하면서 소비하는 돈에 대해 신경을 쓰는 그가 맘에 걸렸던 것이다.

　나는 그때부터, 데이트 중에도 짠돌이가 돼 가는 그를 봐야 하는 내가 싫어졌다. 차를 마시거나 밥을 먹는 건 우리 만남이 돈독해지고, 또한 그만큼 정을 쌓는 일이 아니겠는가. 데이트 비용이 아깝다면 미혼의 청춘남녀인 우리는 더 이상 만날 필요가 없지 않겠는가. 그러나 그렇다고 우리의 관계를 칼로 무 자르듯 싹 뒤돌아설 수도 없고……. 나는 내 인내심이 소의 심줄처럼 얼마나 질긴지 시험이나 해 보자고 견디는 것처럼 느껴지기 시작했다. 데이트이기보다 상대를 눈치나 보는 것 같은 기분이 들어서 말이다. 사람이라면 찰진 만남도, 청춘사업도, 모든 것이 다 때가 있는 법인데 말이다.

한 달 후면 그가 직장을 다른 곳으로 옮긴다고 했다. 이유는 몇 가지가 있지만 높은 직급을 쫓고 또, 보수도 지금보다 훨씬 높아서 그쪽을 택했다는 것이다. 나는 좋은 일이라고, 인사치레로 말해주었다. 어디까지나 건성이지만.

"역시, 오빠 능력은 인정해줘야 돼!"

문제는 현재 살고 있는 그의 거주지에서 직장이 좀 더 멀다는 데 있는 것 같았다. 그러곤 형편상 기숙사 생활을 해야 한다고, 자랑인지 불만인지를 털어놓았다.

그런데, 알 수 없는 것은 그날 후부터 데이트를 약속할 때나 둘이 데이트를 할 때면 내 귀가 시끄럽게 혹사를 당한다는 사실이었다. 시간이나 장소를 가리지 않고 옮겨 간 직장을 입이 아프도록 자랑했기 때문이다. 회사 소속팀의 분위기가 따뜻하고, 인간관계의 레벨은 서로 하는 일의 중요도에 따라서 대등하든가, 아님 확 달라진다는 둥, 그가 혼자 알고 있는 그쪽 얘기들만 천일야화처럼 줄 창 읊어대는 것이었다. 나는 뭔가 섭섭하면서 소외되는 기분이었다. 그렇지만 그 속내를 숨긴 채, 나는 혼자 끙끙 앓고 있었다.

긴장감 없이 심드렁한 주말 오후, 데이트 중이었다. 그가 느닷없이 자랑인지 불만인지 시시콜콜한 잔소리들을 늘어놓기 시작했다.

"진취적이다 싶어서 직장을 옮겼는데, 지갑이 허기지게 생겼어!"

"왜, 허기져? 지갑이……."

"매일 작정하고 회사 사람들과 밥을 먹었는데, 그때마다 내가 샀거든……."

어느 틈엔가 동료들에 대한 욕설이 그의 입술을 점령해 버렸다.

"나 원 참, 사람들 이마가 훤하게 벗어진 것도 아닌데, 공짜를 그렇게들 좋아 하더라니깐……. 궁상맞은 좀팽이 자식들이……."

"오빠가 작정을 했다면서? 밥을 사기로……."

나는 그의 불만을 듣다가 별 의미 없이 그가 했던 말을 리바이벌했는데, 그의 표정이 확 바뀌고 있었다.

"뭐? 내가?"

금방 식어버린 분위기를 느낀 나는 멍하니 그의 입만 쳐다보았다. 흥미도 없는 화제를 일방적으로 들어야 하는 내심사를 그는 전혀 모르는 것 같았다. 나는 그가 아리송해졌다. 눈치가 없는 탓인지 그는 다시 자기 속내를 털어내고 있었다.

"전 회사에서도 동료들 밥을 내가 자주 사줬거든. 그때마다 공짜로 밥을 얻어먹는 그들은 공짜가 좋아서 입이 찢어져라 떠들더라구……. 근성부터 거지같은 것들이, 공짜 좋은 건 알아서……."

나는 맞장구칠 단어가 없어서 입맛을 쩝쩝 다시고 있는데, 그가 계속 읊어대는 것이었다.

"하기는, 내가 공짜로 밥을 얻어먹을 때는 아무래도 입이 헤벌어지도록 좋긴 했지만……."

그의 표정에선 얼핏 일자리를 찾아 옮겨 떠도는 사람같이 느껴졌다. 1~2년 단위로 망설임 없이 이곳저곳 직장을 옮겨 다녀 이력이 화려한 사람이라고, 처음부터 자기를 소개했기 때문에 나는 그저 그러려니 여기고 있었다.

그는 갑자기 학창시절에 우수한 성적으로 장학금을 받은 때가 많다고, 자랑 삼아 떠들어대기 시작했다. 그러더니 능력에 찬 자신을 위해 최고의 대우를 해줄 자신이 없으면 회사는 우수한 직원을 뽑으면 안 된다는 둥, 직장을 옮기는 자기 측으로선 그런 사실을 언제 어디서든 장소를 불문코 홍보하고 싶었다는 말을 서슴없이 이어갔다. 누가 뭐라 하든 경력이 화려한 자기야말로 회사 측으로선 보배요, 현대판 신랑감으로도 최고라 뻐기는 말까지 자랑하였다. 나는 그의 행동을 보면서 출세가도를 달리려면 저렇게 자신의 유능함을 홍보하거나 시시때때로 털어놓아야 되는구나 싶었다. 그러면서도 다른 한편, 왜 그래야 하는지 궁금했던 나는 자꾸만 고개가 갸웃거려졌다.

누군가는 그렇게 말했다. 과도하게 자리를 자주 이동하는 이는 일을 하러 간 게 아닌, 자리에 연연하는 자들이라고. 설사 직무에 합당한 전문 실력을 갖췄다 한들 기껏 부서의 동료 근무자들 이름을 외울 즈음해서 더 나은 자리로 옮겨버리는 철새라고 말이다. 현장 경험과 팀 구성의 중요도를 따진다면 어불성설이라는 뜻이다. 그때, 나는 은연중 빌고 있었다. 티끌만한 고민도 없이 오직 스펙에 흠만 남지 않으면 된다는 식으로 자리를 찾아 떠도는 그가 철새 같은 떠돌이가 아니기를.

몇 달 후인가, 또다시 조건 따라 옮겨 간 과장이란 그의 직급이 무색하다는 느낌을 받고 말았다. 게다가 직장생활도 제법 오래 해온 처지인 그가 궁색해진 듯 때때로 돈돈하는 모습은 썩 좋게 보이지 않았다. 물론, 무엇이든 아끼고 절약하는 자세를 나무라고 싶지는 않다. 나와 나누는 정만 아끼지 않는다면 말이다. 그렇지만 데이트를 하면서 밥 한 끼 먹을 때 몇 만 원도 아니고, 몇 천 원에 목을 매는 쫀쫀한 그와 계속 만날까 말까 고민하는 내 처지가 나는 자꾸만 슬퍼지는 느낌이었다. 사실이지 나야말로 남자친구를 돈 보고 교제를 튼 것은 절대로 아니다. 만나면 즐겁고, 눈동자를 마주하며, 조곤조곤 대화하다 보면 허전하고 쓸쓸함이 줄어드니 이성과의 교제가 필요한 것뿐이다. 그런데 웬일인지 그와 데이트를 하는 날이면 나는 그냥 입맛이 달아나버렸다. 아마도 그가 모르는 나만의 스트레스일까. 나는 그에게서 단 한 번도 비싼 음식을 얻어먹거나 값진 물건을 선물로 받아본 적조차 없다. 내가 속물이어서는 결코 아니지만 말이다.

처음부터 우리는 데이트를 할 때 당연히 보통 식당이나, 닭갈비라든가, 초밥, 라면이나 떡볶이 가게를 찾고는 했었다. 더러는 광고지에 끼어들어온 쿠폰으로 매장을 찾아가면서도 즐거웠다. 그럼에도 최근에는 그런 유형의 데이트 비용을 지출하는 것조차도 아까워하는 그의 모습에서 나는 자꾸만 짜증이 생기다 못해 쌓여가는 것이다.

추석이 지난 월말에 데이트 약속을 잡았다. 마침 세일 기간이라서 백화점 구경을 하기로 했다. 나는 추석에 생긴 상품권으로 그에게 넥타이를 선물할 요령으로 처음 약속을 잡기는 오후 2시였다. 그런데 정오가 될 무렵에 그로부터 전화가 걸려왔다. 갑자기 지금 당장 백화점으로 가야 된다고 했다. 이유는 회사 동료와 약속을 했다는 것이다. 그 동료 때문에 이미 그가 백화점 근처에 벌써 와 있다고, 그리고 급히 그 동료를 따라가야 할 사정이 생겼다고 했다. 그러니 그는 당장 그 동료를 차에 태우러 가야 된다며, 혼자 북 치고 장구 치고, 독촉을 해대고 있었다. 나는 이미 그에게서 밀려난 것 같아 서운하였다. 그렇지만 주말인데 동료와 만나고 있는 그의 행위를 두고 내가 발등치기로 시비를 걸 처지는 아니었다. 속이 상한 나는 맘대로 잘 해보라며, 감정이 싸늘해져 전화를 먼저 끊어버렸다.

또 다른 사건이다. 그와 데이트를 잡아놓은 날이다. 그의 전화를 받은 나는 그가 오라는 장소를 찾아 나서고 있었다. 그러나 약속대로 찾아온 나를 보자마자 그가 갑자기 바쁜 일이라도 있는 듯이 종종걸음으로 어디를 향해서인지 바쁘게 내달리고 있었다. 나는 그를 뒤따라가며, 어디를 가는지 궁금해서 소리쳐 물었다. 그는 짤막한 소리로 급하다면서 말없이 달려가기에만 바빴다. 나중에 안 일이지만 그가 급히 달려간 곳은 노상방뇨를 하러 간 모양이었다. 나는 하도 황당하고 어이가 없어 입을 다물고 말았다.

그런데, 속마음과 달리 얼굴 근육에 경련이 일듯이 나는 자꾸만 입이 삐죽거려졌다. 민망스러워진 내가 얼른 돌아서려고 하는 순간, 그가 헐레벌떡 내게로 달려왔다. 그리곤 내 팔을 으스러지게 잡아끌어 자기 차에다 강제로 태웠다.

그의 완력에 밀린 나는 차에 동승을 하였다. 그러고도 참으로 이해하기 어려웠던 건, 그가 차로 이동하는 중에 자꾸만 배고프다는 소리를 연거푸 해댄 점이다.

"오늘은 왜 먹을 거 좀 사 오지 않았어? 아무리 날씬한 몸을 추구하는 시대라지만 남녀가 만나면 기본으로 하는 게 우선적으로 입을 호사시키는 일이 아니겠어?"

맞는 말이다. 그럼에도 나는 계속 어리둥절한데, 그가 다시 내게 따지듯 말했다.

"남의 차를 공짜로 얻어 타는데, 그만한 서비스는 기본 아니겠어?"

내가 듣기로는 그의 말에서 나를 비아냥거리는 투로 들렸다. 나는 그와 만나던 초창기의 어느 날이 기억나고 있었다. 한 번은 그와 데이트를 하면서 산으로 갔을 때, 내가 두 사람의 도시락을 싸간 적이 있었다. 그때 그는 밖에 나와서까지 아이처럼 먹을 걸 짊어지고 다녀야 하는지 그 심

278

리를 잘 모르겠다며, 나를 무안하게 만들지 않았던가. 그러던 그가 이젠 또 무슨 아이러니란 말인지 내 앞에서 아주 당연하다는 듯 먹을 걸 준비해 오지 않았다고, 나를 채근하고 있는 것이다. 그는 다시 추가로 내가 먹을 걸 준비하지 않았다는 것 때문에 나더러 마음이 변했느니, 열정이 식었다느니, 초심을 잃어버렸다는 등등의 잔소리까지 해대면서 이중성을 보여주고 있었다. 도시락을 준비하지 못한 내가 꼭 의무를 위반한 것처럼.

며칠 전, 빼빼로데이 때였다. 내가 길쭉한 빼빼로 과자를 큰 통으로 사서 리본 장식을 달아서 그에게 선물 꾸러미를 만들어 주었다. 그런데 그게 얼마나 지났다고, 자기는 나한테 무얼 그리 많이 챙겨준 게 있다고, 나를 긁는지 통 모를 일이었다.

지난주에도 그랬다. 시골에서 내 부모님들이 손수 심어 정성을 쏟아 가꾼 싱싱한 토마토를 담은 상자를 그의 차에 실어줬다. 그때, 그는 내 부모가 정성껏 기른 선물로 준 토마토를 받은 게 성에 차지 않았던지, 내 앞에서 했던 말은 정말 염치가 없었다 할까.

"꼴난 토마토 한 상자로도 생색을 내고 싶은 것이 사람의 마음인가……."

나는 어이가 없었다. 토마토 상자를 차에 얹어주면 갖고 가서 갈거나 삶거나 볶거나, 영양섭취나 잘 하면 될 것인데, 누가 무엇을 잘못했다고 흠을 잡는지, 나는 은근히 기분이 상하고 말았다. 그래서 나는 순간적으로 차에서 후딱 뛰어내리고 싶었다. 그렇지만 유감스럽게도 덜컹대는 낡은 버스가 하루 몇 차례씩 오가는 변두리 마을인 것 때문에 내 행동을 실천에 옮기지 못 했다. 주절주절 늘어놓는 그의 불만을 듣느라 나는 드라이브인지 데이트인지 재미가 없어 입을 닫아버렸다. 그런데도 굳이 그는 차를 휴게소로 몰고 들어갔다. 배가 고프다며, 밥을 먹어야 한다며······.

그는 쫓기는 사람처럼 국에 밥을 말아 후루룩 먹어치웠다. 커피를 마시면서 뻥튀기까지 사더니 바싹바싹 혼자서만 뜯어 먹었다. 그러던 그가 갑자기 걸신이 들린 듯 뻥튀기를 뭉텅이로 와작와작 먹어댔다. 사냥개가 먹잇감을 먹듯이. 그의 입 밖으로 삐져나온 뻥튀기 조각들이 보기 싫은 나는 일부로 그에게 물었다.

"왜 그래? 누가 그걸 뺏어 먹기라도 할까봐?"

그는 흡사 어린애처럼 굴었다.

"그렇다마다······. 니가, 이 접시 과자를 뺏어 먹을까봐 그렇다, 왜?"

나는 말문이 막혔다. 암만 농담이라도 그렇지, 기분이 상한 나는 그가 사온 접시 과자를 본척만척 입에도 대지 않았다. 우리 둘 사이엔 공유의식이 없다는 것만 확인한 셈이다.

연애를 하면서도 어떤 공감조차 없던 그 해 가을이 죄다 물러가고 있었다. 첫눈이라도 오려는지, 하늘이 어둑하니 흐려져 있었다. 나는 몸이 찌뿌드드했지만 그를 만났다. 그에게서 전화로 만날 것을 독촉 당했기 때문이다. 그는 만나자마자 내 표정을 살피며, 자꾸만 영화를 보고 싶다고 보채었다. 그것은 나더러 영화표를 사라는 명령의 뜻이기도 했다. 그날따라 흥미가 없어서 미적거리던 나는 마지못해 영화표를 끊었다. 우리가 영화를 볼 때면 표를 구매하는 건 항상 내 몫이므로.

나는 암만 생각해 봐도 내게 영화표 사는 걸 짐 지운 그의 심리를 알 수가 없었다. 그가 영화를 왜 보자고 하는지 짐작해보니 십중팔구는 돈 때문인 것 같았다. 영화라면 자기 주머니의 돈을 지출하지 않아도 되는 일이었으니 말이다.

그 언제인가 이런 일도 있었다. 그는 영화를 보다가 코를 드르렁드르렁 골면서 자고 있었다. 참고 있던 내가 그의 어깨를 흔들어 깨웠다. 그런데 갑자기 그의 입에서 나를 향해 험한 말들이 쏟아져 나오는 게 아닌가.

"왜 깨워? 내버려두면 어련히 깰까봐, 그렇게 미련하게 방정을 떨어?"

민망했던 것은 옆 사람이 짜증을 낼 정도로 그가 코를 드르렁드르렁 골았다는 점이다. 주변 사람들은 우리를 향해 눈알이 튀어나올 만큼 레이저빛을 쏴대면서 한 마디씩 공격적으로 웅성거렸다.

"저 작자도 차암, 코 골러 왔나, 영화 보러 온 거야?"

"시끄러워 죽겠네, 집에서 디비 자빠져 자든가, 영화는 와 보노?"

"쪼다, 그냥 쪼다네……."

많은 관객들이 영화 대신 고개를 뒤로 젖혀 우리 둘을 아니, 그를 향해 녹여 없앨 듯 쳐다봤다. 나는 진작 후닥닥 뛰쳐나오지 못 했던 게 한이 되었다 할까. 그와 함께 영화를 보러 간 내가 먼저 잘못했다 싶고, 코를 골아대며 영화관에서 잠을 자러 간 그가 염치없고 뻔뻔해 보였다. 그럼에도 그는 오히려 나를 나무라고 싶은 모양이었다.

"야, 넌 날 괴롭히고 싶어서 안달한 거야, 나 괴롭히고 싶어서? 나를 꾸역꾸역 만나느냐고?"

적반하장인 그가 내게 엄한 소리를 퍼부어댔다. 그리고 참으로 알 수 없는 일은 또 더 있다.

미술회관 건물 안 화장실에서 볼일을 볼 때였다. 폭이 얕은 화장실에는 변기가 문 앞에 배치돼 있고, 밖에서 훤히 들여다보였다. 그런 환경을 무시하는지, 그가 화장실 문을 활짝 열어놓고 볼일을 보고 있었다. 나는 그를 두고 변태가 아닌가 싶은 의혹마저 들었다. 많은 이들이 사용하는 화장실인데, 드나드는 이들이 좀 많은가. 그는 노상방뇨도 서슴지 않음은 물론, 더욱 말이 안 되는 상황은 넙데데한 둥근 얼굴에 허옇게 마스크 팩을 덕지덕지 바른 채, 운전대를 잡았을 때였다. 차창 밖을 스치는 사람들이 그런 운전자는 처음이란 듯이 아니, 외계인이라도 되는 듯이, 동승한 우리를 동물원 원숭이를 구경하듯이 힐끔힐끔 훔쳐보았다.

그때 나는 그의 앞에서 휴- 한숨을 길게 뿜어내고 말았다. 그 남자와 종결을 지어야겠다는 생각이 확실하게 들었던 때문이다. 그는 자그마치 마흔 살이 아닌가. 그런데도 아직 팔팔한 20대란 착각을 하는지 자기가 인재인 걸 알아준다고, 자기는 단연코 빼어난 유망주 인재라고 뽐내는 것처럼 떠들어댔다. 더한 것은 직급을 스스로 높이고 돈도 제법 모아놨을 걸로 알고, 누구든 자기를 무시하지 않을 거라고 으스댔던 것이다. 더욱 가관인 것은 혼자 듣기에 아까울 정도로 그가 뱉어낸 독백, 아니 독설이다.

"인생, 까짓 거 별거 있어? 돈뭉치만 손에 꽉 쥐어 주면, 모든 시러베 같은 놈들이 죄다 중심을 놓고, 흐물흐물 녹아들게 되어 있거든……."

며칠 전부터 나는 그와의 교제를 끊고자 단단히 마음을 먹어버렸다. 헤어지기로 결심을 한 것이다. 이유는 그거다. 노총각의 수염에 가지가 치는 나이가 되도록 결혼을 왜 못했는지, 또 교제하는 여자가 왜 한 명도 없었는지, 훤히 보였기 때문이다. 묘한 것은 그를 떠난다고 결심을 했는데도 내 마음은 좁쌀만큼도 아쉬움이 남지 않았다는 점이다. 더욱 확실한 것은 미련은커녕 그를 만날 때마다 느꼈던 알 수 없는 메스꺼움들이 사라지고, 무거운 등짐을 내려놓듯 마음이 편안해진 느낌이랄까.

조금 늦은 퇴근 때였다. 우린 약속을 잡은 표장마차에서 무럭무럭 김이 오르는 순대 냄비를 앞에 놓고 소주병을 깠다. 동물적 본능 탓인지, 그가 전에 없이 내 눈치를 힐끔힐끔 살폈다. 그러다 테이블에 놓인 두 개의 빈 잔에 소주를 쪼르륵 따라 부었다. 나는 얼른 컵의 내용물을 입속에 톡 털어 넣었다. 그리곤 좋은 안주라고 으스대던, 그가 시킨 순대 한 점을 집어 입속에서 굴리는데, 누린내가 확 풍겨 왔다.

"오빠, 우리 잠시 냉각기를 가져 보는 게 좋겠어요!"

그의 표정이 놀랍고도 뜨악해지더니 목소리가 높아졌다.

"야, 벌써 취했어? 꼴난 막소주 한 모금에……?"

나는 속내를 드러내고 싶지 않았다. 누린내 풍긴 순대 한 점을 입속에 우물거리면서, 포장마차를 훌쩍 나와 버렸다. 시원섭섭함을 넘어 아주 홀가분해진 나는 신바람이 나서 혼자 중얼거려댔다.

"그럴만한 이유가 다 있었네, 그가 노총각이 된……."

발부리를 재며 걷고 있는 내 기억은 반추를 하듯, 그가 내게 했던 갖가지 행동들을 하나씩 떠올리고 있었다. 내가 짧은 치마를 입거나, 무릎 위까지 오는 반바지를 입으면 꼭 한마디를 저주처럼 툭 던져댄 그의 말은 내 귀에 거친 가시가 돼서 박혔다.

"벌써 애를 낳아도 몇은 낳았을 다 큰 지집애가 허벅지를 내놓는 건 차암 민망하네……. 그거는 남자의 의심을 자초하는 처사거든……."

우리의 데이트 중에 누구에게서든 내게 문자라도 올라
치면 그는 여지없이 먼저 내 전화기를 덜커덕 뺏어 일일이
확인을 했다. 그의 행동을 보면서 교제하는 나에게 많은
관심을 보인다고 여겼던 건 순전히 나의 순진함 탓인 걸
알았다.

언젠가 데이트 중에 야외로 맛있는 것 먹으러 가자고 내
가 그에게 청을 넣었다. 그때 나를 응대한 그의 말이 참 가
관이었다.

"어느 놈이랑 그렇게 맛집을 많이 찾아다녔어?"

화장하고 립스틱을 조금 색다르게 발라본 날에도 그의
말에는 어떤 질투의 소리가 배어 있는지, 욕되는 언사를
던져댔다.

"혹시, 어떤 놈을 숨겨 두고, 이중 플레이하는 것 아니냐?"

본인의 머리카락에는 빨간 물을 먹였다. 거기다 파마를
해서 라면을 뒤집어쓴 사자처럼 하고 다녔다. 찢어진 청바
지 사이로 드러난 허벅지를 굳이 내 앞에 보여주면서, 느
끼한 자신의 속내를 드러내는 것이었다.

"청바지도 시대의 흐름을 반영하는 패션이야. 허벅지 살
을 살짝살짝 내비치게 입는 건, 만나는 상대에게 어떤 신

비감을 제공할 뿐더러 시대의 유행을 지배한다는 뜻이거
든……."

나는 아무 말도 하지 않았다. 그가 착용한 귀고리며 목걸
이는 애교적인데다 굵은 밧줄처럼 꼰 금줄 체인을 발목 고
리로 달고 다녔다. 그 발찌야말로 흡사 죄수의 발목에 족
쇄를 채운 느낌이었다 할까.

나는 그와 헤어진 기념으로 6년 동안을 꼬박 썼던 전화
번호를 바꿔버렸다. 혹시 그에게서 전화가 올까 모른다는
이유였다. 아니, 건망증 많은 내가 혹시 그의 전화번호를
다시 누를까봐서다.

꽃피는 봄이 지났다. 뭉게구름이 소나기를 몰고 왔던 여
름도 전설처럼 잊혀져 갔다. 갈대가 서걱거린 가을 어느
날, 내게 한 통의 전화가 걸려왔다. 나는 무심코 통화 버튼
을 눌렀다. 그런데 낯이 익은 음성이었다.

"미령 씨, 그동안 잘 지냈어? 나, 김탄식이야……."

"……."

나는 아무런 대답도 못한 채, 길게 뜸을 들이고 있었다.
아직도 혼자냐고 물어볼 것인가, 말 것인가…….

디지털 효자